爺兒休不掉 1

文創風 435

容箏 著

目錄

自序

容箏

幾經波折，《爺兒休不掉》終於要和各位見面了。在此，十分感謝出版社給了容箏如此寶貴的機會。

因為從小在鄉村長大的關係，所以對鄉村原野有一種很深刻的眷戀。兒時到田間農作，上山摘野果，下河溝撈魚捉蝦。那時的天空十分蔚藍，溪水清澈見底，到了夏夜裡總能看見滿天的星斗，耳畔響徹一片片的蛙聲。兒時的記憶裡總是充滿了酸甜苦辣，卻永刻心中，始終覺得幸福美好。

在都市的喧囂裡，我們一直為了各種各樣的事情而奔波忙碌，為此疲憊不堪，當我們讀到陶淵明的「采菊東籬下，悠然見南山」時才會對悠然的田園生活充滿無限的嚮往。

創作這本小說的初衷也是想把兒時的記憶，以及記憶深處的風土人情，透過筆下的文字展現出來。

主角夏青竹生在一個家徒四壁的貧寒之家，家裡沒有壯勞力，又欠了巨額的外債，無奈之下母親不得不把她送出去做童養媳。偏生夫家不良，婆婆又十分嫌棄她，不是打就是罵，被打得狠了，她才偷偷地跑回娘家躲避。

女主就是穿越在這樣一個苦命的女子身上。生活不易，想要改變現狀，唯有靠勤勞的雙手和不怕吃苦、不怕輸的性格。在她不懈的努力下，終於，日子能漸漸地好轉。

最後，由我們的主角夏青竹帶領各位去領略多姿多彩的田園生活，回歸自然，享受自然吧！

第一章　身在異世

進入十月以來，天氣就漸漸地轉冷了，原本花姿灼灼的芙蓉花也早早地凋零，只留下一樹的葉子，隨風吹過，沙沙作響。

蔡氏坐在屋簷下，正準備給兒子縫補衣裳，撚好了線，拾了針，覷著眼睛，對著光亮找著針眼，正聚精會神地穿針，線頭還沒穿過針眼呢，卻見小女兒一頭跑了來，紅撲撲的小臉，揮舞著手臂，大聲嚷道——

「娘，二姊她醒了！」

蔡氏立即放下針，看了小女兒一眼，問道：「真醒了？」

「是呀，真醒了，兩個眼珠子直轉呢！只是我覺得有些不大對勁……娘快去瞧瞧吧！」小小的青蘭拉了拉母親的衣袖。

蔡氏連忙起身，將衣料放在竹凳上，口中說道：「這沒日沒夜地睡也挺教人害怕的，她爹保佑，總算是醒來了！」蔡氏顧不得去理鬢角邊垂落下來的一縷頭髮，跟著青蘭便匆匆往房裡去。

于秋躺在土炕上，以為自己還在夢中，眼珠骨碌碌地轉著，剛才守在旁邊的小丫頭已經跑出去了。這是什麼地方？屋子裡光線不甚明亮，只見對面土牆上有一尺見方的洞口，或許該稱為窗戶，上面立著幾根木條，光線便從那裡照進屋來。

于秋覺得身子硌得生疼，起身想要下床，可下半身傳來的疼痛感卻如此真實，她只得又咬牙躺下。要命，都說夢中沒有痛覺，難道這不是在夢中嗎？

于秋正在掙扎的時候，只見進來了兩人，前面是剛才的那個小丫頭，後面則跟著名婦人。于秋滿腹狐疑地望著她們，只見兩人走到炕前，婦人將于秋身上蓋著的被子一掀，于秋頓時覺得一股寒意灌進來。這寒意和剛才的痛覺一樣，真真切切，完全不像是在夢中所體驗的那樣！

蔡氏仔仔細細地看了看女兒的膝蓋，瘀血未消，還有些紅腫；小腿肚上一道道、指頭寬的血印赫然可見。蔡氏鼻子一酸，差點落下淚來，怕女兒受涼，又連忙給她掖好被子。「青竹，妳餓了吧？我去給妳煮飯，好好地躺著吧。」蔡氏滿是溫柔地安慰女兒。

「青竹？」于秋心想，這是誰的名字？莫非這女人是在叫自己？漫長的一場夢，不知何時能醒。將跟前的女人和小丫頭來回看了個遍，卻是一臉茫然，於是她聲音有些喑啞地問了句。「這是哪兒？」

蔡氏兩眼一直，心想女兒這是被打壞了嗎？不僅腿上有傷，連腦子也不好了嗎？為何醒來後連人也認不得？她滿是詫異地望著青竹，心中一團亂麻，不知該如何是好，後來竟哭了出來。「她爹呀——這不是要我的老命嗎？這可讓人怎麼活呀！」

于秋心想，是不是自己說錯了話，惹跟前這個婦人生氣了？聽見她哭，于秋心裡有些歉意，想道歉來著，可又不知該說些什麼。

跟前那小丫頭稚嫩的童音響起了。「二姊，娘哭了，二姊把娘給弄哭了！」

于秋更是驚疑了，莫非……這就是所謂的穿越嗎？她這才注意到這具身子的異樣，細胳膊細腿，瘦瘦弱弱的，想來年紀也不大。于秋一聲不吭，她該以何等的心態來面對眼前的現實呢？若是穿越，她即將面臨的是怎樣的一個家，怎樣的家人？想得多了，只覺得腦袋嗡嗡地響，太陽穴疼得厲害。她不敢再多想了，閉上眼睛想好好地休息，或許一覺醒來後，她又回到自己的世界去了。

蔡氏嗚咽地哭了一陣子，又想到自己命苦，寡婦一個，還得獨自撫養幾個孩子。她爹那麼狠命，就扔下他們娘兒幾個，自己去了……

青蘭見娘只知道哭，二姊則一句話都不說，像是又睡了，年僅五歲的她不知發生了何等的大事，也只得「哇」的一聲，哭了起來。

夏青梅剛從河邊洗了衣裳回來，領著三歲的弟弟，這還沒進屋子呢，就聽見了震天的哭聲，手中的盆子頓時「砰」的一聲就摔落在地上，大步地往屋裡跑去，心想她那二妹就如此的命運不濟嗎？可憐才滿八歲，難道就要和他們天人永別了？

青梅悲從中來，進屋子一看，只見母親和三妹母女倆正抱頭痛哭，自己不禁也跟著哭了，又拉著蔡氏問：「娘，二妹她怎麼了？是不是……」她不敢說出後面的話。

蔡氏痛哭流涕道：「青梅呀，妳二妹她不中用了！」

「什麼?!當真？」青梅一點也不願相信，想想她那苦命的二妹，還那麼小，難道就這麼跟著父親去了？她還記得去年過年的時候，二妹還纏著自己要糖吃呢，好端端的一個人，怎麼說沒就沒了？

于秋想著，快入夢吧，身子虛弱得厲害，她好想休息一下……然而，耳邊的哭鬧聲讓于秋無法安心入夢，於是她不得不再次睜開眼——房裡的景象和剛才所見沒什麼不同，只是又多了兩人。

青梅突然看見二妹睜開眼，嚇了一跳，連忙退了兩步，又拉了拉蔡氏，指著二妹說：「娘，二妹她還活著呢……」

蔡氏頓時啐了青梅一句。「呸！妳說什麼渾話呢，咒妳妹妹不成？她當然還活著啊！」

青梅的眼淚立即就止住了，哽咽地問著母親。「那娘和三妹哭什麼？我洗了衣裳回來，才進院子裡就聽見妳們在哭，還以為二妹她沒了呢……」

「呸呸呸，別說不吉利的話！」蔡氏見青竹又醒了，忙問道：「二丫頭，妳當真不認得我們了？」

于秋惶惑地搖搖頭。眼前誰來和她好好地解釋一回啊？為什麼她們只知道哭？莫非自己真要死了不成？

蔡氏心裡有些悲戚，又安慰了青竹一句。「醒了就好，腦子還不清楚也不要緊，慢慢地想，說不定就想起來了。我去給妳做飯，想吃什麼，告訴我一聲。」

于秋方覺餓得厲害，脫口便說：「炸醬麵。」

「那是什麼麵？我沒聽過，好吃嗎？」蔡氏心想，莫非這是女兒在項家吃過的什麼好東西？女兒想吃，偏偏自己又不會做。

于秋抿了抿乾澀的嘴唇，腦袋依舊有些暈沈沈的，意識尚還清楚。見蔡氏那副神色，便知道炸醬麵是吃不成了，因此又說了句。「隨便什麼都好。」以前最愛吃的東西，難道到了這裡就將成為一種奢望嗎？看來還真是個閉塞的地方。

蔡氏便出去了，走之前又叫上青蘭，來幫忙燒火。

青梅還得去收拾院子裡的衣服，剛剛她聽見哭聲後只顧著往屋裡跑，濕漉漉的衣服早落地沾了灰，還得再去清洗一遍。

屋裡頓時只留下才三歲的小男孩，守在于秋身邊。

于秋藉著光亮看了看小男孩，一襲灰色的、打了補丁的舊棉袍子，他腦袋生得真大，烏漆漆的眼珠子撲閃閃的，緊抿著嘴唇，小蘿蔔頭長什麼樣，她今天算是看見了。小男孩眼巴巴地望著她，卻從來沒見他說過一句話。

她叫夏青竹，年八歲。家裡有一個不到三十的寡母，上有一位十三歲的姊姊夏青梅，下有一位五歲的妹妹夏青蘭，還有一個剛三歲的弟弟夏成。父親夏臨，在夏成還不滿周歲的時候便去世了，留下了孤兒寡母幾個獨自過活。

家裡一共四間半的屋子，都是土坯牆，蓋著茅草，牆體風吹日曬的，裂出許多道大小不一的縫隙來，看樣子這屋子已經有些久遠了。那半間是茅草搭的一個棚，堆放的是些柴禾和農具。家裡沒有壯勞力，就母親蔡氏操持著家裡上下。大姊青梅年紀雖不大，可卻和大人無異，照顧弟妹，分擔家務，等農活出來時還得下地幫忙。家裡有四畝二分的地，一半的地分出來種棉花和桑樹。除了地，還餵養著七隻雞，其中一隻是公雞，六隻母雞裡有四隻蛋雞。

這就是夏青竹從大姊那裡瞭解到的情況，家裡沒有餘糧，更沒存款。而且這是個不知名的時代，青竹從歷史書上學的那些知識都白費了。看著陰盛陽衰，而且沒有什麼經濟來源的一家，這以後的日子可該怎麼過呀？青竹很是犯愁。

青梅將家裡大小的事都向青竹說明白了，也不知她到底想起以前的事沒有？青梅聽說項家那個二小姐推過青竹，青竹為此撞了頭，沒想到後果竟如此可怕。

青竹坐在門檻上，聽著青梅這番訴說，心情漸漸地就沈到了谷底。這個家還能支撐下去嗎？

青梅看了青竹半天，才問道：「怎樣，二妹都想起來了嗎？」

青竹搖搖頭，只好如實地答道：「還不是很清楚。」

「喔。我們家該說的我都和妳說明白了，項家的事妳記得多少呢？」青梅心疼地看著二妹。

「項家？」青竹是第一次聽這屋裡的人提起，她哪裡知道呢，因此惶惑地問道：「什麼項家？」

完了，二妹什麼都不記得了！看樣子她連自己怎麼受傷的也不清楚了吧？青梅在心裡哀呼著，轉念又想，這會不會是件好事呢？

「項家的人打了妳，妳也都忘了嗎？」

「我挨過打嗎？」青竹心想，是誰這麼蠻橫，連她一個小女孩，而且還是如此瘦弱的小女孩也不放過？當真是家裡沒有什麼靠山，便讓人給欺負到頭上了！她心裡很不平。

青梅此刻很同情青竹，摸了摸青竹那頭稀少又枯黃的頭髮說：「好妹妹，我回頭和娘說去，讓妳在家多住些時日。項家的人打了妳，總得給個說法才是。二妹，我們雖然沒了爹，可妳還有我這個大姊呀！」她一面說著，一面心酸地摟過青竹的頭，讓青竹靠在自己的懷裡，輕輕地拍著青竹的肩膀，給青竹安慰和依靠。

青竹被一個十三歲的小姑娘安慰，有點哭笑不得，但青梅一聲聲溫柔的噓寒問暖，全是發自內心的疼惜，卻讓青竹心裡暖暖的。良久，青竹終於叫了一聲。「青梅姊姊。」

平日青竹都是喚自己「大姊」的，突然聽見加了自己的名字，青梅還真有些不習慣，頭一回覺得和二妹如此生疏。

此時蔡氏揹了滿滿一背篼的青草回來了，後面跟著青蘭和夏成，青梅忙忙地去迎接了。

青竹腿上的傷還有些疼痛，這具身子自己還不怎麼習慣，所以行動有些緩慢，扶著牆走了兩步，就站在屋簷下，呆呆地望著跟前陌生的姊妹和母親。

夏成跑來纏著青竹，口中喊道：「二姊、二姊！」

青竹溫和地彎下腰，撫摸了下夏成的額頭。

蔡氏讓青蘭將雞圈打開，將割來的青草撒在地上，引雞來吃，剩下的一半則倒進糞坑裡漚肥。蔡氏擔心青竹的身子，忙走來問她。「還疼嗎？」

青竹如實地點頭道：「疼。」

蔡氏聽後，眼中不禁閃爍著淚花，又安慰她。「二丫頭不怕，明天我帶妳去找大夫，好好地給妳瞧瞧，千萬別落下什麼病根。」

青梅從灶房走出來，正好聽見母親這一句，心想：二妹什麼都不記得了，不是已經落下病根了嗎？「我和二妹說了半晌關於家裡的這些事，她一點都不記得了。娘明日好好地帶她去瞧瞧大夫吧，不能再耽擱了。」

蔡氏道：「我也是這麼想的，所以才去張木匠家借了點錢。明天青梅就在家帶青蘭和成哥兒吧。」

青梅點頭答應著，又問：「今晚吃什麼？」

蔡氏道：「不是還剩些玉米麵嗎？也還有一半的南瓜，就煮了吧。」

青蘭幫著燒火去了。

青竹和成哥兒在簷下玩耍，但讓一個十三歲、一個五歲的小妹妹來照顧自己，青竹心裡哪裡過意得去？因此忙說要去幫忙。

青蘭已經十分熟練地打燃了火，只是煙燻得厲害，青竹才進灶房，立刻又被煙給燻了出來，還大大地打了兩個噴嚏，接著鼻涕、眼淚跟著淌下。

蔡氏進到裡間，將從張家借來的錢，和自己平日攢下的全部都拿出來數了數，還不到三百文，這已經是家裡全部的錢了。明天要給青竹看病，還不知道要花多少呢？聽說最近揀一服藥的錢又漲了。蔡氏盤算著，請了大夫給青竹看了，若是沒什麼大病，她便自己去尋點草藥給她吃吧，能節省一點是一點。前些天得空的時候，她自己做了兩幅花樣子，也可以拿去換點錢。對了，她不是看見青梅也在做嗎？等吃了飯後問問她，順便一道拿去賣了，至少要將眼前給應付過去才成，不然這日子還真沒法過了。

突然，蔡氏聽見青蘭的哭聲，連忙將手中的東西拿手絹捲好，塞在枕頭下，急忙就走了出去，高聲問道：「三丫頭，出什麼事呢？」

青蘭哭喊著從灶房出來了。原來是從灶膛裡竄出來的火苗燒著了她的衣裳，將她的衣袖燒了指頭大小的一個洞。

蔡氏被青蘭哭得心煩，不禁推搡了青蘭一下，訓道：「不就燒了個洞嗎，哭得這麼厲害？不許哭！」

青竹在院中看見這一幕，心裡卻在發酸，左右不是滋味。

第二章　清晨

隔日一早，天還未亮，蔡氏便起身了。

成哥兒吸吮著手指，偶爾發出幾聲囈語，睡得正香；睡在外面的青竹則被母親窸窸窣窣的聲音給吵醒了，她費力地睜開眼皮，卻見屋裡漆黑一片，外面也一點光亮不見，青竹想著還早，便接著又睡了。

蔡氏摸黑穿了衣服，想著該去做早飯了，離鄉鎮還有好幾里的地，得早早先準備。她摸到了火摺子，點亮桌上的一盞小油燈，上前推了推青竹，催促道：「快起床。」

青竹還在睡夢中，很不情願地睜開眼睛，可眼皮實在沈得厲害，於是艱澀地問道：「天還沒亮，起這麼早做什麼？」

「這些天亮得本來就晚，今天還得帶妳去瞧大夫，別耽擱了，自己穿衣裳吧。」蔡氏拿著梳子便出去梳頭了。

青竹聽見隔壁屋裡青蘭偶爾傳來的幾聲咳嗽聲，心想三妹這是感冒了不成？她好想再多睡一會兒，被窩裡很溫暖，她一點也不想離開，可又怕蔡氏再進來催她，因此只得努力地起身了。

床頭上放著蔡氏給她準備的衣裳，青竹取來自己換，是一件不知是綠色還是藍色的夾襖，領口處繡著兩朵不知該說是橘色還是紅色的花朵，分外的豔麗，腋下的地方打著補丁，右邊的袖口處也有兩處補丁。因為怕冷，青竹只得硬著頭皮穿上，可卻發現十分寬鬆，袖子也長了好大一截，心想莫非這是青梅的衣裳？她還是于秋的時候，家裡雖然也說不上是什麼富裕的人家，可自小也沒餓過肚子，更沒有穿過帶補丁的衣裳。也不知是出於怎樣的自尊心使然，青竹極不情願穿上這件夾襖。

果然，蔡氏又進來催促青竹了。「怎麼還沒穿好嗎？還是因為疼，沒法穿？」說著便走到青竹跟前，給青竹穿上一條藍花布的棉褲，也是寬鬆不已，青竹還真怕那褲頭隨時會掉下來。褲腳長了好大一截，蔡氏只得替她挽了兩圈。

穿好棉褲後，蔡氏望著青竹問：「自己能穿鞋嗎？」

青竹道：「我自己能行。」便將床下一雙帶襻的黑布鞋給套上了，好在鞋子合腳，看來是自己平時穿慣的。

蔡氏將梳子遞給青竹，讓她自己梳頭，看看桌上有面小銅鏡，雖然人影模糊，但也好過沒有。青竹真想再多睡一會兒呀，才起來不久，便呵欠連天。她自己解了頭髮，發現頭髮很毛糙，而且很會打結，看來平時沒怎麼護理過，她不敢太用力，害怕扯得頭皮生疼。

青竹望著鏡中那個模糊的身影，如此陌生。到這個時空已經快三天了，家裡的情況她已大致清楚。關於腿上的傷，她從蔡氏和青梅的口中也大約知道是被項家的什麼人給打的，不過對於項家是誰，青竹是一點概念也沒有，無論她怎麼回憶，也回憶不起與項家的任何關聯。

青竹再次打了一個大大的呵欠，頭髮隨意地往腦後一攏，編了根粗粗的辮子。她攬鏡自照——稚氣未脫的臉，皮膚顯得有些暗黃，烏溜溜的大眼睛、小巧的鼻子，是一張沒什麼特點的臉蛋，與漂亮二字沒有任何關聯。

青竹有些懊喪，想到自己好不容易從大學畢業，也有一份還算體面的工作，正要好好享受兩年的好時光，不想被人打擾，哪承想登個山也能招來意外，她一失足跌下懸崖，然後就掉進了這個時空。這個家蓬門蓽戶，姊弟一堆，溫飽都沒能解決，而這具軀體還如此瘦弱和嬌小，今後該如何過活呢？青竹想，每個穿越女都會說一句「既來之，則安之」，她能否有如此淡定的心態呢？不管以後的生活有多麼的艱苦不易，她是否都能堅韌地走下去？

青梅也跟著起床了，幫著青蘭穿好衣裳。天色依舊有些昏暗，冬季的早晨寒氣逼人，幾乎教人受不住。見母親已經摸黑將院子裡清掃出來，青梅忙洗了手，準備去做早飯，不料進入灶房打開米缸一看，幾乎要見底了，早飯該如何安排，她有些犯愁，忙又走出來與蔡氏商量。「娘，米沒剩多少了。」

「我知道，所以才趕著將院子給掃出來，一會兒若是天氣晴好的話，妳就搬出一袋稻穀來晾曬著，待我回來時，好去磨坊將米給磨出來。好好地看家，照顧好妳三妹和成哥兒。」

青梅道：「我知道的。」便又回灶房準備生火做飯。她拿了用半邊葫蘆做成的水瓢，從大瓦缸裡舀了水洗鍋，接著淘了少許的米，剁了兩根紅薯，一併在鍋裡煮。早飯沒有菜，心想一會兒只能搬開泡菜罈，撈些酸菜來應付一頓了。除了大家的吃食，還得另外準備成哥兒的食物，於是又清洗一只小瓦罐，抓了一把米，特意煨上了。

這時蔡氏聽見青蘭的咳嗽聲，身子一個激靈，心想莫非三丫頭受了寒涼不成？由於要帶青竹去找鎮上的大夫，哪裡再有錢給青蘭請大夫呢？蔡氏忙將青蘭叫來，摸摸她的額頭，好在沒有熱燙，立刻就放心了大半，又問青蘭。「是不是冷了忘了加衣裳，所以就咳嗽呢？」

青蘭偏著腦袋說：「我沒病，好好的。」

「阿彌陀佛，我巴不得妳好好的！只好明天再看看了，妳要還是咳的話，我再抓幾個陳皮燉了水給妳喝。」蔡氏獨自撫養幾個兒女，夏臨才走的那一年，做什麼事都不順，孩子們也都還小，她還一度以為自己挺不過來，沒想到竟然就這麼過了三年。如今青梅也大了，這兩年幫了自己不少，儼然已是家裡的半個勞力，不管是照顧弟妹，還是幫著做農活，處處都離不得她。雖然逼不得已將青竹送給了項家，可青蘭和成哥兒也都好好的，都在茁壯地成長著。雖然不易，可沒讓孩子們餓死，蔡氏也已經盡力了。

小瓦罐裡已經燒開了，青梅趕著敲了一個雞蛋下去打散，又用筷子頭挑了小小的一塊豬油進去，加了少許的鹽後，放上蓋子，接著慢慢地燉。

青竹進灶房時，已經聞到淡淡的香氣，忙問：「大姊，今早吃什麼好吃的？可真香！」

青梅說：「那是特意給成哥兒熬的雞蛋稀飯，我們可沒份。對了，妳去撈些酸白菜起來，一會兒下飯。」

「喔。」青竹答應了一聲，可她壓根兒不知道泡菜的罈子放在哪裡，最後還是青梅告訴她。青竹撈了一顆酸白菜，泡菜水散發出的酸味直接觸發了青竹的唾液分泌，她不由得吞了吞口水，又取了菜刀，洗了菜板，將白菜切成極細的絲兒。見斗櫥裡放碗筷的地方有些調料，便加了些許辣椒油和香油拌了拌。

正在燒火的青梅看見青竹俐落的樣子，一點兒也不像是腦袋不靈光，不禁心想：真是萬幸，好在二妹只是不大記事，並沒成了癡呆兒！

洗了臉後，匆匆地喝了兩碗紅薯粥，下著酸白菜，還算可口，但等青竹還想再吃時，鍋裡已經見底了，她只得悻悻地放下碗筷。

青蘭正給成哥兒餵雞蛋粥，趁人不注意時偷吃兩口，卻被成哥兒高聲嚷了出來。

「三姊壞，吃我的飯飯，羞！」

青梅聽見了，瞪了青蘭兩眼，儼然一副大人的口吻，訓著。「青蘭，不許偷吃弟弟的東西，當心打妳屁股！」

青蘭卻極委屈，眼巴巴地望著青梅。「大姊，為何我們喝粥吃酸菜，弟弟卻吃得比我們都好？」

「因為他是弟弟呀！」青梅知道成哥兒是家裡唯一的男孩子，以後是夏家所有的依靠，也是母親一輩子的希望，再加上他還那麼小，更不能虧著他，因此有什麼好東西，自然得偏了他。

蔡氏已經將雞放出來了，讓青梅照顧著。此時天色慢慢亮了，自己收拾一下，便叫過了青竹。「二丫頭，我們該走了。」

青梅知道母親要替自己賣做的繡活，連忙追上來和蔡氏說：「我那個做得不好，能賣則賣，不能賣的話，就給我帶回來吧。」

蔡氏一笑。「妳好不容易做出來的，難道我還會扔了不成？」

青梅又央求道：「若是賣了的話，娘替我再秤些線頭回來吧？現在冬天裡也沒什麼活兒，夜裡又長，我可以趕著再做些。」

「我知道了。」蔡氏雖不是頭一回讓青梅看家、照顧弟妹，可依舊有些不放心，畢竟青梅也還只是個大一些的孩子而已，因此再三囑咐道：「照顧好家裡，別讓三丫頭亂跑，別讓成哥兒摔著了。」

青梅連忙答應了。

青蘭聽說娘要上街去，便吵著要跟，青梅連忙拉住了，蔡氏這才帶了青竹出門。

此次蔡氏上街要辦的事不少，當然最主要是找大夫給青竹看病，接著要賣她和青梅做的繡活，籃子裡還有二十個雞蛋要拿去賣，家裡的鹽沒剩多少了，也得買些油鹽，還得秤些燈油。只怕身上的錢不夠，看來得省著點花。原本存了快五十個雞蛋，除去成哥兒每日要吃的，也還能再拿出一些來賣，不過蔡氏有自己的盤算，她得拿一些出來，送到項家去。青竹畢竟在他們家，同樣的事蔡氏不願意再看見第二次，只希望項家人能待青竹好一些。

蔡氏走了一段路，見青竹沒有立刻跟上來，正想責備幾句，突然想到女兒的腿不好，腦子好像也不大靈光，原本要責備的話便生生地又嚥了回去。她大步折了回去，走到青竹跟前，身子一蹲，道：「還是我揹妳吧，省得妳腿更疼。」

青竹原本不願，可走了這麼長一段路，確實有些吃不消，為了不拖延時間、不給蔡氏增添麻煩，青竹只得爬上蔡氏的背。蔡氏揹著女兒，急忙趕路，由於一手要提籃子，畢竟有些不方便，青竹見狀便道：「娘，我來提籃子吧。」於是便接過來。靠在蔡氏的背上很溫暖，又很舒服，青竹突然覺得心中有一股暖流湧過。自從自己上了小學三年級以後，便再沒有享受過母親揹著自己的感覺了。

蔡氏個子矮矮的，生得又削瘦，雖然沒有寬厚的肩膀可以供青竹依靠，不過在蔡氏背上的感覺，卻讓青竹有些感慨。

走了將近兩里地後，青竹明顯聽見蔡氏的喘氣聲有些大了，心疼道：「娘，妳放我下來吧，我能走。」

「沒關係的，我揹妳一程，妳腳不大好，走多了怕更疼。妳更小些的時候我可也沒少揹過妳，只怕妳已記不得了吧？」

青竹覺得眼眶有些潤潤的，低聲說道：「娘，我怎麼可能會忘呢？就算我忘了所有的事，也不會忘記趴在母親背上的感受，因為這是世上最溫暖幸福的地方呀……」

蔡氏聽見青竹說這些話，不禁笑了出來。「二丫頭呀，妳還真是個可人兒。」走到水車邊時，見古家的黑娃趕著牛車來了，好像也是要去鎮上趕集，蔡氏連忙招呼了，讓黑娃捎她們母女一程。

黑娃本就是個熱心的小夥子，很爽快就答應下來，因此青竹便從母親背上下來，坐上了這粗陋的牛車。

牛車慢悠悠地行走在鄉間的小道上，青竹從車裡探出腦袋來，興致勃勃地欣賞起沿岸的風景。時值冬日清晨，東邊的太陽才升起來，陽光還未將薄薄的霧靄給穿透，不過能見度不算很低，青竹至少能看清對面山上的顏色。山上裸露出的黃土，植被並不豐富，看上去有些荒涼感，那些散落在田間地頭的樹木也只剩下了枝椏。道路兩旁的田地裡種著小麥，此刻正是成長的時候，綠油油的麥苗一茬接著一茬，像是春天雨後的韭菜。青竹看了一會兒後，便覺得沒什麼可看的風景了。

一路上，黑娃忙著趕車，並沒和蔡氏母女怎麼說話。

由於起得早，青竹覺得很疲憊，不多時便靠在母親的肩頭，呼呼地睡了起來。

蔡氏察覺了，忙將她半摟在懷裡。

第三章　趕集

行了將近一個半時辰，終於到了鄉鎮的集市。

黑娃停住車，蔡氏將青竹叫醒，母女倆下了車。

青竹揉揉眼睛，四處張望著這所謂的街市——狹窄的街道，可能就夠兩輛牛車來往，黃土路上揚起的塵埃讓青竹避之不及；街道兩邊全是有些破舊的木板搭起來的房子，有一些甚至不能稱之為房屋，只是一間棚戶而已；耳邊能聽見各種吆喝聲、叫賣聲。

青竹仔細辨認那些挑出來的布幌子上書寫的各式招牌，對於這樣有些破敗的街道，青竹是第一回置身其中，因此不免充滿了各種好奇。

蔡氏見女兒走走停停，自己還得忙著辦事呢，可不敢再耽誤，又想著回去的時候應該沒有那麼好的運氣，想來也搭不上順路的車，所以幾步上前拉著青竹就走，又輕斥著她。「趕緊的！先賣了雞蛋，好給妳看病。」蔡氏要趕著將雞蛋賣了，畢竟占著手不方便。

「喔。」夏青竹打量這街道上來往的行人，從他們的衣著裝束來猜測他們的身分，突然覺得很有意思。她緊緊地跟在蔡氏身後，兩眼有些看不過來，街市上發生的一切對初來乍到的青竹都是稀奇事。

好不容易找到一家米行，青竹看了眼門口掛著的木牌，木頭上漆的顏色早已經不鮮豔了，歪歪斜斜地寫著「小羅糧油」四個字。

蔡氏將蓋在上面的土布和幾件繡活一揭，便露出底下的二十個雞蛋來。

「老闆，這裡有二十個蛋，看著給個好價錢吧。」

蔡氏忙著和店裡的掌櫃商量價格，青竹則在店裡東張西望。店內放著不少竹筐，裝著些大米、高粱米、大豆、黑豆、小米、玉米等五穀雜糧，其次便是排成一排幾只大小不一的水缸。青竹很好奇，琢磨著缸裡存放著什麼好東西，便揭開蓋子要瞧瞧，不料才揭開一條縫，那瘦小的掌櫃就走過來，訓斥著青竹。

「不買就別亂翻！弄髒了妳全買下呀？」

青竹不樂意地撇撇嘴，心想：看一下怎麼呢？又不損失你什麼！這人怎麼做生意啊？

蔡氏瞪了青竹一眼，那眼神彷彿在說：別給我找麻煩，老實待著！

蔡氏已經和掌櫃談好價格，掌櫃的數了數目，又百般挑剔，說個頭小、不好賣之類的話，結果原本說好的七十文錢，又生生地扣了十文。

青竹更詫異，她瞪圓了眼，心想二十個雞蛋就幾個銅子兒打發了？在她的印象裡，古代人出手不都是一錠錠的銀子，或是一卷卷的銀票嗎？

兩人交易完畢後，蔡氏算著家裡缺少的東西，順便在他們店裡將燈油也一併買了，秤了五斤，花費了二十五文錢。

青竹悄悄地替母親算了筆帳，也就是說，賣了二十個雞蛋後，除去買燈油的，已經剩下不多了，還能再添置些什麼呢？看樣子，沒有好的經濟來源，很難撐起一家的吃喝，更何況這個家裡有五張嘴等著要吃喝。

買完後，青竹跟在蔡氏屁股後面出了糧油店，仰面問著蔡氏。「娘，下一處我們要去哪兒？」

蔡氏說：「還是先給妳看腿吧，怕耽擱得久了，妳會受不了。」

青竹忙道：「不了，我的腿沒有多大的事，雖然疼，但還能走，過幾日說不定就好了，何必再花那個冤枉錢找大夫呢？醫藥錢肯定又得一大堆。」剛才在糧油店裡，蔡氏和掌櫃為了幾文錢爭得面紅耳赤的，好不容易攢下來的雞蛋，結果並沒賣出多少錢，因此青竹想著餬口要緊，病看不看都沒關係。

蔡氏知道女兒心疼錢，不過她好不容易找了鄰居借了錢，再說今天出來最主要的目的就是給女兒看病，哪有就這麼算了的道理？況且青竹想不起以前的事了，此事不小，輕視不得，一定要帶去看大夫才成。想到青竹在項家受的那些委屈，都是她這個當娘的沒本事，不然也不會給青竹帶來這麼多不幸。她不由得又想起死去的丈夫來，於是兩眼含淚，拉了青竹便走。

繞來繞去的，過了好幾條巷道街市，最後終於找到張木匠家說的沈醫館。等著看病的人不少，蔡氏拉著女兒坐在靠門口的長凳上等候著。

興許是走的路多了，青竹方覺得腿上的傷勢更加疼痛起來，幾乎有些站不穩了。

蔡氏忙讓女兒的身子靠在自己懷裡，安慰著她。「青竹別怕，再等等就好了。當娘的對不起妳，讓妳受了這麼多苦。可憐妳年紀還這麼小，要是妳爹還在的話，絕對不會允許我把妳……」話未說完，便滾下一行熱淚來。

青竹看見蔡氏哭，心裡頓時被揪緊了，抬起小小的手替蔡氏拭淚。她想，此刻該說句安慰的話才是，好些句子從腦中一一閃過了，可她卻不知到底該說什麼才好。

好不容易輪到青竹了，蔡氏牽著她走到那大夫跟前。

青竹打量一下那位所謂的大夫，留著長長的鬍鬚，臉上也是褶子，頭髮綰了個髻，插了根木簪子，她猜想必定有五十來歲了。

蔡氏簡單地說了下青竹的情況，又將青竹的褲管挽起來，露出紅腫不堪的膝蓋，還有小腿肚上那一道道的瘀青血印子，那麼的觸目驚心。青竹咬牙想道：到底是誰下如此的狠手，將自己給打了？她知道後定會給那人好看，也太欺負人了！

當那大夫按著青竹的膝蓋時，青竹疼得大叫一聲。「呀！」

大夫又仔仔細細地看過後，捻鬚道：「大冷天的，只怕好得更慢一些。這小姑娘長得如此乖巧，誰下得了這麼重的手，打成這樣？幸好沒傷到筋骨。」說完便低頭要去開藥方。

蔡氏連忙阻攔說：「不光是腿上，還有我女兒的腦袋，可能出了什麼毛病，麻煩大夫再給看看！」

那大夫便將青竹從頭頂到下巴都一一細細地瞧過，又把了脈，後來甚至伸出三根手指來問青竹這是幾，最後得出了結論。「不是個傻子呀，看上去很正常，妳多慮了。」

青竹不服氣地想著：你才傻呢！

蔡氏趕忙解釋道：「據說磕到腦袋，不是傻了，而是將以前的事給忘得一乾二淨，連人也認不得！」

那大夫聽說後，倒遲遲不敢寫方子了。這種情況他從未遇見過，不敢隨意給她開藥，沈吟半晌只好道：「可能是磕著了什麼地方，產生了血塊，或許血塊消失後，慢慢就好了，不用太擔心，再觀察一陣子吧。我先開腿上的藥，是要搽洗的，還是要湯藥？」

蔡氏琢磨一下，便阻攔說：「既然沒什麼大問題，那麼先不開方子吧，我回去找點土辦法就行。有勞大夫了，多少診金？」

那大夫聽見不想開藥，臉上的熱情立即就冷卻下來，臉拉得老長，愛理不理的，生硬地說了句。「五分銀子。」

蔡氏低頭數了五十文錢給他，心想光是診金都這麼貴，要是吃藥的話，肯定付不起。

青竹在一旁看著，心想賣了二十個雞蛋還不夠看病買油呢！

蔡氏帶著青竹出了醫館後，稍稍地安了心，又和青竹說：「回去後我自己去採點治跌打損傷的草藥來，也是一回事。」

「娘，我沒什麼，妳別太替我擔心了。」

蔡氏苦澀地一笑。「那就好。要是妳能將以前的事都記起來，那就再好不過了。」

給青竹瞧了病後，蔡氏便惦記著青梅做的那幾件繡活，有兩張手帕、兩個鞋墊子、兩雙襪子，還有一張包頭的帕子。自己夜裡沒事也趕著做了些，得全拿去賣了才行。

好不容易找到店，經過一番討價還價，最後賣了二分銀子。

青竹羨慕道：「大姊的手真巧，做出的花也好看。不過娘的手藝更好，那些花兒就像要活過來似的。」

蔡氏笑說：「妳嘴巴像是抹了蜜般，說得真甜。不過妳也該學著做些了，不說拿去賣，自己也得要用。」

青竹有些無語，當她還是于秋的時候，縫個釦子，做點十字繡還行，不過要將花繡得栩栩如生的本事還真沒有。

青竹跟著蔡氏來來回回地兜了好幾個圈子，加上腿腳的傷勢，早已經有些受不住了，蔡氏身子一蹲便要讓青竹上背，可青竹見她手上還提著東西，又是油鹽，又是布料，便擺擺手說：「不用揹，我自個兒能走。」

蔡氏覺得這場病除了讓青竹不能記事以外，好像也沒什麼不同，反而比以前更乖巧懂事了些。不過這樣的女兒卻讓蔡氏覺得陌生，心想會不會落下什麼大病症？會不會被什麼不好的東西附了體？得趕在項家人發現前，儘量讓青竹想起以前的事來。

蔡氏買了一套香蠟紙錢，青竹不知何故。

蔡氏帶著女兒去了一趟當地還算有名氣的寺廟——菩提寺。

爬了一截山路後，青竹覺得自己再也走不動了，有些洩氣地問蔡氏。「娘，妳來寺廟裡做什麼？」

「還不都是為了妳。」蔡氏說道。

好不容易到了廟裡，蔡氏先拈香祭拜一回，又忙讓青竹跟著磕頭跪拜，口中唸唸有詞。「菩薩保佑，信女夏門蔡氏，祈求愛女青竹萬事順利，夫唱婦隨，少些家宅口舌之爭，病魔鬼怪統統退散……」

青竹聽得一愣一愣的，什麼夫唱婦隨？疑惑地看了蔡氏一眼，卻見她閉上雙眼，一臉虔誠的樣子，正在向佛祖祈禱。

蔡氏帶著青竹虔誠地跪拜過，又發下了宏願。

青竹看著那一尊尊有些面目猙獰的羅漢、夜叉之流，不禁心生恐懼，總覺得那些塑像好似要即刻活過來一般。青竹想要回去，蔡氏卻拉著她到了一小攤前，攤邊坐著一個老態龍鍾的和尚，穿著破舊的袈裟，閉著眼，不知是在打瞌睡還是在養精神。

蔡氏將籤筒遞給青竹，並對她道：「妳要虔心，別去想亂七八糟的事，搖幾下後，從裡面抽出一支來。」

「喔。」青竹按照蔡氏說的做了，搖晃好一陣子後，不知是不是力道使得大了些，一支竹片飛落在地上，她拾起來一看，只見上頭寫著幾行小字——

第一行為「劉皇叔過江招親」，青竹很納悶，這是何解？感覺有些摸不著頭腦。又見下面批註著「上上」二字，青竹想，那必是好籤了。第二行寫著像是詩句的文字，依次看去，只見寫的是「腰佩黃金印，身騎白玉麟，福人多寶物，玳瑁共珍珠」，她更是一頭霧水了。

蔡氏忙從青竹手上將籤遞給老和尚，老和尚瞇著眼看了一回後，只點點頭，就是不肯說話，蔡氏便問：「敢問老師父這是什麼籤？給解一解。」

老和尚卻向蔡氏伸手說：「五兩銀子。」

青竹嚇了一跳，讓解個籤就要五兩銀子，還真是坑人，這是明擺著要搶劫嗎？

蔡氏身上哪裡拿得出五兩銀子呀，忙說：「我身上沒有那麼多的錢，麻煩老師父給看看，這是小女求的。」

老和尚瞇著眼睛，將一旁的青竹打量一回後，點頭讚道：「此女不凡。」

青竹見母親一副為難的樣子，心想何必為了那幾句似是而非的話花五兩銀子呢？再說根本就拿不出來，因此便對蔡氏說：「娘，我們走吧。」

「好不容易求來了，怎麼能不知道上面寫的是什麼就走呢？那不是白來一趟嗎？」

青竹笑道：「娘不用擔心，總歸是好話。這些東西原本便是信就有，不信就沒有，什麼福運、歹運之類的，不過是一些必然的、偶然的因素湊在一起所產生的其中一個結果而已。」

女兒說的是什麼，蔡氏聽不明白。她想了想，既然解不了籤，又聽青竹說上面寫的是好話，那麼也算是中平以上的好籤了，便從荷包裡數了二十文錢來，對老和尚說：「老師父，這籤你賣給我吧。」

老和尚的眼睛睜得大一些了，他從來沒有見過這樣的人，便問：「要這籤何用？」

蔡氏笑著說：「若真是支好籤，我就買來送給女兒。」

老和尚想了想，便將青竹抽出的那支籤扔在蔡氏面前，轉過臉去。

蔡氏歡歡喜喜地將二十文銅錢整齊地擺放在籤筒邊，拿起抽中的那一支，回頭對青竹說：「青竹，我們回去了！」

第四章 冬夜

到了冬天，夜晚就越發的長，特別是沒有什麼娛樂活動的夜晚，多少顯得有些無聊。

桌上一盞昏黃微弱的油燈，青竹坐在桌前翻著一本不知是誰留下來的書本，紙張被蟲蛀過，還有些褐黃的污漬，也不知當初到底沾上過什麼東西？這是一本前人的筆記小說，青竹實在無聊，好不容易翻出來解悶用的。

屋中有一爐子，上面放了一把小鐵壺。蔡氏和青梅圍坐在爐旁理著買回來的麻線，青蘭和成哥兒也守在旁邊，一是為了取暖，二是在等爐子裡烤的紅薯。

蔡氏看了眼青竹，見她很專注的樣子，便問了句。「青竹，妳認得全上面的字嗎？」

因為全是古字，印刷品質又不怎麼好，青竹要辨認好一陣子，因此顯得有些吃力，聽見母親問，只好回答道：「大概能看懂。」

蔡氏便笑說：「要是妳是個兒子就好了，當初你們爹還在的時候，偶爾會教妳大姊，也教妳識字，妳大姊不願意學，還哭鬧過，沒想到妳竟然還能學下去，只可惜是個姑娘。」

青梅一邊纏著線，一邊說：「我一看見那些字就頭疼，實在學不來。」又笑道：「娘指望不了二妹，不是還有弟弟嗎？說不定他也像爹那樣考取過了童生，再努力一把中個舉，到時不就是夏家的榮耀嗎？」

蔡氏忙說：「喲，我不知能不能等到那一天呢！村西口有個錢秀才，現在都快五十了，不是還在考嗎？也沒見中過舉人，這條路當真不好走。他以後能幫我種種地我就很滿意了，別的也不敢太奢望。」

青竹便想起「范進中舉」的典故來。

青蘭聽說了便要教成哥兒數數，伸出指頭來問成哥兒。「這是幾？」

成哥兒揮著小手，很歡欣地道：「一！」

青蘭的聲音很稚嫩，成哥兒則完全是一副奶聲奶氣的腔調了。

青蘭耐心地教了好幾遍，成哥兒還是只能數到十，後來青蘭問成哥兒。「弟弟，六過了是幾？」

成哥兒順口回答道：「五！」

「五不是在前面嗎？六後面是七！」青蘭連忙糾正成哥兒的錯誤，接著又轉向蔡氏說：「娘，弟弟真笨，連數也不會數！」

其餘三人都笑出來了。

蔡氏忙說：「成哥兒以後還是幫我種地吧。」

屋子裡暖洋洋的，一團的溫馨平和之氣。

看久了，青竹覺得眼睛疼，便合上書，此時小鐵壺裡的水發出「嘟嘟」的聲響。

青蘭立即說：「水開了！」

蔡氏道：「聽見水聲響，表示還沒開呢，得再等等。」

青竹突然聞見一股有些焦糊的味道，用力地嗅了嗅後，大聲嚷道：「不好了，你們烤的紅薯焦了！」

「是嗎？」青梅聽說，連忙將小鐵壺提下來，拾了跟前的鐵鈎撥弄爐子裡的火炭。

青蘭興高采烈地拍著手說：「好香、好香！我要吃！」

蔡氏湊近一瞧。「喲，還真是烤過了。以後不許在爐子裡烤東西，糟蹋了。」

可是烤東西吃是幾個女兒的愛好，就連成哥兒也很喜歡，蔡氏說不讓，青蘭早已噘了嘴。

青梅將紅薯翻了出來，成哥兒立刻就要去拿，被蔡氏迅速地拉開。「那麼燙，你也不怕燙傷了手！」

青蘭則蹲在地上向那有些焦黑的紅薯大口大口地吹氣，好讓紅薯盡快地涼下來。

青梅連忙避讓開，道：「三妹，別吹，地上的土都叫妳吹起來了！小心吸到肚子裡，妳又喊肚子疼。」

過了一會兒，等烤紅薯不那麼發燙的時候，蔡氏拾起來，吹了吹上面的焦炭，拍了拍灰塵，一掰開來，一股濃烈的香氣立即迴盪在冬夜的屋子裡。幾個孩子早已流著口水等蔡氏分食。蔡氏先掰了一小塊給成哥兒，又分了些給青蘭，剩下的已經不多了，蔡氏將其中一塊給了青梅，手中剩下的全部給了青竹。

青竹接了過來，已經不那麼燙手了，正想咬一口時，卻見蔡氏自己並沒剩下，忙說：「娘怎麼不吃？」

蔡氏笑道：「我不餓，你們吃吧，又不是什麼好東西。」

青竹立即也說：「我也不大餓，還是給娘吧！」

「正是長個子的時候，哪有不餓的？快吃吧！」

青竹卻將紅薯遞到蔡氏面前，笑說道：「娘先替我嚐嚐甜不甜？」

「二丫頭也挑嘴起來了？」蔡氏皺了皺眉，咬了一口，覺得有些燙嘴，便對幾個小的說：「你們也當心點，別吃那麼快，仔細燙著舌頭。」又對青竹說：「甜呢，妳快吃吧！」

「娘都說甜了，那肯定甜！」青竹這才放心地咬去。

蔡氏此時才反應過來，笑罵了句。「二丫頭是個鬼靈精！」

青梅特意給蔡氏留了一小塊，起身說：「正好水開了，我出去打了冷水來，兌好後大家洗了腳，三妹和成哥兒也該睡了。」

「去吧。將我的衣裳披上吧，外面冷。」蔡氏囑咐道。

青梅依言多披了件衣裳，便去開門，才開了一條縫，瞅著外面漆黑的一片，心裡突然有些害怕，不敢單獨出去，便扭頭對青竹道：「二妹和我一道吧。」

「喔。」青竹立刻走過去。

青梅開了門，頓時一股風灌進屋子裡，差點將桌上的油燈吹滅，跨出門檻後，她趕緊將門帶上。外面黑壓壓的，只見風吹著樹影在搖晃，她更膽怯了幾分，連忙將身後青竹的手緊緊地捏住。

青竹見狀便安慰青梅。「大姊，我緊緊地跟著妳，別怕。」她心想，這個大姊平時一副大人的模樣，沒想到竟然怕黑，看來的確還是個沒長大的孩子呢！

「我才不怕呢！」青梅嘴硬，心想她畢竟是大姊，總不能讓妹妹取笑自己吧？

兩人摸黑進了灶房，好在屋裡的陳設青梅很熟悉，就算沒有什麼光亮，她也能知道那些東西擺在什麼方向。她迅速地摸到木桶，水缸就在旁邊，拿著葫蘆瓢舀了兩瓢水倒進木桶裡，又迅速帶上灶房門，大步走出來了。

青梅和青竹去打了水回來後，青梅先替成哥兒洗了腳，接著便抱他哄著睡覺。

青蘭剛才還很歡騰，此刻也呵欠連天，雙眼迷離的樣子。

青梅先帶成哥兒去睡，接著又來帶青蘭。

青竹在旁邊看著，年僅十三歲的青梅儼然小婦人一般。都說窮人的孩子早當家，這句話用在青梅身上再合適不過。

等青蘭和成哥兒都去睡了，青梅和蔡氏依舊在昏黃的燈火下理著買來的麻線。

青梅看了眼青竹便說：「二妹睏了也去睡吧。」

「不睏，我和娘、大姊說會兒話吧。」其實青竹很想從她們口中打聽些關於項家的事，雖然她一點關於項家的記憶也沒有，不過想到身上的傷、母親的寡言少語、青梅眼中流露出的痛惜憐愛之意，便知道夏家與項家的關係絕不簡單，她也能深刻地體會到今後肯定還要面對項家。當青竹正在煩惱如何讓她們將話題往項家上引時，卻聽青梅說——

「娘當初就不該作這個決定，我們家只要咬咬牙，二妹也就留在家裡了，現在還能幫娘做不少的活兒。不過就是添副碗筷的事，哪裡就送給項家做媳婦呢？偏偏項家的人還不知道疼惜人，到頭來還不是娘心裡不好受。」

做媳婦?!青竹暗驚，心想自己才多大來著，就給別人做媳婦了？從身旁的人口中得知，這還是個不良的夫家，不然她身上也不會有這些傷了！

蔡氏聽見大女兒抱怨，心裡更不好受了，哀嘆道：「還不是因為日子實在沒法過了，項家不是幫襯了我們家兩塊地嗎？當初你們爹走的時候，連塊棺材板也買不起，還等著入土為安，他們家沒幫襯二十兩銀子，又哪能收得了場？」蔡氏看了兩個女兒一眼，不由得又嘆氣。「要是你們爹沒走就好了，二丫頭也不會淪落到與別人做童養媳的地步。我是個沒能耐的人，你們底下還有一個妹妹、一個弟弟，這日子已經過得緊巴巴了。」又看向青竹，有些歉然地問道：「二丫頭，妳怨我這個當娘的吧？要是家裡能稍微好過一點，我也不會讓妳受這份罪。」

青竹重新檢視了下自己目前的身分——八歲的黃毛丫頭，身子虛弱的小村姑，家裡沒有餘糧，沒有存款，還是個讓人嫌棄的受氣童養媳，夫家要打便打、要罵便罵，娘家絕對沒有那個能耐站出來為自己說幾句話!唉，今後的日子可怎麼過呢?

青竹覺得鼻子一酸，差點掉下淚來，又怕母親和大姊更為自己擔心，只得再拚命地忍回去，趁人不注意時，偷偷地揉眼，又努力扯出一抹笑容來，向蔡氏和青梅說道：「我知道娘有許多苦處，這個家本來就過得緊巴巴的，下面還有弟弟妹妹。娘這輩子著實不容易，是做女兒的不好，讓母親擔心了。」

青竹懂事體貼的話語更觸痛了蔡氏，她不禁流著眼淚說：「都是妳們的命不好，沒有生成大戶人家裡的小姐，不然也就衣食無憂了。」

青梅卻道：「娘說這個做什麼，大戶人家又怎樣？當年爹還在的時候，不也說過爺爺當年也是大戶人家裡出來的，不過因為是小妾養的，又被其他房排擠不喜，所以才會被趕到這莊上來住。」

「罷了，不提了，我這輩子就靠你們幾個過活。青梅年紀不小了，也快到說人家的時候，得好好地打扮起來，尋個如意的人。青竹是被我給耽誤了，青梅可不能再往火坑裡跳。」蔡氏滿是苦澀。

青梅聞言，臉上露出一絲少女特有的矜持與嬌羞。

青竹在一旁看著，心裡煩悶著以後的日子該怎麼過，又暗自祈禱大姊能得良緣。

青梅吞吞吐吐地說道：「我也還小，底下的一對弟妹更小，娘一人怎麼拉拔得過來？我雖比不得壯勞力，但一般的活計也能幫著做一些，只求母親別嫌棄我。」

蔡氏心酸道：「我哪裡會嫌棄妳們呢？都是我身上掉下的骨肉。慢慢地熬幾年，等成哥兒自立了，妳們也用不著這麼辛苦了。」

蔡氏和青梅還守在小爐子邊，兩人趕著纏線。

青竹則乖巧地坐在桌前，慢悠悠地晃動著雙腿，也不想再翻書了。屋子裡的光線甚是昏暗，卻很溫暖，青竹暗地裡打量這個時代裡的她的親人。

蔡氏，三十不到的年紀，削尖的臉頰，看不出一絲青春的風韻。可能是因為長期將頭髮向後梳的緣故，前額有些禿得高了。半張臉映襯在火光下，清晰可見眼角處爬著細細的紋路。個子不算高大，背微微有些駝。因為守寡的關係，再加上家裡本來就窮，根本沒什麼漂亮顏色的衣裳可供打扮，髮中就兩支木釵，更無脂粉首飾妝點。說來年紀也不算大，可這樣的姿色形容放在二十一世紀，青竹想，看來就像快五十的年紀。想到這裡，她不由得一驚，這裡沒有良好的保養條件，看上去總是顯老，等自己到蔡氏這個年紀時，會不會和母親一樣呢？她心裡突然多了分煩惱。

青竹又去看青梅，十三歲的少女，正是上初中的年紀，也正處於青春發育的年紀，不過青梅的身子卻顯得很單薄，臉上也帶著些蠟黃，頭髮稀疏又毛，一看就有些營養不良。幸好她長了一張標準的瓜子臉；眉形也還不錯，若能稍微修整一下，就更能看出效果來；一雙分外明亮靈活的眼睛，雖然不算多大，也炯炯有神；皮膚被曬得有些黑紅，兩腮上帶著稀疏的幾點雀斑。總的來說，雖稱不上美女，可五官端正，四肢健全，身姿挺拔。青竹想，正是長身體的時候，說不定再過兩年就出落得更好了。

蔡氏和青梅已經纏好麻線，蔡氏又與青梅道：「買了點紫花布，打算給妳做身衣裳，妳帶青蘭去找些茜草來好染布。」

青梅道：「我就不做衣裳了吧，成哥兒還沒有冬衣呢。」

「那麼小的孩子能用多少布？再有，當年你們爹穿過的衣裳拿去改改，也還能穿幾年。」蔡氏一面和青梅說著，一面又回頭去看青竹，見青竹還坐在那裡，她差點將這個女兒給忘了，便趕緊催她去睡覺。

第五章　姑姑

青竹被項家的人打了以後，自個兒跑回家來，轉眼已經過了十天，項家那邊依舊一點消息也沒有，也沒派人來接青竹回去。蔡氏漸漸有些發急了，心想莫非項家就這樣不管青竹了嗎？要她一個寡婦上哪裡說話去？好幾次，她都想讓青梅送青竹回項家去，可青竹腿上的傷還沒怎麼好，蔡氏畢竟心疼女兒，也不好再趕她。

青竹一想到項家的暴力便有些陰影，死活不願去項家。

青梅也勸蔡氏。「二妹在他們家受了委屈，若是就這樣回去了，會讓他們項家覺得我們夏家的人好欺負，這樣的事以後說不定還會再發生，不如就讓二妹在家多住幾天，等項家找來再說。」

蔡氏覺得大女兒說得有些道理，因此也不大再勸青竹回去了。

又住了兩日，嫁到廖家灣的姑姑來了。早就聽青梅說起過這位姑姑，是死去的父親的姊姊，快四十的人了。姑父早些年是個泥瓦匠，這些年因為腰腿痛的關係，已經不敢再上房，但姑父年輕時手腳勤快，又吃得了苦，所以攢下些家業，雖然算不上十分富裕，倒也修了七、八間寬敞明亮的大瓦房，還有十幾畝的田地，其中上等田就有七、八畝，並餵了三頭牛，甚至雇了個專門放牛的人，在廖家灣一帶也算得上是屈指可數的人家了。

姑姑養了兩個兒子，一個女兒。兒子們都已娶妻生子，長子在家幫忙打理田地；次子剛成親，在城裡有家小鋪子；女兒十一歲，跟前有個服侍的丫鬟，嬌嫩得像朵花。

當姑姑和她十一歲的女兒出現在夏家的時候，著實掀起了一陣轟動。

那時青竹正坐在門檻上帶著青蘭玩，突然聽見隔壁的狗叫，又聽見有人驅狗的聲音，緊接著有女人大叫「青梅」。

青蘭迅速站起身來，緊接著便往院子裡跑，一面跑，一面叫道：「姑姑！姑姑！」

青竹見青蘭如此高興，再加上有些耳聞，心想這位從未謀面的姑姑到底是何方神聖？

青蘭歡歡喜喜地開了籬笆牆的門，纏著夏氏嬌滴滴的、一聲接著一聲地喊「姑姑」。

夏氏後面跟著位小姑娘，似乎比青梅還要略高些，生得白白嫩嫩，穿著繡有花朵的衣裙，嫋嫋婷婷地站在籬笆牆邊，不願意跟母親到院子裡，右手拿著塊手絹輕輕地捂著鼻子，微微蹙著眉，也不知到底聞到什麼難聞的氣味，總之是一臉的反感。她身後的丫鬟則生得高大豐壯，背上揹著一個背簍。

青竹緩緩地起身，怯生生地喚了一句。「姑姑。」

夏氏將青竹上下打量個遍後，微皺著眉說：「聽說妳被項家的人給趕出來了，怎麼了，不願意再回去了嗎？妳家裡現在這麼窮，哪裡還養得起妳？」

青竹被夏氏突如其來的問話問得有些答不上來，面有難色，微微地低了頭。

夏氏徑直走進堂屋，讓丫鬟放下背簍，見女兒沒有跟上來，便大喊了一聲。「玉娘，妳不進來站在那裡做什麼？外面冷，當心受涼！」

玉娘不高興地噘嘴說：「我就在這裡，屋裡又臭又髒！娘說完話我們就趕快回去吧！」

夏氏給丫鬟使了個眼色，丫鬟便出去和玉娘說話了。

青竹心裡嘀咕著：還真是見過大場面的千金小姐，妳不也是泥瓦匠的女兒，一介村姑嗎？裝什麼清高傲嬌呢！因此，她也不上前與玉娘搭話。

夏氏見弟媳婦、青梅和成哥兒都不在家，便問：「妳們娘呢？」

青蘭搶著說：「娘去幫二牛叔叔家裡割草料，大姊也去了！」

夏氏一聽，當場就拉下臉來。「一個寡婦，不在家帶著孩子、守著家，就知道往外面跑，一點也不本分！那楊二牛家不是有個娶不起媳婦的兄弟嗎？也不怕人說閒話，我得好好地說說她！」又問成哥兒在哪兒？

依舊是青蘭搶著說：「弟弟在裡屋睡覺呢！」

夏氏聽說，連忙跑進裡屋看了一回，見成哥兒正熟睡著，模樣已經有五、六分像他爹小時候，原本陰沈的臉便突然露出幾絲柔和的笑容來。

玉娘死活不肯進屋，直到站得腿疼，便支使丫鬟給自己搬了張椅子放在院子裡。

青竹不願意和玉娘說話，青蘭又纏著夏氏。

玉娘臉上有些不高興，噘著嘴，朝青竹喊道：「二丫頭，妳過來，我有話和妳說。」

青竹看不順眼她那副嬌滴滴的大小姐嘴臉，生硬地回道：「我有名字的。」

「我記不住妳的名字，反正妳比我小，我樂意怎麼叫妳就怎麼叫妳！」玉娘微揚起下巴，一臉的不屑。

青竹只好沈住氣，來到玉娘身邊，側著身子問她。「不知大小姐有何指示？」

玉娘冷笑一聲。「別不高興呀！我聽母親說，妳被夫家的人給打了，打了什麼地方？快給我看看。還有，妳到底在妳夫家幹了什麼好事，怎會遭打？說給我聽聽。脾氣還真是一點也沒改呢！不過別想著我這當表姊的能為妳出氣，妳要是好好地去求求我娘，說不定還能為妳主持一下公道。」

青竹想，這個毛丫頭年紀不大，怎麼一開口就這麼不討人喜歡？明明是來作客的，卻一點客人的禮數也沒有，說出的話也全是磕磣人的。自己挨了打，又與她何干？見她一臉看好戲的樣子，青竹心裡就發火，於是撇了撇嘴說：「不勞大小姐擔憂，橫豎與大小姐無干。」

「嘖嘖嘖，這是什麼話？我好心問兩句，還是瞎操心了？」玉娘一臉的鄙夷，又扯著嗓子喊：「娘，我們回去了！二丫頭她好得很，用不著妳這個姑姑替她出面，自己就能擺平了！」

青竹從玉娘身邊走開，再也不願意和她搭話，且頓時覺得青梅實在是個好姊姊，也真心地心疼自己。她才不願意接受那些虛情假意的問候，不管是夏青竹還是于秋，青竹想，自己的事，自己能處理好，不用別人來指手畫腳。

不多時，成哥兒醒了，哭嚷著餓。蔡氏還沒回來，青竹便讓青蘭帶著成哥兒，自己要去給他找吃的，但青蘭卻屁顛屁顛地和玉娘說話賣乖去了，壓根兒不聽青竹的叫喊吩咐，惹得青竹一股無名火不知該往哪裡發。

夏氏心疼姪兒，連忙將自己帶來的十幾個雞蛋取出兩個來，打了蛋，準備蒸給成哥兒吃。

待到天色將暗時，蔡氏拖著一身的疲憊，才和青梅回家來。

自從蔡氏進門的那一刻起，夏氏便沒有好臉色，只抱著成哥兒在院子裡玩耍；青蘭原本還想纏姑姑的，可被弟弟搶了去，正有些不高興；玉娘吵著要回家，夏氏並不理會，因此和夏氏賭氣，叫了丫鬟就說要走，卻被夏氏大罵了一頓，臉上的淚痕還未乾呢。

夏氏突然來家，對蔡氏來說是件大事，她忙忙地放下手中的東西，陪著笑臉上前與夏氏搭話。「大姊怎麼來家了？也不讓青竹帶句話給我，不然我早就回來了，可讓大姊好等。」

此刻夏氏的眉頭皺得足能夾死一隻蟲子，她一面逗弄成哥兒，一面和蔡氏說：「還知道這是妳家呀？留下幾個孩子在家，妳倒是省心。」

蔡氏笑著說道：「早知道大姊要來，我也就不出去了。」又連忙招呼青梅和青竹做飯，自己則趕著收拾了回雞圈，將下的蛋給收了。她心想著，夏氏突然來了，定是聽見關於青竹挨打的事，只是這個大姑不好相與，得處處陪小心應付，不能得罪她。想想自己一個寡婦要獨自拉拔幾個孩子，一點也不容易，因此還指望著夏氏幫幫家裡。

青梅吩咐青竹燒火，自己從菜地裡拔了幾根蘿蔔，摘了一把鮮嫩的菠菜，姊妹倆正在忙碌的時候，就見蔡氏一頭走了進來，青梅便問：「娘，家裡沒什麼可吃的，煮點什麼好呢？」

蔡氏也甚是煩惱，見青梅正在切蘿蔔，就說要去隔壁借點玉米麵。

青竹壓低聲音道：「姑姑說背簍裡的東西是送咱們的，裡面不知裝了什麼好東西，說不定有吃的，娘不如去看看，若是有現成的，何必再去借呢？」

蔡氏想了一回，方道：「我不好將她拿來的東西再拿出來招待她，我自己想法子吧。」說著拿了條布袋子便出去了。

青梅這才悄悄和青竹道：「二妹還記得嗎？玉娘最挑嘴了，要是嚐的味道不好，可是要摔碗，大哭大鬧的。」

青竹暗想，玉娘怎麼也算是個少女了，這些行為完全就是小孩子在鬧脾氣啊！不過她那副高高在上的嘴臉，倒像是能做出這些事來的樣子。

夏氏依舊在院子裡幫忙照看成哥兒；玉娘抽抽搭搭了一陣子，見沒人理她，也不哭了，只是臉色很不好，拿跟前的丫鬟撒氣。

蔡氏去了半晌後，高高興興地回來了，衝著玉娘笑道：「可讓我們外甥女久等了，想必餓壞了吧？舅母給妳燉牛肉吃！」

玉娘一聽可以吃牛肉，兩眼都直了。

夏氏卻咂咂嘴道：「出勞力的傢伙，你們也忍心來吃牠！」

蔡氏顧不得許多，招呼著青梅處理牛肉。

青梅也甚是高興。「正好有蘿蔔，就清燉好了！」趕著切肉，又叫了青蘭來幫忙理菠菜。

青蘭聽說晚上有肉吃，做活也很賣力，嚷著說：「大姊、二姊，我要吃十片肉！」

青梅道：「用來清燉的，可沒有切片，只好切成小塊了。」她算了算，今晚一共有八口人，可只一斤牛肉，平均下來一人能吃多少呢？青梅算了一回，便於能平分，切好後還特意數了數。雖然這樣算計著，可姑姑來家裡作客，自然是客人先用的道理，玉娘又是頭一個慣會吃的，自己的弟妹們又能吃到多少？

蔡氏讓女兒幫忙做晚飯，自己將雞都趕回了窩，又收拾了一回，天色已經完全黑下來了，這才走進來，陪著笑臉說：「家裡事多，讓大姊久等了。」

夏氏正等著要好好地給蔡氏一頓說教呢！她先朝背簍努了努嘴說：「裡面的東西是給成哥兒的，應該用得上。」

蔡氏聽說了，連忙道謝，又道：「讓大姊費錢了，這個家要不是靠大姊幫襯著，還不知怎樣的艱難呢！」

夏氏道：「原是自家兄弟，幫襯也很應當，都是姓夏的。我也是為了這個家好，這裡還有些話要與妳說，可能話有些糙，但道理不糙，妳不樂意也得聽著，只要這個家還姓夏，我就有權力管管這個家。」

蔡氏含笑道：「我們年輕不懂事，自然要大姊教給我們才知道。」

夏氏點點頭，心想這個弟媳婦的態度還是好的，因此也不繞彎了，正好懂事的孩子都不在跟前，也不用顧慮誰聽了去，便開口說：「妳是個寡婦人家，既然嫁進夏家，自然就得為夏家守一輩子。我們夏家祖上也是富貴過的名門望族，規矩自然就多，這裡我就不抬出來一一說給妳聽了。夏臨年紀輕輕的就走了，就剩下我這個當姊姊的，有什麼看不順眼的地方我自然要說，不然也對不起死去的夏臨。」夏氏說著，喝了口水，接著又道：「我知道妳還不滿三十，年紀不算很大，會想男人也正常。且不說幾個孩子們怎麼想，我這關是過不去的，我可不願意聽見什麼風言風語的傳到耳朵裡。」

蔡氏頓時覺得臉頰發燙，頭埋得低低的。聽見夏氏的一番言論，她半句也不敢反駁，但心裡卻想，大姊突然和自己說這麼一番，莫非是自己做錯了什麼不成？又聯想到往日來家也是這番言語，可她又沒做虧心事，因此便抬起頭來，正視著夏氏，有些尷尬地說道：「大姊說得很是，只是我也是個安分的人，哪裡再敢去想別的什麼？大姊多心了。」

夏氏冷笑一聲。「是我多心嗎？果真這樣便是最好了。別怪我多嘴，妳只一心將成哥兒拉拔大，以後還有享福的時候。」

蔡氏連連點頭道：「借大姊的吉言。」

玉娘餓得有些受不了，便去翻尋背篼裡的吃食，才將一袋冬棗提出來，就被夏氏訓斥。「這是給妳弟弟留的，妳在家還吃少了不成？」

玉娘見母親罵她，張口便大哭起來；成哥兒聽見玉娘哭，自己也跟著哭了。

蔡氏原本正哄玉娘來著，聽見成哥兒也跟著鬧，便將成哥兒拉過來，斥道：「別嚎了，一會兒就給你吃！」

夏氏聽了，疑心是在說自己的女兒，頓時陰沈著臉，臉上很不好看。

第六章　蘿蔔燉牛肉

青梅和青竹姊妹倆端了飯菜來，夏氏一聲不吭地跟著收拾桌子，主菜當然是一缽蘿蔔燉牛肉，另外還有一盤清炒的菠菜、一碟辣椒油拌的酸白菜。

蔡氏上前招呼著，又拉了玉娘過來坐在桌邊吃飯。

玉娘原本傲嬌著不肯屈尊，不過卻抵不過肚皮的抗議，且夏氏又吼了玉娘一句，玉娘這才磨磨蹭蹭地過來坐了。

青蘭早已按捺不住，伸筷子就要挾牛肉，卻被蔡氏打了一下手背。

蔡氏訓斥道：「餓死投胎的，一點禮數也沒有！」

青蘭只得訕訕地縮回手，不過目光卻直勾勾地盯著牛肉看，嘴角溢著口水。

青梅為了安撫玉娘，又為了在姑姑跟前討個好，便挾了一塊肉到玉娘碗裡。

玉娘此刻已將那些小姐脾氣給忘得一乾二淨了，拿起筷子就飛快地吃起來。

夏氏在一旁說：「吃慢些，當心噎著。」

青梅笑著摸摸玉娘的頭髮，笑問道：「好不好吃？」

玉娘張口就說：「沒李嬤做的好！」

李嬤是姑姑家裡的廚娘，青梅聽說自己的手藝還趕不上一個婆子，頓時有些不是滋味，挑了兩塊蘿蔔，挾了點菠菜，配著酸白菜，埋頭吃飯，不再開口說話。

青竹暗自打量著，玉娘口中雖說不好，卻吃得極快。孩子一多，幾乎要靠搶的，家裡難得吃一回肉，沒想到卻是這樣的情景，再看看青梅幾個的身子，都是細細瘦瘦、一副營養不良的樣子。

成哥兒也嚷著要吃肉，夏氏道：「才給他煮了雞蛋吃，少吃點吧，怕吃撐了。」

蔡氏對成哥兒說：「還是姑姑疼你。」

夏氏道：「我們老夏家這一支，以後就指望成哥兒了。也怪妳的命太硬了，竟剋死自己的丈夫。若能將成哥兒調教得有出息，也算是件功德了。」

青竹聽得很不是滋味，心裡為母親鳴不平，想要替母親出氣，因此張口就道：「姑姑這話讓人費解，說娘命格硬，剋死了爹，那當初是誰給做這門親事的呢？既然嫌母親不好的話，又何必娶過來？以為寡婦是那麼好當的嗎？」

夏氏被青竹的話膈應得不知如何是好，只得氣呼呼地拿筷子指著青竹，和蔡氏說：「這就是妳養的好女兒？怪不得夫家會嫌棄！妳年紀小小的，倒學了些本事，我也不問妳是跟誰學的，被人打了也是活該！」又嘲笑道：「看吧，自己不會管教兒女，別人替妳管教，感激還來不及呢！」

蔡氏輕斥著青竹。「小孩子家家的，口中都跑的什麼話？」

青竹忍氣吞聲，也和青梅一樣只埋頭扒飯了。

夏氏被青竹搶白後，深感自己的威嚴受到挑戰，有些嚥不下這口氣，心想若在晚輩面前失了威風，以後要怎樣在這個家建立自己的威信呢？因此越想越氣，便將筷子一扔，也不吃飯了。

蔡氏見狀忙勸慰道：「大姊怎麼才吃這點？」又忙著給夏氏挾菜，從蘿蔔堆裡選出不多的肉來，並陪著笑臉說：「大姊何必跟個孩子一般見識，她懂得什麼？」

夏氏冷哼道：「她不懂得？我看她很明白！都是妳平日教導得好，養出個這麼有出息的閨女！留在家裡多好？送給別人做童養媳，還真是可惜了呢！」

夏氏的一番冷嘲熱諷，讓蔡氏在兒女面前很沒臉面，好在青蘭和成哥兒都還小，不大知曉事體，且家裡都這樣了，她一個寡婦拖著幾口兒女，哪還能去顧什麼自尊臉面呢？因此臉上不見半絲惱意，依舊給夏氏添菜添飯。

青梅雖然和玉娘賭氣，不曾為母親說話，但青竹的話語卻讓她極舒坦，多事的姑姑早已經嫁出去了，為何還一直以老夏家的人自居？她夫家不是姓錢嗎？

總算伺候夏氏和玉娘吃完飯；青蘭吃得不多，也從飯桌上下來了；青竹早已沒了胃口，慵慵地收拾碗筷。

青梅眉開眼笑地道：「二妹歇著吧，我來收拾！」又叫青蘭幫忙。

用了晚飯後，夏氏倚著飯桌剔牙，又讓丫鬟帶著玉娘去睡覺，但玉娘精神很好，又嫌棄這裡不好，不肯去歇息。夏氏心煩，也就不顧她了，於是玉娘和丫鬟在角落裡翻著花繩玩。

蔡氏見青梅不在跟前，而青竹抱著成哥兒在一旁正教他數數，於是便道：「大姊，妳看我們青梅年紀也差不多了，還請妳當姑姑的替她留意著，看有沒有好人家，幫著相準一門親事。」

聽見說到大姊的終身，青竹便豎起耳朵，留了心。

夏氏道：「很是呢，說來也該好好地計劃計劃。只是家裡實在有些困難，我看不如這麼著，找家兄弟多的，給她說個上門女婿可好？也能幫著料理家裡。青蘭和成哥兒都還小，沒人照料怎麼行？妳成日裡總是拋頭露面的。」

蔡氏沈默了下，便點頭答應。「若真有這樣的人家，也是好的。只是家裡有成哥兒，不知族長那裡讓不讓給上門？」

「這點小事有什麼不通融的？我們廖家灣好像有這樣的人家，不過我們是女方，太主動了也不大好。再有，青梅年紀不算大，再留兩年也行，再怎麼著也得等青蘭能幫上忙了。」

青竹在一旁暗想道，這是事關大姊的終身呀，為何不問問她本人的意見呢？她們口中所謂的良緣，難道就是青梅心中所希冀的那樣嗎？

說完了青梅，話題自然而然就轉移到青竹的身上。

蔡氏見項家那邊沒有動靜，很是煩惱，可畢竟是自家女兒受了委屈，總得想法子讓女兒有頭有臉，以後還得在項家立足呢！

青竹只好裝作沒聽見，她倒要看看這個自以為厲害的姑母能有什麼高深的見識。

夏氏睃了眼青竹，冷笑道：「妳養的女兒問我做什麼？她有能耐，難道還會讓人給看低了不成？送出去的女兒已經不姓夏了，是他們項家的人，妳管那麼多做什麼？要是我的話，在家裡待這麼多天，早就將她給趕出去了！」

青竹忍著怒火，怕發作了會讓母親生氣，因此抱著成哥兒，冷冰冰地說道：「我帶弟弟去睡了。」

蔡氏心想，這些話當著她說總不大好，便應允了。

青竹帶著弟弟出了屋子，心裡窩著火，哪裡睡得下呢？她來到灶房，就見青梅正忙著洗刷鍋碗，青蘭則在一旁打下手。

青竹才進屋，就聽見青梅問青蘭——

「剛才妳吃了多少塊牛肉？」

青蘭仔細回想了下後，說道：「四塊。」

青梅見青竹站在門口，又問：「二妹吃了多少？」

青竹說：「一塊。」

青梅有些不解，低頭算了一回。「切好肉的時候我仔細數過了，一共二十二塊。我吃了兩塊；成哥兒牙齒不好，也吃了兩塊；娘沒吃，而姑姑也就三、四塊的樣子……也就是說，剩餘的全部進了玉娘的肚子裡了！」

青竹嘲笑道：「人家不是說大姊做得不好吃，還沒家裡的婆子弄得好嗎？可見了肉就一副沒命的樣子，幾時看她挾過跟前的菠菜和酸白菜呢？」

青梅連忙給青竹遞了個眼神。「小聲點，要是讓她聽見，不知又要鬧成怎樣呢。」

青蘭坐在小凳子上，和青梅說：「大姊，姑姑的背簍裡有好多東西，不管是吃的還是用的都有，不過聽說都是給成哥兒的。成哥兒還那麼小，他一人吃得完嗎？」

青竹拍拍青蘭的腦袋，笑道：「誰讓妳是個女孩呢？妳要是個男孩，那些東西就全部是妳的了！」

青蘭顯然很不服氣，一把拉住成哥兒問他。「你這麼個小不點，到底哪裡好？人人都寵著你！」

青梅和青竹相視一笑。灶房裡光線很不明亮，不過姊妹間的玩笑話卻讓這裡很溫暖。等青梅回頭去看時，玉娘不知幾時已站在門邊，也不進屋來，只背靠著門板，咬著嘴唇。

青梅見了她，心想她不聲不響地來這裡做什麼？灶房骯髒，豈是她錢大小姐能待的地方？正想要取笑她幾句，可還未開口，就聽見青竹說話了——

「大小姐幹麼要偷聽我們說話？」

玉娘一雙黑漆漆的眼珠子將屋裡人給打量個遍，她知道自己是被排擠在外的人，有些不滿，於是噘著嘴說：「我來聽聽你們有沒有在背後說我和我娘的壞話！」一副義正辭嚴、大義凜然的模樣。

玉娘的模樣逗樂了青竹，因此略彎著腰說：「我們可沒那閒工夫。」又去看青梅，故意笑說道：「大姊，熱了水洗了腳後，我們被窩裡說悄悄話去！」

青梅拿了葫蘆瓢自大鐵鍋裡舀了兩瓢水，問著青竹。「妳怎麼今日要和我睡呢？」

這一晚，小小的屋子不知怎的就擠下了八口人。

第二天一早，玉娘拉著夏氏說要回去。

夏氏也不打算多住，便和蔡氏道：「我要說的都說明白了，夏家的臉面可丟不起。妳現在當家，凡事也多長點腦子。」說著又看了眼站在角落裡的青竹，不悅地說道：「妳當母親的，也別太縱著她了！」

蔡氏依舊是一臉的溫和，含笑回答道：「大姊說得是，我知道了。」

夏氏便帶著女兒回廖家灣去了。

總算送走了一尊菩薩，家裡人頓時鬆了一口氣。

青梅和青蘭將背篼裡的東西給翻出來，一小布袋的冬棗、二十個雞蛋、幾斤紅薯、一大塊紅糖，還有一只小瓦罐。青梅晃了晃瓦罐，聽不見一絲聲音，不過卻覺得很涼手。

青蘭伸出一隻小手來往裡面晃了晃，覺得什麼東西很彈，忍不住抓了一塊就往嘴裡塞，頓時一股湯汁湧出來，很鮮美的樣子。

青蘭忙揮舞著小手說：「真好吃、真好吃！」

青梅拍了青蘭的手一下，輕斥道：「就妳貪嘴！不是留給成哥兒的嗎？妳倒吃起來了！」青梅想，或許是給弟弟燉的什麼好東西吧，一會兒拿去蒸了。

蔡氏把青竹叫到一旁去，和她說著話。

「剛才妳姑姑的話，妳也聽見了。妳姑姑的意思，讓妳這兩日就回項家去，待得久了，怕項家不高興。」

青竹的腿上還有瘀青，本以為母親能替自己主持公道，和項家討個說法，畢竟在那裡受了欺侮，沒想到母親卻無能為力。青竹一百個不願意回到那個有暴力存在的、所謂的家。

蔡氏見女兒不開口，似有不情願的樣子，心想女兒向來也還算乖巧，如今被夫家的人不待見，一定是滿心的委屈，可是在家裡待久了，總會惹出更多的閒話來，於是蔡氏硬著心腸說：「明天一早就回去吧，我讓青梅送妳過去。」

青竹這才知道自己逃不掉了，依舊默不作聲。

到了午飯時，蔡氏指著桌上的一碗湯，問著青梅。「這個哪裡來的？」

青梅道：「姑姑送的。」

青竹見湯色有些渾濁，且只見湯，並不見菜。姑姑她單單就只為了送一碗湯來嗎？

青梅覺得沒什麼味道，只能喝湯，又嚐不到肉是什麼味道，心想必定是他們錢家吃剩下的，虧姑姑還眼巴巴的、寶貝得什麼似的給送了來。青梅端來成哥兒的小碗，給成哥兒盛了不少，又說：「你多喝點，快快長大吧。」

成哥兒好像挺喜歡的，高興地揮舞著小手，一面喝湯，一面發出咕嚕的聲音，似乎對姑姑的關愛很滿意。

青竹對昨晚的牛肉有些好奇，心想母親怎能那麼神奇地變了牛肉出來呢？因此笑問道：「別說牛肉了，就是一般的雞肉也很少見，娘怎麼就拿回一斤來呢？」

蔡氏解釋道：「村裡一頭牛病死了，好些人都跑去買了。隔壁家的買了兩斤，聽說我們家來了客人，沒有下鍋的東西，硬是秤了一斤給我，錢還沒給他們呢！」

病死的牛肉?!青竹心想，古代應該沒有狂牛症吧？這時也計較不了那麼多了，能填飽肚子就是萬幸。不過比起這件事，很顯然青竹更應該擔心的是怎麼去面對那群陌生的人？將來自己要如何立足，不被欺負、不被瞧不起呢？還有，那個從未謀面的小丈夫，不知是個怎樣的人？

青梅過來安慰妹妹。「二妹，妳別怕，要是項家人再敢打妳，妳還是跑回來住著，我依舊給妳做好吃的！」

青竹苦澀地一笑。「多謝大姊……」

第七章　項家

就在青竹準備回那個所謂的夫家去時，項家卻突然派人來要接青竹回去。來的不是別人，正是項家的長女項明春。明春今年十五了，如今已定好了婆家，明年就要過門的。

項明春下了車，又趕了一段田埂路，好不容易才趕到夏家。她頭上包著塊灰色的帕子，可根本抵不了寒氣，雙頰凍得通紅。

青竹正抱著成哥兒在家陪他玩耍，青蘭跟著青梅去後面山上拾柴禾了，蔡氏依舊去幫二牛家割草料。

明春見了青竹，臉色一沈，進屋來乾巴巴地說道：「還愣著做什麼？收拾收拾回去吧！妳再不回去，娘可是要惱了。」

關於項家的情況，蔡氏和青梅已經和青竹說了不少，青竹也大致猜到明春的身分。見明春長得還算高大，生得一臉福相，圓圓的臉盤，不似青梅那般乾癟，穿著半舊的松花色棉襖，身材看上去有些圓滾滾的。

青竹放下成哥兒，站起身來，聽見明春一進屋便說了這麼一通，一時也不知該如何應對。她壓根兒是不想回項家去的，可這兩天母親的態度，加上項家的人又找上門來，看來是非回去不可了，只好訕訕地答道：「家裡就我和成哥兒，要走也得等她們回來才成。」

明春顯然沒有那個性子坐下來好好地等青竹，不過家裡除了她，就只剩下個兩、三歲的小男孩看家也確實不像話，因此便對青竹道：「我幫妳看著屋子，妳去找她們回來吧，我們馬上就走。」

青竹卻道：「大姊這麼急幹麼？走了這麼遠的路，喝點水暖暖身子也好。」說著便提了茶壺、找了杯子，要給明春倒水，可水連熱氣也沒了，於是便訕笑道：「大姊略坐坐，我去燒水。」

明春忙要說不用，卻見青竹撇下成哥兒離開了，她只好幫忙照看成哥兒。

青竹一面忙碌著，一面想，她到底該以何等姿態去面對項家的人？那個家還有沒有她容身的地方？若實在過不下去了，她還是得跑回來，到那時候母親還會為自己說話嗎？姑姑會不會又來指責母親呢？青竹意識到目前處境的尷尬。

青竹好不容易燒開了一壺水，就說要找茶葉，可將家翻尋了個遍也沒見著半點茶葉末，便說要去鄰居家借些來。

明春忙道：「不用了。」她將粗瓷杯子捧在手裡暖手，不一會兒身子也漸漸暖了起來，又一面催促青竹去將家人找回來，好和自己一道回項家去。

青竹不情願，磨蹭了一陣子，卻見青梅和青蘭回來了。

青梅揹了些枯樹枝，大大的一捆；青蘭的小背簍裡是一些玉米地翻過後剩下的玉米根。

青梅抬頭見明春來了，也來不及收拾柴禾，在圍裙上擦擦手，就連忙去招呼。「項家大姊來了，還真是稀客！」

明春點點頭，又看了眼青竹。「倒不是什麼稀客，只是奉了母親的命令，來接青竹回去的，這不已經折騰了半晌的時間嗎？我可沒那工夫閒等，既然夏家大妹子回來了，那麼我們就啟程吧。」

青梅看了青竹一眼，見她有些不願意的樣子，連忙賠笑道：「項家大姊難得來一趟，怎麼說走就走呢？再怎麼著也得吃了飯再說啊！」又招呼青竹幫忙燒火，讓青蘭去請母親回來，一家子便忙活開來。

家裡沒什麼招待客人的東西，青梅只好將姑姑給成哥兒的雞蛋拿了兩顆出來，又去借了點麵粉，烙了餅子。菜園子裡有新出的豌豆尖，摘了一把，放了些豬油，煮了湯。

等到蔡氏回來時，青梅已經收拾妥當了。

明春見了蔡氏，臉上略帶著笑意，也還算客氣。

蔡氏和明春道：「青竹年紀小，多有不懂事的地方。她爹去得早，我一個女人家，裡外的事都要忙，若有疏於管教的地方，還請項家的各位親戚幫忙教導照管一下。」

明春含笑著說：「伯母這話好生見外，我們還只當夏妹妹因為挨打受了委屈，不肯回去呢！這日子一久，娘也很擔心，所以才遣了我過來接她。」

蔡氏聽了這話，有些感慨地道：「都是因為家裡太窮了，項家又幫襯了我們些銀子，因著感激才將青竹送給你們家做小媳婦的。」蔡氏心裡有些不高興，要是項家能像自家女兒般看待青竹，她會像今天這個樣子嗎？不僅身上帶著傷，神志也不似以前那般清醒，連早前的事都想不起了！說來還是命苦，當母親的對不起她，不然也不會淪落到做童養媳的地步。

蔡氏和明春拉家常的時候，青梅已經替青竹收拾兩件衣裳，又將自己一套半新舊的襖子給一同裝上，青竹看見了忙道：「這是大姊穿的，給我做什麼？」

青梅道：「我覺得小了些，穿不了。妳拿去吧，今年冬天冷得早，妳也好添加。都是些舊東西，妳別嫌棄。」

青竹低了頭說：「我怎麼會嫌棄呢？是大姊的一片好意，我也是個知好歹的人。」

青梅將一方裹了些銅錢的手帕遞到青竹的手上，在她耳邊低聲道：「這個妳拿著，橫豎有用得上的地方。」

青竹摸出了是錢，連忙推讓。「不，錢我就不拿了。家裡的情況我清楚，大姊哪有什麼閒錢呢？快留著吧。」

青梅笑道：「是我做的繡活娘幫忙賣了，後來給我的，積攢得不多。妳在他們家有點體己也方便，我能幫妳的就這些了。妳自己可要好好保重，有閒工夫我便去瞧妳，可好？」

青竹被青梅的話語感動，連忙與青梅擁抱，一面流淚一面說：「大姊也要好好的，妳是這個家的頂梁柱呀！娘得指望妳，妹妹和弟弟也得指望妳。好人有好報，我希望妳一生都平平安安的，將來能得一個疼妳愛妳的丈夫。」

青梅臉一紅，將青竹推開，也含著淚說：「好好的又說我幹麼？對了，我倒是有個主意，要是哪天妳在項家的確過不下去了，他們不拿妳當人看的話，我就和娘說去，索性退了這門親事，不能耽誤妳一輩子。」

青竹點點頭，心裡卻想，童養媳也能退婚嗎？

儘管不捨，儘管不情不願，可青竹終究還是得跟著項明春回去。用姑姑的話說，她已經不是夏家人了。以後的日子又會怎樣的水生火熱呢？青竹不知道。不過她想，這也是一種歷練吧？她需要一顆強大的內心，就需要歷練。對她來說，項家的一切都是陌生的，而她在項家的處境同樣是尷尬的，也不知該以何等心情來面對？不過青竹心裡堅定了一點——不管日子怎樣，她都要努力活出個人樣來，不被人給看輕了！要是項家實在太欺負人，索性就自個兒跳出那個火坑，不就二十兩銀子嘛，遲早她會還上的。

明春見青竹一直沒有開口說話，心想聽夏家那個寡母說她腦袋受了刺激，可能會有些不大正常，莫非項家還要一個腦子有病的姑娘做兒媳不成？她是真傻還是假傻，明春倒要仔細地觀察一下，因此道：「妳回去後好好地給娘認個錯，之前的事也就算了。當然明霞也不對，娘也教訓過她了。」

之前是為何事而挨打，最後致使青竹跑回娘家的，夏家人自然不清楚，而無論青竹怎麼想也想不起來，因此只好說：「實話和大姊說吧，之前的事我都記不得了。」

明春有些詫異地看著青竹，又見她神情沒有什麼異樣，有些不解。她想起那天青竹惹怒了母親，母親便拿了藤條狠狠地抽了青竹一頓。明霞和青竹向來不睦，見青竹挨打，有些幸災樂禍，也不知青竹怎麼又惹到了明霞，明霞竟然推了青竹一把，結果青竹撞上院子裡的那棵棗樹。莫非夏家寡母所說的有些不正常，就是因這個引起的？

明春仔細地瞧了青竹半晌，又偏過頭說：「當真不記得了嗎？」

青竹點點頭，在這之前的事她怎麼會知道？那時候她還是于秋，不是夏青竹呀！青竹見明春不算太難接近，心想以後在項家拉攏一下這位大姑子，對自己或許沒什麼壞處。

明春輕嘆了一聲，又和青竹說：「要是沒別的大病倒還好辦，家裡的情況可以再熟悉。」之後就再沒別的話了，也沒關心過青竹之前的傷勢如何，更沒查看過她腿上的傷。

經過半日的顛簸，車子總算緩緩地停了下來。

明春率先跳下車，哆嗦著便進了院子。

青竹提了一個乾癟的包袱，邁著小步，緩緩地跟在後面。

她抬頭看了眼跟前碎石和了黃泥壘砌的圍牆，足有兩人來高；那扇黑漆的大門已經掉了不少漆色，看上去有些斑駁。房屋像是還不少，比起夏家那四間半算寬闊了許多。

青竹沒有再遲疑，邁開步子踏進項家的大門。一進院門，便看見一棵棗樹下拴著一條大黃狗，青竹下意識地往後退了一步，有些不敢上前，不過黃狗一個勁兒地朝青竹搖尾巴，看似很高興，青竹的怯意也就減少了幾分。

左面的空地上是開墾出來的一大片菜地；正面三間房屋，左手邊兩間，右手邊也有三間屋子，整整齊齊的一色青瓦房。正面的堂屋房門緊閉，院子裡靜悄悄的，青竹不知明春去了哪間屋裡，於是自己在院子裡站了一會兒。

直到明春拿了針線出來，見青竹還愣在那裡，不禁癟了癟嘴說：「妳不進屋去把東西放著嗎？明霞跟著娘和大嫂去趕集了，恐怕還要一會兒才回來。妳杵在那裡做什麼？還不快進來！」

青竹「喔」了一聲，提著自己乾癟的包袱，走進右面的一間屋子，那是明春、明霞兩姊妹住的屋子，自從青竹進門後，便和兩姊妹擠睡在一張大床上。青竹打量了下這間屋子，光線不大明亮，一扇木柵欄似的小窗戶在西面的牆上；當中的地上放著一架柳木大床，懸著一張打著三、四個補丁的青紗帳子，帳頂上有一層明顯的灰塵；有一四門大櫃，堆放著兩姊妹的衣服和被褥之類的，也有屬於青竹的東西，不過只有兩雙鞋子和兩、三套粗陋的衣裳。

自從踏進這個院門起，青竹就明顯地感受到一種壓迫感，這是怎樣的人家？或許她身上的傷就能明白地給出一個結論了。將來要如何在這個家立足呢？青竹覺得煩躁。還有那個始終未曾謀面的小丈夫，又是怎樣的人呢？據說剛滿十歲，不就還是小屁孩一個，吃飯穿衣都還要人催促著嗎？自己還能指望這樣一個小屁孩做些什麼呢？青竹想到，自己雖然頂著一副不過八歲的身子，但好歹也有著成人的心態，實在沒法將一個才十歲的臭屁小男生當成自己的丈夫啊！

青竹在床沿上坐了一會兒，床上有三只枕頭，一頭擺著一對一模一樣的黑色布枕頭，裡面裝的是稻殼，上面綁著一塊大紅色的繡花枕巾；一頭擺著只破舊的小枕頭，綁著塊蔥綠色的枕巾，看上去已經黑乎乎的了，想來便是自己的吧？青竹將包袱就勢放在枕邊，想起臨走前大姊偷偷給自己的錢，也不知是多少的數，便將那塊包裹著錢的手絹掏出來，藉著微弱的光亮，埋頭認真地數起來。

一共二十四枚銅錢。青竹想，這筆錢到底能做些什麼呢？那天和蔡氏一道去鎮上，連二十個雞蛋也買不了，一疋布的錢也不夠。頂多能買一斤肉，醬油、醋是夠了的。青竹暗發狠心，總會有那麼一天，她會憑藉自己的能力，多存點錢，最好是存夠二十兩，讓項家退了婚，離開這個鬼地方！

從二十幾文到二十兩，這可是筆遙遠的數目。青竹嘆了口氣，前途漫漫，著實不容易呀！這樣靠田地吃飯的農家，身無長項，又沒人幫襯著些，上哪裡去弄一筆錢呢？正在發愁時，明春突然一頭走了來，青竹聽見腳步聲，趕緊就著手帕包好了錢，往枕下一塞，訕訕地站起身來。

明春也沒看出什麼異樣來，開口便和青竹道：「今天娘帶著大嫂去觀音山求籤了，一會兒別亂說話，當心惹惱了大嫂，妳也沒什麼好處。晚飯還是我和妳一道做吧。」

青竹連忙應了聲「是」，明春便又轉身出去了。青竹想著青梅交代的事，在家的時候蔡氏和青梅幫自己補習了一些關於項家的情況——家裡除了公公、婆婆以外，還養了兩個兒子、兩個女兒。長子項少東，娶的是隔壁鎮上一戶林姓人家的妻子，進門兩年，這會兒才有四個月的身孕；次子項少南，便是青竹那未曾謀面的小丈夫，在村上的學堂裡唸書；兩個女兒，一個明春，一個明霞。

又想到明春讓自己做晚飯，她沒有推脫的理由，於是連忙走出房門，她還得問問家裡有什麼可下鍋的呢！

第八章　項少南

青竹正在灶上忙碌的時候，聽見院子裡傳來說話的聲音，她連忙放下手中的菜刀，在圍裙上擦擦手，也不解下圍裙，便要出去看個究竟。

只見大嫂林翠枝陰沈著臉，一語不發地就回自己屋裡去了；婆婆白氏正和明春說話；明霞一回來便跑進她和明春的屋子。

白氏一回頭就看見青竹站在門口，青竹只得嘴唇掀了掀，喊了句。「娘。」

白氏顯得有些驚奇，喃喃地說了句。「今天是轉性了嗎？」平時青竹都稱自己為大伯娘，今天突然叫了聲「娘」，她頓時一身的不自在。

白氏手上提的東西明春已經接了過去，她小聲地在白氏耳邊低語了兩句。

白氏聽後，又看了青竹兩眼，最後只說道：「這筆買賣是做虧了。」

青竹分明看見了，也聽見了白氏的話，知道明春肯定沒有說自己什麼好話，只好裝作不知道，轉身繼續忙碌去。

且說林翠枝回到屋裡就暗自哭泣，想到婆婆白氏剛才那臉色，她便一肚子的委屈。原本有四個月的身子了，都說前三個月怕滑胎，得好好地養身子，因此她已經三個月沒出過遠門。這會兒剛滿了四個月，婆婆便歡歡喜喜地和她說，要出去走走才好，又說要去觀音山的廟裡求神保佑。怎知廟裡有一個算命的，說她這肚裡裝的是個女兒，白氏當場就把翠枝給晾在一旁，自己一人往山下衝。到了鎮上，找了醫館給林氏把脈，不料那大夫也說是個女胎，婆婆的臉色就越發不好了。

翠枝摸了摸自己的肚皮，心想，再怎麼說也是自己好不容易有了的孩子啊！之前一年多，婆婆總是疑心她身子有病，怕不能生育，現在好不容易有了，難道就因為是個女胎而不要了不成？翠枝心裡委屈，抽抽噎噎地哭了一陣子方覺得好了些。她不由得有些灰心喪氣，這兒媳婦太不好當了，要是她以後生不出兒子來，莫非項家還要將她趕出去不成？才閃過這個念頭，翠枝便暗罵道：呸，說什麼不吉利的話呢？說不定這胎就是個兒子，那算命的算不準，大夫也未必就把對了脈！想到這裡，翠枝頓時又安心了些。

且說白氏和明春說了幾句話後，便回自己屋裡去了。

明春一頭走進灶房，見青竹已將菜切好，正準備要生火，便道：「爹爹、大哥還沒回來，二弟也還在學堂裡，妳這麼早就做出來，他們回來不就只有吃冷菜冷飯嗎？」

青竹聞言，只好停下手中的事。

明春又道：「往日妳不都是稱娘為『大伯娘』的嗎？今兒怎麼叫起『娘』來呢？」

「是嗎？」青竹以為自己算是他家的媳婦了，跟著喊一聲「娘」不會錯，沒承想竟還未改口，只好道：「我會改過來的。」

明春見她有些木木的表情，便有些不喜歡，心裡想的是，二弟如今在學裡唸書，將來中個秀才，再中個舉，說不定就能出來當官了，以夏家現在這樣的處境，再加上這夏青竹的腦子不大好，以後能幫二弟料理後院、主持中饋嗎？當年父母作這個決斷著實是早了些，只怕以後還要耽誤了二弟呢！

明春索性不再理會青竹，走出灶房，卻突然見明霞穿著一件她從來沒見過的衣裳站在屋簷下。

明霞看見了明春，立即就跑來展示她的新衣服。「大姊，妳說這衣服好不好看？」

明春一看是件半舊的、蔥黃底紅點子的斜襟短襖，不像是新做的，便疑心是不是青竹從娘家帶來的？因為明霞穿在身上，衣袖明顯長出一截來。

明霞洋溢著燦爛的笑容，向明春賣弄著她身上的衣裳。

明春怕青竹看見了，又要和明霞爭吵，便將明霞往屋裡拉，又勸著她快脫下來。

明霞卻執拗道：「不，這衣服現在是我的了，我就要穿它，大姊管不著！我去給娘看看，還要給大嫂看！」

明春喝了一聲。「之前的事還出得少了不成？」

青竹聽見她們兩姊妹的爭吵聲，連忙走出來，一眼就看見明霞身上那件青梅給她包上的衣裳，怒火不由得湧上來，大步上前，質問著明霞。「我的衣服，為何妳要穿上？」

明霞打從心裡不喜歡青竹，雖然比青竹要矮上半個頭，不過氣勢卻一點也不輸青竹，再說這是她家，青竹一個外人，憑什麼在她家指手畫腳的，還要和她搶東西？於是明霞揚著臉說：「是妳的東西？妳把它喊答應了就是妳的啊！」

青竹沒想到會遇上這樣無理刁鑽的丫頭，心想是不可能說服她將衣服脫下來了。突然，青竹想起自己放在枕下的錢，不知還在不在？她連忙跑回屋子，伸手往枕下一掏，幸好還在！青竹不敢再把錢藏在枕下，連忙放回身上。瞥見自己包袱裡的東西被明霞東一件、西一件地翻得滿床都是，青竹想，這好歹也是青梅的一片心意，原本是給自己的，明霞為何要占了去？青竹氣不過，便要找明霞將衣服討回來，才走出房門，卻見白氏坐在堂屋裡，明霞在她跟前奉承著。

白氏見了明霞身上的衣服，少不得要問。「哪裡來的？一點也不合身，快脫了。」明霞卻不依。「我喜歡它，就要穿著，娘管不著。」

白氏摸了摸明霞有些稀疏枯黃的頭髮，說：「妳要是喜歡就穿著吧。」她又想起大兒媳來，自從回來以後，就見她躲在屋裡一直沒出來，因此便低聲和明霞說道：「妳去瞧瞧妳大嫂，看看她在做什麼？」

明霞便要去隔壁屋子，卻見青竹一頭走了進來，臉上的表情不大好看，攔住了她的去路。

青竹抬頭和白氏道：「大伯娘，這是家裡大姊給我的衣裳，妹妹穿著也不合適，我還是拿回去吧。」

白氏正眼也不瞧青竹，只淡淡地說道：「一件衣裳而已，值什麼事呢？明霞既然看上了，妳就給她吧。」

青竹氣結，見那件襖兒空蕩蕩地掛在明霞身上，一點也不合身。況且，那明明是自己的東西，就這麼被奪了去，她很不服氣，便和白氏理論。「雖然只是件衣裳，在大伯娘眼裡不值什麼，但對我來說卻是姊妹間的情分。我自己的東西，想來也有權力如何處置。」

白氏聽見青竹這番言論，有些惱意，冷眼瞧了青竹一眼，心想幾日不見，怎麼就變得伶牙俐齒起來？還說她腦子不好，看來好得很！這語氣、這作派，項家是要輪到她手上作主了嗎？只怕還不成呢！

白氏先不管青竹，而是和明霞說：「妳去吧。」

明霞歡歡喜喜地去大嫂屋子了，將青竹晾在了那裡。

白氏這才斜睨了青竹一眼，慢悠悠地說道：「聽妳剛才那話好像有什麼大道理，我也不問妳了，不過妳有句話是說對了，不過是件不值錢的衣裳，明霞喜歡就給了她，這還有什麼好說的？別忘了，你們夏家可是使了我們項家二十兩銀子呢！」

青竹聞言咬咬牙，心想白氏護女兒未免護得有些過頭了！不過是件衣裳，憑什麼她的東西要別人來處置？青竹心裡氣不過，但知道多說無益，因此便退了出去。

明春倚在房門前納著鞋墊，也不瞧青竹。

此刻項永柱和項少東回來了，白氏聽見兩人說話的聲音，便走出屋子。「喲，今天怎麼一塊兒回來了？」永柱在村上一瓦窯幫忙，少東則在鎮上給人做夥計。

項少東含笑著說：「恰巧在半路上遇見的。」

青竹知道該要忙碌晚飯的事了，明春也收拾了下便來幫忙。

林翠枝見丈夫回來了，少不得要和他絮叨幾句。

少東還算心疼人，進屋就問：「今天怎樣？昨夜不是說今天要去鎮上找大夫給瞧瞧嗎？可還好？」

翠枝滿是心酸地說：「好什麼好？」

項少東以為是肚裡的孩子不好了，不禁緊張起來。

「你沒看見你娘那臉色？我活脫脫就成了項家的罪人，這才熱呼了幾天呢！」翠枝一把鼻涕一把淚地說：「說我這一胎是個女兒，我怎麼就成了項家的罪人呢？」

少東這才聽明白，安慰了一陣子，又說：「自從妳懷了孩子後就疑心重，快別多想了。今天我忙活了一整天，想要好好地歇歇。」說完身子便往後一仰，在床上呼呼地睡了起來。

翠枝見丈夫一回家就知道倒頭便睡，不由得發火，狠狠地推了推少東的身子後，一甩頭就出去了。

青竹跟著明春在灶房裡忙碌；白氏和永柱在屋裡不知嘀咕些什麼；明霞則坐在門口等她二哥回來。

項少南披了一身的霞光，從外面走回來。他一推開院門，樹下拴著的黃狗忙向他搖尾巴，嗚嗚地叫了兩聲，項少南蹲下身子摸摸牠的腦袋，就見明霞跑來，一個勁兒地喊著「二哥」。

少南見明霞穿著一件又長又大的襖兒，心想這妹妹怎麼就愛穿別人的衣裳？他也不過問，只拍了拍妹妹的臉便要回屋去，結果才走到院子中央，就聽見灶房裡大姊和誰正說話呢，他不禁扭頭問明霞。「姓夏的回來了？」

明霞點點頭，便要去拉扯少南身上揹的那個布袋子。

少南緊緊地護著不讓翻，又訓責她。「幹麼每天都要翻我書袋裡的東西？我可沒藏什麼！」

「給我看看不行嗎？前兒你不是還裝了兩個鳥蛋嗎？」明霞硬要去翻弄，哪知卻惹火了少南。

「放開，少來動我的東西！」

明霞等她二哥等了半天，哪知等到的卻是一頓罵，頓時「哇」的一聲就哭了出來。

少南乘機一溜煙地跑回自己房裡去了。

明霞的哭聲越來越大，明春忙出來看，後來甚至驚動了永柱夫婦。

「嚎什麼嚎？一整天就妳事多！」永柱勞累了一天，聽見哭聲不免有些心煩。

明霞揉揉眼說：「二哥書袋裡藏著東西不給我看！」

永柱便想起少南的調皮搗蛋來，握拳就走進少南的屋子。

「一家子人供你讀書，你成天就知道和那群野孩子鬼混！要不想學，乾脆就別去了，和我一道幫人燒瓦去！」永柱一開口可沒什麼好話。

少南一怔，見父親怒氣騰騰的樣子，便知道明霞在跟前沒說什麼好話。他也不替自己辯解，一手將桌上的布袋子抓過，將裡面的東西統統倒出來，只見紙張書本落了一地，並沒什麼可疑的東西，而後憋脹著臉，仰著頭，似在無聲地抗議。

永柱本來想要教訓兒子幾句的，卻見沒什麼可挑剔的地方，只好斥責兩句。「要唸書就好好地唸，別學那些沒用的！」

明霞還在哭，白氏勸了半天，聲音仍是沒止住，永柱走過來，將白氏拉開道：「妳就慣著她吧！」

漸漸地，天色已經暗下來了，明春和青竹兩人也做好了晚飯，翠枝出來幫忙擺放桌椅，而少東早就被明霞的哭鬧聲吵醒了。

這裡飯菜已經上桌，卻不見少南過來，白氏便讓青竹去看看。

青竹心裡犯著嘀咕，她還沒見過少南一面，如何開口呢？可白氏的話她不得不依，於是出了堂屋。見少南的屋子還亮著燈火，青竹遲疑了下，便向著那光亮的地方走去，卻只站在門口，並不進屋。

「大伯娘叫你吃飯了。」青竹的音量不低，只要他項少南不是聾子，就應該聽見了。

青竹見昏暗的燈火中，地上趴了個小小的人，正在一心一意地找著散落的書本。青竹也不走，就待在門口，她倒要看看這個未來的丈夫究竟是何方神聖？

少南將地上的紙頁全部撿起來，拍了拍灰塵，往桌上一放，拿了布袋子壓住，回頭見青竹還站在門口，便語氣頗冷淡地說：「就說我不餓，不吃了。」

青竹暗罵：還真是少爺脾氣！不想吃飯幹麼不早早吱個聲呢？讓我白等了這麼久！這是

她第一次正面看見項少南，在昏暗的燈火下，看不清他身上布袍子的顏色，個頭和自己差不多高，生得瘦瘦小小的，但四肢健全，沒有缺胳膊少腿。皮膚黑黑的，高高的額頭，烏黑的眼珠子不停地轉動著，長得不算太醜，也不算漂亮。不過她心裡實在適應不了要將跟前這個臭屁孩當成未來的丈夫，打從心裡抗拒，因此聽見他說不吃，便轉身走開了。

項少南帶上了房門，自己研墨，開始習字。在這個家中，他的心性比別人都高，也一心想要出人頭地，所以才會苦苦央求爹娘讓他去村裡的學堂唸書，只希望有一天能有個好前程。雖然現在還不知道什麼是做學問，不過他認真起來，倒是一絲不苟。

第九章　衣裳事件

少東的屋子裡還有些光亮，從木窗透出來幾絲暈黃的光線，雖然微弱，但在這寂靜的冬夜裡卻很分明。

項少東一身的疲憊，直挺挺地躺在床上。

翠枝坐在小桌前，正給少東補鞋，頂針不大好使，鞋底又硬，她費力地戳了幾針下去，指頭頓時有些痠麻、使不上力。翠枝頭也不抬，低聲和少東道：「我看，不如我們還是早些分家吧？」

睡在床上的少東默不作聲，翠枝想，難不成這麼快就睡著了？她不由得抬頭看了少東一眼，卻見他睜著一雙眼睛，望著帳頂正出神呢！

「適才我說的話，你到底聽見沒有呀？」翠枝有些埋怨。

項少東翻了個身，面朝裡躺著，鼻音渾濁地道：「再幾個月妳就要生了，偏這時候說要分家，這月子裡誰照顧妳？誰幫妳看孩子？娘聽了不又得生氣？」

翠枝想早些分出去也是因為婆婆白氏的關係，這長媳不好當，翠枝一肚子的苦水還沒處吐呢！聽見丈夫的話，翠枝又沈默了一陣子，才又道：「總不能這樣混著過一輩子吧？」

項少東打了個呵欠，含混不清地道：「妳再忍忍吧，再過兩、三年，日子稍微好過一點，我也有些積蓄以後，我們再搬到鎮上去，到時自己存點本錢，開間鋪子，就算是獨立了。」

翠枝覺得丈夫說得好聽，可要等到那一天，還不知何年何月呢，因此又想抱怨幾句。少東說：「妳還不來睡嗎？這被窩著實冷，我一人怎麼睡都暖不過來。」

翠枝聽了便吹滅桌上的油燈，輕手輕腳地爬上床，屋子裡漸漸就沒任何聲音了。

明霞纏著明春給自己講睡前故事，明春被聒噪得受不了，只好信口胡謅了一個。明霞剛開始還興致勃勃地聽著，後來卻不依了。「大姊，這個故事妳以前說過，上次可不是這麼講的！」

姊妹倆正鬧著，青竹顯然是被孤立的那個。她在想，家裡還有一間空置的屋子，只放了些囤糧的家什，雖然狹小低矮，採光更不好，但也強過在這裡三人擠一床，且還有一位處處與自己作對的討厭鬼。

明春顯然沒有那個精力和明霞胡鬧，趕了大半天的牛車，她也睏了。瞥了眼青竹，見她在燈下不知發什麼呆，心想果然還是腦子不好使，這樣蠢笨愚拙的人也配與少南做媳婦嗎？只怕以後給當丫鬟還不夠呢！明春並不理會青竹，將被褥拉到頭頂，又催促明霞快睡覺。

等青竹上床睡覺時，留給她的空餘位置已不多了，被子也只夠蓋半邊的身子，還有半邊只能凍在寒風裡。青竹用力地拉了拉，對面的人卻一點動靜也沒有，過沒多久便傳來高高低低的呼嚕聲。黑燈瞎火的看不清，對這間屋子又不算很熟悉，夏青竹第一次感受到淒涼的滋味，心想這一家人就沒一個心疼人的好人！心中一委屈，頓時一行熱淚就滑落到枕頭上，她想著，這今後的日子該怎麼捱下去？後來青竹只好將帶來的兩件還算厚實的衣裳全部裹在身上，希望不會被凍感冒，又計劃著無論如何她也要搬出這間屋子！

睡到聽見雞鳴時，青竹再也沒有半點睡意，與其說是被雞鳴聲給吵醒，還不如說是給凍醒的。身子已經有一大半露在外面了，裡外穿了好幾層，可依舊擋不住這寒冬裡的天氣。

她摸索著坐起身來，見外面依舊是漆黑一片。這麼早起來做什麼呢？青竹不免有些膽怯，心想還是再躺一會兒吧，再怎麼著也得熬到天亮。結果才瞇上眼睛沒多久，就突然聽見有人在喊她——

「青竹！青竹！」

青竹支吾了一聲，身上沒多少力氣，心想著能多睡會兒是一會兒。只聽那音量又提高了好幾階，且似有惱意——

「睡死了不成，還不快起來！沒聽見牛叫嗎？」

青竹一個激靈，這才猛然醒了，方才明白這是白氏的聲音，要讓她去餵牛。她心不甘情不願地下地穿鞋，而那一頭睡得正香的一對姊妹則是一點動靜也沒有。

青竹摸黑開了門，被迎面的冷風一吹，差點沒給吹倒。她蜷縮著身子，跺了跺腳，見天色有些微微的亮。堂屋的門已經開了半扇，不過青竹有些害怕，不敢過去，又聽見項永柱和白氏的說話聲，青竹便趕緊到草垛邊抱了些乾稻草，到牲口圈裡給牛餵食。

老黃牛哞哞地叫了兩聲。

青竹本來沒睡醒，被冷風一吹，頓時清醒了幾分，忍不住大大地打了個噴嚏。她心想，看來這一家子的早飯是要自己全包了？這哪裡是童養媳，分明過得比丫鬟還命苦啊！她正要去開了灶房的門準備生火，哪知卻和一人撞了個滿懷，她連忙退了幾步，依稀見是項少南。青竹不知該如何稱呼他，這個小男孩的存在讓青竹覺得很尷尬。還未等她叫出口時，少南像個沒事人似的，已經回自己房裡了。

青竹幾乎是強撐著，伺候了一家子的早飯。

飯後永柱依舊去村裡的窯上幫忙燒瓦，少東去鎮上做活計，少南去學堂了，家裡頓時就只剩下幾個娘兒們看屋。

明春帶著明霞也出門了，白氏在菜地裡忙活，林翠枝則沒出門。

青竹回到屋裡，見昨日明霞奪過去的襖兒，此刻已經掉到床架子後面去，要不是她在尋手帕，根本就看不見。好不容易翻了出來，抖了抖上面的灰塵，青竹見了此衣，不由得便想起青梅來。青梅同樣是窮人家的孩子，又正是打扮的時候，一件稍微鮮豔的衣服，她捨不得穿，特意送給了自己，為的就是姊妹間的一片情意，可這分情意到底讓自己給辜負了。

青竹想想自己還是于秋的時候，哪肯受什麼委屈呢？沒承想現在淪落到連自己的衣裳也保護不了的地步。雖然衣裳事小，可就任由項家人踩在自己頭上的話，以後更沒有立足之地了。青竹越想越氣，抬頭看時，只見桌上有一把剪刀擺在那裡，很是刺眼，當下也不知是怎麼想的，拿起剪刀來，幾下便將一件半舊的蔥黃紅點子的襖兒給絞開了好大一個洞……

明霞歡歡喜喜地和明春一道回來了，此刻青竹已經端了衣服到河邊去洗。

明霞纏著白氏說了一陣子話，明春不禁道：「這個妹妹還是只知道淘氣，我看妳以後嫁了人怎麼辦。」

明霞立刻在臉上比劃著。「大姊說到嫁人來，怎麼就這麼歡喜呢？我知道了，一定是想馬上嫁到馬家去！」

明春頓時羞得滿臉通紅，便向白氏告饒。「娘妳聽聽，明霞口中可曾有什麼好話！」

白氏略一笑，對明霞說：「別一天到晚的亂跑，妳要是肯安安靜靜地坐下來，讓妳大姊教妳做做針線，不是很好嗎？」

明霞哪裡會有片刻安靜的工夫？一溜煙地就跑回屋裡。沒多時，卻聽見明霞大喊了一聲，又慌慌張張地跑出來。

明春正幫著給菜園子鋤草，白氏在一旁挖地，突然見明霞如此驚慌的樣子，不禁皺了皺眉。「怎麼了？莫非踩著老鼠不成？」

明霞赫然將破得稀爛的襖兒往白氏跟前一揚。「娘，妳快看，是不是被老鼠給咬了？怎麼破成這個樣子？」

明春覺得有些蹊蹺，將衣服拿來細細看了後，有些疑惑地和白氏說：「老鼠怎麼會咬得這樣厲害？一定是誰給糟蹋成這樣的。」

白氏心想，好端端的一件衣裳，沒想到會是這樣的下場，不用說她也知道是誰幹的，又見明霞在一旁哭鬧，甚是煩心。「妳反正也穿不了，又不是妳的衣裳，有什麼好嚎的？」

明春冷笑了聲。「有句古話說『士別三日，當刮目相看』，還真是有道理。沒想到這個姓夏的丫頭，如今倒長了本事。」

白氏不由得怒火中燒。「她還能怎麼著，想翻天不成？可別忘了，這裡是項家，還輪不到她一個姓夏的人在這裡撒潑！小小的年紀，我就不信治不了她！這樣糟踐東西，可是要遭天譴的！」

這裡正不可開交的時候，青竹提了一桶剛洗好的衣服回來了，才進院門，明霞就一頭撞了來，好在青竹有心理準備，並不曾被撞倒。

明霞又去撕扯青竹的衣服，一面唾罵。「幹麼要動我的東西？它招妳惹妳了？娘說妳這樣糟踐東西，當心遭天譴！」

青竹顧著手裡的活兒，不想去理會明霞。再說她剪掉的是自己的衣服，又與明霞何干？

白氏站在菜地裡發話了。「看看妳都幹的什麼好事！我不過說了句給明霞，妳就不順心，如今拿那不會開口的東西來出氣？我知道，妳這是想給我臉色看！」

青竹依舊不搭話，只顧著晾曬衣裳，結果明霞便伸手將晾衣竿給撥弄到地上，才洗好的衣裳立刻就沾上灰塵，不洗第二遍是不行了。青竹見狀，順勢推搡了明霞一把，明霞的力氣可不小，立即也還擊過來，兩人瞬間糾纏成一團，不可開交。

明春見狀，害怕妹妹受傷，便對白氏說：「我去勸開吧，別又鬧出什麼，這才消停了幾天。」

白氏二話不說地提著鋤頭便上去了，一把將明霞拉開，沒承想青竹就站在白氏身後，白氏一個沒瞧見，鋤頭碰著了青竹的腦袋，青竹避閃不及，額頭上頓時被劃出一道口子，鮮血跟著淌了下來，此番情形將院子裡的人全給嚇住了。

翠枝本在屋裡做針線，一開始聽見外面的吵鬧聲，只當是青竹和明霞的爭吵，沒想到後面卻越鬧越大聲，於是便攜了針線出來看，不料卻見青竹捂著額頭蹲到了地上。

白氏也怔住了，心想怎麼就將她給弄傷了？

明春也傻了眼，不知如何是好。

明霞再不哭鬧了，緊緊地躲在白氏身後。

不多時，只見青竹已滿臉都是血，就蹲在那裡，一聲不吭，也不叫疼。

翠枝見狀，心想這還了得？連忙上前去拉青竹，又道：「流了這麼多血，還不快去請個大夫來瞧瞧！」說完便將青竹給拉到堂屋去了。

白氏心想，她不過是想甩青竹一耳光，給她點顏色瞧瞧罷了，沒想到竟然鬧出這麼大的動靜。上次的事才剛完，看來這個家還真是不消停，這回青竹肯定又會跑回夏家去住了，不過她也沒那個心情管了，只怕這樣家裡還要清靜一些呢，省得天天聽她和明霞鬧。

明春慌慌忙忙地跑去將村頭一個大夫請來，大夫看了看青竹的傷口後，只說沒大礙，包紮了下，漸漸地也就止住了血。

翠枝自從懷孕以後，心腸就變軟了許多，見青竹此番光景，有些讓人心疼，便將自己的床讓出來，讓青竹好好地休息一陣。

或許是流了許多血，加上一早起來，身上染了點寒涼，身子有些受不住，因此青竹虛弱地和翠枝說：「大嫂，知道妳憐惜我，我很感激，還得麻煩大嫂和大伯娘說一句，讓我住那間小屋去吧。」

翠枝低頭想了一回。「也是，妳和明霞兩個哪天不打鬧呢？可別再出什麼事了。只是家裡哪還有什麼床？妳一人睡在那裡只怕也不放心。」

青竹道：「沒什麼要緊的，求大嫂和大伯娘說去吧。今天的事我也有些不對，鬧得這樣厲害，受罪的終究還是自己。」

翠枝沈默了一會兒，又對青竹一笑。「我知道了，妳安心睡會兒吧。」

關於衣裳的事件，就在青竹受傷的情況下草草收場了，最後那件破掉無法再穿的襖兒，白氏說給翠枝肚裡未出世的孩子做尿布，青竹也終於如願以償，可以睡在小屋裡，不用和那兩姊妹擠在一架床上了。這裡的環境很糟，能睡覺的地方就是用土磚搭起來的一個臺子，上面只鋪了些稻草，放了一床蘆葦，還是青竹自己動手整頓的，後來翠枝有些看不過去，主動抱了兩床舊被褥來給青竹用，但總算是有了自己的獨立空間，青竹已經很滿意了。她知道後面的路更不好走，但她已經下定決心，要好好地活下去，努力地活出個人樣來。做不了枝頭上絢麗的花朵，做一株強韌的野草也好，不管在怎樣的環境下也能毅然生存下去。

經過這一場吵鬧後，青竹的話語顯得更少了，一人默默地做事，對於明霞也兩耳不聞，白氏心想，但願就這麼消停吧，要是再鬧出什麼來，夏家的這個丫頭她可不敢再養了，小小年紀就成了潑婦，只怕鄰里之間要笑話呢！

而明霞自從那天見到青竹滿臉是血卻不嚷一聲疼之後，心裡對青竹突然多了一絲懼怕，因此見了青竹總是躲得遠遠的。

青竹也下定決心，只要自己攢夠二十兩銀子，便讓項家退了這門親事，還自己自由。夏家雖然日子過得更艱難一些，但好在娘親姊愛，妹妹和弟弟也還不錯，省得在這裡受閒氣。青竹將那日和母親一道去廟裡求的籤拿出來，將上面的句子看了一遍又一遍。雖然都是好話，但今後的命運會和這個有關嗎？青竹正在發怔的時候，翠枝一頭走了進來。

「家裡人都上哪裡去了呢？」

青竹忙起身喚大嫂，聽見問話便又答道：「大伯娘帶著兩個女兒，不是說去給顧家幫忙了嗎？」

翠枝便在一張小杌子上坐下，看來是要和青竹說會兒話。她見這間屋子的光線太暗了，青竹自己砌了張床……其實都不能稱之為床，心想這眼見著越來越冷了，青竹一個人睡在這屋裡，這個冬天如何熬得下去？倘若凍壞了，不又是一堆事嗎？

「我見這牆上都是些縫隙，到了晚上一定也灌風吧？」

青竹道：「只要裹緊了被子睡，其實倒還好。」青竹看了看翠枝的肚皮，依舊不怎麼顯，便笑說：「大嫂如今是兩重身子的人，還真是不易。想要吃什麼，告訴我一聲，我給大嫂弄去。」

翠枝道：「難得妳有這份心，只是家裡能有什麼好吃的東西呢？即便有，妳若是偷偷煮了來，讓娘知道了，妳豈不是又要挨一頓罵？才診出來肚裡添了孩子時，她先是歡喜了一陣子，逢人就說她終於要有孫子了，可去算了一卦，又讓大夫給把過脈後，妳不是也看見了嗎？如今連問也不大問了。」

終究還是因為肚裡是女兒的事。青竹笑了笑，柔聲勸道：「大嫂也想開一些，孩子還沒出來呢，誰敢斷定是男還是女？」青竹想，這兒又沒超音波可驗，把脈便可知性別這回事，她也是半信半疑。

翠枝輕嘆了一聲。「現在我也只好這麼安慰自己了，不過也就只能再安慰幾個月，遲早有一天會面對現實。」翠枝說著，便拿出些碎布頭來，對青竹道：「妹妹若沒什麼事，不如幫我黏幾雙鞋面吧？還有一堆針線上的事要做呢，可妳看家裡現在又有幾個肯幫我？明春現在做的那雙鞋子從入冬便開始做了，到現在連鞋底都還沒做好，我也不指望她了。」

青竹想，自己哪會做這些啊？但翠枝幫了自己不少忙，如今又找上門來，也不好推辭，於是便道：「我也不大會弄這些，若是做得不好，還請大嫂包涵。」

翠枝笑了笑。「這有什麼？有人肯幫我，我已經是求之不得了，妳有什麼不懂的地方就來問我。」

青竹點點頭。她一面將那些零碎的布頭都收拾在一起，一面和翠枝道：「不知大哥在鎮上都做些什麼呢？」

翠枝道：「他能做什麼？不過是在別人的鋪子上做個跑堂的夥計，掙點小錢貼補一下家用罷了。不過他的心倒不小，還想以後自己能出來做掌櫃，妹妹妳聽聽，這可是件容易的事嗎？」

青竹讚許道：「大哥還真是有遠見！只要自己肯吃苦，有眼光、有本錢，做什麼不成呢？缺的不過就是個時機吧。」

翠枝也笑了，她見青竹還是個孩子的模樣，沒想到說出的話卻和大人無異，小小年紀倒有些見識，因此心裡不禁生出幾絲佩服來，又笑道：「妹妹這話說得倒是，只是現在缺的就是本錢。再有，妳大哥人實誠，我看也不是做生意的料。」

青竹心裡倒萌生了個想法——要是真等到大哥自己開鋪子的那一天，不如她也投些錢，入點股什麼的。大嫂是個好說話的人，只要在大哥跟前提幾句，說不定就成了！

翠枝又和青竹說起少南來。「我見二弟是個勤奮上進的，又很會讀書，說不定將來村裡能出個狀元呢！妳好好地跟著他，將來總少不了妳的好處。」

青竹冷笑地說了句。「誰知道以後是個什麼樣，萬一我成了秦香蓮，他成了陳世美，誰又說得清？」青竹說得直接，絲毫沒有發現不知何時站在門口的項少南。

因為今天先生家裡有事，散學早，因此項少南便早早地回來了，哪知家裡其他人都不在，才正要回自己屋裡，卻聽見妯娌倆在這裡閒話，偏巧不巧的，又剛好聽見青竹說什麼秦香蓮、陳世美的話，他頓時便拉下了臉，一聲不吭，他倒要聽聽從這個臭丫頭嘴裡還能跑出什麼話來！

青竹突然瞥見少南站在門口，不禁訕訕地道：「你幾時回來的？怎麼我也沒聽見。」

少南哼了句。「妳放心好了，我中不了狀元，也成不了陳世美，而妳也不姓秦！」

青竹心想他都聽了去，也不好辯解了。

翠枝起身道：「坐了半天，我那裡還有事呢，妹妹有什麼不知道的地方儘管來問我。」

青竹答應了聲，翠枝便回自己屋裡去了。

項少南板著一張臉，活像誰欠了他的錢一樣，青竹見他又擺出少爺的架子來，心裡就有些抵觸，畢竟她原本就對這個所謂的丈夫沒半點好感。

項少南冷聲道：「我餓了。」意思是讓青竹立刻做飯給他吃。

青竹知道少南拿她當丫鬟使，也不惱，便道：「好，我立刻去給你做飯。」她略收拾了下東西，便去下廚了。

項少南打量了下青竹住的這間屋子，除了壘砌的土炕，還擺了些裝糧食的農具，似乎已經不剩下什麼空位了，心想她一人睡在這屋裡竟不害怕。

青竹給少南蒸了兩根紅薯，當她將紅薯端到少南屋裡時，見他正埋頭習字。

「妳放這裡吧。」少南頭也沒抬，聞見了紅薯的香氣，伸手便去拿，哪知竟燙得厲害，於是立即又縮了回去。抬頭看時，卻見青竹還站在跟前，正盯著自己寫的字看呢，少南突然有些不自在，便道：「妳下去吧。」

青竹只在跟前站了一會兒，知道少南嫌棄她，拿她當丫鬟，她卻不怎麼在意，扭頭便出去了。

第十章　討厭妳

自從麥子下了地，冬日裡的農活就少了下來。

項永柱在村頭燒瓦窯的地方賣點苦力，也能掙兩個餬口的錢；白氏帶著一雙女兒照顧著家裡，翠枝在家養胎，倒還算相安無事。不過每日照顧家裡一頭黃牛的事，自然就落到了青竹身上，放牛、割草料的事也都她全包了。

午後，天氣有些陰沈沈的，不知晚上是要下雨還是要下雪，白氏便和青竹說：「妳去割些草回來吧，要是趕上下幾天雨，只怕那些草料還不夠。」

青竹二話不說，揹起竹簍，帶上鐮刀，說了句「我出去了」，便走了。

對於青竹最近的異常聽話，白氏確實挑不出什麼刺來，但若要說拿青竹當自家的媳婦，白氏心裡還是有些不甘願的。

明春和明霞在屋裡大笑大鬧的，那聲音像是要把屋頂的瓦都給掀過來了，白氏皺眉前去，一腳踢開了她們的房門，訓斥道：「妳們還在淘氣吧！」又對明春說：「都有了婆家，是大姑娘了，還跟著明霞一道胡鬧！家裡的活兒一大堆，也不知道去尋了事做！」

明春被母親訓斥，顯得有些羞怯，兩頰帶赤地望著母親。

明霞則在一旁說：「娘，妳就讓大姊陪我玩會兒吧，有什麼事妳讓青竹去做不就好了嗎？」

「妳們就懶吧！遲早要嫁人，到時婆家的人嫌棄，我可管不著！」白氏扔下這句話後，便氣沖沖地走開了。

明霞拉了拉明春的衣裳，不在意地笑說道：「大姊，別聽娘念叨！剛才那話妳再學給我聽聽，可真有意思呢！」

明春推開明霞的手，並不怎麼理會她，連忙跟上白氏，急忙道：「有什麼要幫忙的，娘說一聲就好。」

青竹揹了竹簍出了家門，由於是寒冬季節，青草有限，尋了半日也只有不到半簍的樣子，正當青竹有些心灰意冷的時候，住在他們後面院子的章家小媳婦韓露走了來。這位小媳婦和青竹差不多的命運，同樣是童養媳，不過看上去身子似乎比青竹要結實一些。

韓露見著了青竹，臉上露出幾分笑容來，稱呼道：「姊姊。」

青竹見過這個小女孩兩次，有些印象，連忙招呼道：「妹妹也出來割草嗎？」

韓露伸伸懶腰說：「可不是？這樣的季節還真不好幹活呀！外面風大，才吹了一會兒就覺得受不了。對了，我聽說姊姊受傷，可都好了嗎？」青竹將劉海掀開給韓露看，韓露看見青竹額上的疤痕，驀地嚇了一跳，忙道：「一定流了不少的血吧？」

「還好，也不疼了。」

韓露心疼地說：「可別破了相。」

青竹並不怎麼在意。「應該沒那麼嚴重。」

「我還以為姊姊回娘家去了呢。不過這項家也著實手狠了些，那個小女兒還欺負妳嗎？」韓露記得項家的小女兒不討人喜歡，最是個惹事的人。

青竹自嘲道：「自從留下了這道口子後，倒像是枚勛章，現在連話也不敢和我說了。」

韓露讚許道：「我倒佩服姊姊的這分勇氣呢！不過我們做小媳婦的，命運都差不多，熬過這幾年，可能也就會好些了。」

青竹感同身受，又對韓露一笑。「所謂守得雲開見月明，便是這個道理了。我姓夏，叫夏青竹，妹妹稱我青竹便是。」

韓露也趕著自報家門。「娘家姓韓，正好是寒露那天出生的，所以小名就是韓露二字。不過自從到了章家以後，沒有人這麼喊過我呢！」

韓露與青竹命運相當，都是做童養媳的，可韓露的那個小丈夫比韓露還小半歲，臉上的鼻涕還擦不乾淨，正是頑劣不堪的年紀呢！青竹這才知道自己的命運比起韓露來，似乎要稍微好一些，雖然不知未來怎樣，但起碼項少南還算是個上進的人，也肯讀書，說不定還真有光耀門楣的那一天。

「我想著到了春天暖和了，青草也多了，便去買幾隻兔子來養。」韓露謀劃著。

青竹聽了韓露的話，頓時豁然開朗，是了，她也可以從養兔子開始啊，得加緊攢錢了，因此連忙和韓露道：「韓妹妹要買兔子的話，記得和我說一聲，我正愁養點什麼，或是做點什麼，幸虧韓妹妹這話提醒了我！」

韓露笑道：「這個容易。再說我也還沒本錢，還不知道這筆錢何處去籌呢！」

青竹心想，自己那二十幾文錢還是青梅姊姊偷偷塞給自己的，再沒有多餘的了，若是能稍微活動一點，她便借錢給韓露了。

姊妹倆是同時回家的，回去的時候兩人的背簍裡已經有大半的草了。才回到家，就立刻下起雨來，青竹慶幸自己沒有被淋濕，趕著收拾了一回，想著再歇一會兒又該忙碌了。她忙忙地倒了水來喝，還沒遞到嘴邊，就見白氏走了來。

「這雨一時半會兒的像是停不下來，正好妳在家，去給少南送傘吧。」說著便將一柄黑漆漆的傘遞給青竹，又給了青竹一件蓑衣。

青竹接過了，想到大伯永柱還在窯上呢，便問：「大伯那裡要不要去送？」

「我已經讓明春去了。妳快去吧，別讓他又淋一身雨回來。這孩子本來就弱，可受不得什麼寒氣。」白氏的言語中全是對小兒子的關愛。

青竹只好換了雙不那麼容易被雨水淋透的木底鞋子，撐了傘，便去往項少南的學堂。

少南坐在學堂裡，望著外面淅淅瀝瀝的雨，正愁如何回家去？

同窗的好友左森走了來，摸摸少南的頭，取笑道：「少南，你快看，你媳婦來接你回去了！」

自己有個童養媳，這對少南來說是件心病，因此聽見「媳婦」兩個字就渾身不自在。他紅透了臉，正要辯駁時，卻見青竹就站在門口，正朝自己這裡張望呢！少南在同窗們的嘲笑中，匆匆收拾好書袋子，急忙逃離了這裡，背後引來一陣哄堂大笑。

青竹不知道發生了什麼事，見少南連招呼都不和她打，只得拿了傘，匆匆跟上去，心想要真是將白氏的寶貝兒子給淋壞了，到頭來受苦的還是自己。

青竹好不容易才追上在雨中獨行的項少南，先將蓑衣遞給他。

項少南渾身彆扭，生怕有人看見他和青竹接觸，從青竹的手上接過蓑衣後，便遠遠地站著披上。

只有蓑衣並沒有斗笠，腦袋還是要淋濕的，因此青竹趕緊將傘移到少南的頭頂，兩人並排走著。

項少南十分厭惡地對青竹道：「喂，妳幹麼老是跟著我？自己找不到路嗎？」

青竹急忙解釋。「不是，你不打傘的話，身上還是要被淋濕的。」

兩人正說話時，少南的幾個同窗剛好走過，特意繞到少南面前，衝著他扮鬼臉，嘲笑道：「喲，還真是恩愛呀！」

少南急得跺腳，上前便要去和那幾個同窗廝打，同窗們卻一溜煙地跑掉了，留下少南在那兒生悶氣。項少南回頭瞪了一眼青竹後，又一聲不吭地往前走。

青竹好不容易趕上了，她知道項少南不喜歡她，便隨口問道：「你是不是很討厭我？」

「是呀，討厭死了！」項少南覺得自己從沒像現在這一刻般的難堪，不管是年紀比他小的還是比他大的，都拿這事來嘲諷、恥笑他，令他突然覺得自尊受損。他一把將青竹手上的傘奪過來，搖搖晃晃地便往家的方向走去。

青竹孤零零地站在冰冷的雨中，任由雨水打濕她的頭髮，此刻卻已經顧不到那裡去了。她這是何苦呢？白白地跑了這一趟。就因為家裡欠他們項家的錢，所以就可以不顧及她的感受嗎？項少南的那句「討厭死了」，久久地迴盪在青竹的腦海裡。她還曾經幻想過這個未來的小丈夫有一天有成就了，自己也能跟著沾點光的，看來是癡心妄想了。青竹抬頭看了看這灰濛濛的天空，這場冰冷的雨倒像是將她給淋醒了。

當青竹一身雨水地回到家裡時，把明春和明霞給驚了一跳，還以為她掉進了河塘裡，才被打撈起來。

青竹才站了一會兒，地上就已經滴出一團水跡來。她渾身忍不住地哆嗦著，趕緊去換了身乾爽的衣裳，找了帕子擦頭髮。

淋了場雨，終究還是病倒了。就在第二日天剛亮，準備起來餵牛時，青竹發覺自己的頭沈得厲害，而且一直嗡嗡地響，身子也極滾燙。勉強撐著做了早飯後，青竹再也動不了了。

翠枝瞧出異樣來，忙說：「昨天淋得那麼透，看來是真的病下了。苦熬著也不是辦法，好好地歇兩天吧！」

白氏聽了這話，原本想說青竹歇下了，家裡的事誰來做？不過轉念一想，要是病情惡化，過給了明春和明霞怎麼辦？再有，少南的身子也是不結實的，又見永柱在跟前說「少東去請個大夫來瞧瞧，快過年了，別鬧得不安生」，白氏這才沒說什麼。

青竹靜靜地躺在床上，渾身一點力氣也沒有，身上依舊燙得厲害。她心想，若因此能好生休息一下，乘機偷懶下，養養身子也好。

早飯的時候什麼也沒吃，此刻她竟一點也不餓。躺在這簡易的床上，渾渾噩噩了好一陣子，突然聽見門「吱呀」一聲地被打開了，青竹想探身看看的，卻發現身子實在是太軟了。目光向門口看去，就見明春站在門口，臉上是什麼表情青竹也看不清了，只聽她道——

「這是熬好的藥，自己起來喝吧。」說著便放在小杌子上，再沒別的話，轉身便出去了，竟然連門也捨不得帶上，任由冷風往屋子裡吹。

青竹現在已經不奢望有人能將藥送到嘴邊了，自己堅持著下了地，走了幾步才到門口的小杌子邊，只見一只粗陶碗裡裝了大半碗黑漆漆的藥水。

因為感冒的關係，她鼻子不夠靈敏。以前就害怕喝這中藥，可事到如今，要想病好，沒有更好的法子了。她端起碗來，皺著眉，屏住呼吸，硬是將碗裡的湯汁灌下肚，壓根兒不敢去回味它到底是什麼味道。

青竹喝了藥後，關上房門，繼續蜷縮在不怎麼暖和的被窩裡，想著好好地睡一覺，出一身汗，或許就會好受許多了。

外面的雨依舊在嘩啦啦地下著，敲擊著房頂上的瓦片，發出清脆的聲響，不一會兒又聽見陣陣的風聲，不時還伴有明霞的吵鬧聲。青竹只好將被子拉過頭頂，心裡默唸著：趕快入夢、趕快入夢……

這場雨從昨天傍晚一直下到今日天將黑，依舊沒有停息的跡象。

項少南回來了，在學堂裡待了一天，覺得有些煩悶，到家後將書袋子一扔，再也不想去碰那些書本了。肚子有些餓，可又還沒到飯點，因此他只好前去灶房找找看有什麼可吃的。

才一進灶房，便聞見一股刺鼻的藥味，只見明春正在照顧爐子上的黑煤銚子，於是少南便問：「這藥是誰的？」

明春笑說：「二弟還真是每天只知唸書，家裡誰病了也不知道嗎？」

少南無奈地搓搓手、聳聳肩。

明春笑說了句。「你媳婦病了，你也不知道嗎？等藥好了，你自己端過去吧。」

少南聽見「媳婦」二字原本不自在的，可聽見她病了，便又留了心，多問了一句。「好好的這又是怎麼了？」

明春覺得好笑，這個二弟還真是讀書讀傻了不成？只好耐心地與他說：「才過去一天，你就忘了嗎？昨天下午她去接你下學，後來淋得像隻落湯雞似的，這大冷的天，不病才怪呢！」

少南這才隱約記起昨日之事，不由得暗罵了一句：還真是個傻子！讓自己在同窗面前丟了臉，自己又落得什麼好處呢？

青竹的確是因為少南而病下的，因此等到明春熬好了藥，便將藥碗遞給他，說道：「你送去吧。」

「為什麼要我去？」

「她是你媳婦，你不去，難道我去啊？」明春心想，她能幫著熬藥就是青竹的造化了，還要她一直去送藥？她才不樂意呢！

少南原本是不大願意去的，可想到畢竟是因為自己的緣故，便有些不情不願地將藥送了去。走到青竹的小屋裡一瞧，就見青竹蜷縮在那張狹窄的小床上，面朝裡躺著，身上搭著舊棉褥，只看得見一個小腦袋……不，準確地說，是只看見她後腦勺上睡得有些亂的頭髮。

少南站了一會兒後，有些彆扭地說道：「藥拿來了，喝吧。」

床上的人沒有動靜，少南正準備要走了，這才聽見響動，見床上的人翻了個身。少南嘴唇翕動，想說什麼，最終卻什麼都沒有說，替她帶上門，退了出來。

青竹拖著病弱的身體，慢慢地下床來，搆著了放在小凳子上的藥，喝了一口，刺鼻的味道有些嗆喉嚨。他不是討厭自己嗎？怎麼還給自己送藥？

第十一章　年禮

青竹在床上躺了兩天，身子還沒有好索利，不過白氏卻無法再放縱青竹這麼繼續養下去了。

這一日，馬家派了兩個婆子來，說是送年禮的。明春躲在自己屋裡不大好意思出來，白氏極為熱情地招呼她們。

「我們太太請項家太太的安，年下了，送些東西過來，還請項家太太笑納。」馬家人說得很謙遜，又說要看看明春，回去也好回話。

白氏便叫來明春，馬家的兩個婆子極為誇讚了一回明春，又當著白氏的面送了一只荷包給明春，荷包裡有一對銀錁子。

白氏極力留兩個婆子用了飯再回去，兩個婆子卻再三表示要走，白氏只好去送。

青竹走進堂屋時，見明春和明霞正在翻弄馬家送來的東西。

明霞扯出一塊布料來，對明春道：「大姊，這是什麼料子呀？摸著真舒服！」

明春也說不出名字來，只知道是綢緞的。她平日穿的衣裳大都是買紫花布，然後娘親手染好了，再裁剪縫製成衣裳，這些綾羅綢緞只見別人穿過。銀紅的色彩很亮麗，還帶著暗底花紋，她心想，這便是富人過的日子吧？

除了四疋繭綢，還有一盒點心、兩隻燻鴨、兩塊臘肉、一小罐茶葉。明霞是個嘴饞的，揭了盒蓋便伸手去拿做得精緻異常的糕點，卻被明春打了手。

「妳著什麼急呢，難道還會少妳的不成？又不是給妳一人吃的。」

明霞只好收回手，眼巴巴地看著一堆吃的，卻下不了口，只好淌著口水。

青竹在一旁見了明霞這模樣，不由得想起青蘭來，怕都是一樣的光景吧？

白氏送客回來，看著擺了一桌子的東西，很是喜歡，又和明春道：「還是妳將來的福氣好，他們馬家不愁吃穿，妳以後就是做當家奶奶的命，我們項家還得指望妳呢！妳大哥、妳二弟、妳妹妹，以後都要妳幫襯著。」

明春有些不好意思起來，訕訕地道：「看娘說的，自家兄弟姊妹，難道我還有嫌棄的道理嗎？」

白氏將一干東西全部收到自己房裡，明霞還纏著要吃的，白氏道：「妳就貪嘴吧！可不能給妳一人吃，等外面的人回來了再說。」

明霞又道：「我最喜歡吃燻鴨了，不如今晚就吃這個吧！」

白氏道：「過幾天再說吧，再說這些東西我還要拿些去送人。」

明霞一聽沒戲了，腦袋就耷拉了下來。

青竹在角落裡抿嘴一笑，不過又想，這年禮送來送去的，不知有沒有他們夏家的？再怎麼說，項、夏兩家也有姻親關係，做得太決絕了總是不好看。青竹想著白氏是個愛臉面的人，應不會讓人落下話柄。但關於年禮的事，青竹自然不好去問白氏，何必去討不高興呢？

過了兩日，夏家的人竟然來項家了。蔡氏帶著三歲的夏成，提了一網兜的東西。青竹正在外面放牛，突然見明霞跑來對她說「你們夏家來人了」，青竹還只當不信。明霞嘛著小嘴說：「不信就拉倒！」便又往家的方向跑去。

韓露對青竹笑說：「夏姊姊快回去看看吧。」韓露一臉羨慕的神情，心想青竹和她雖然命運差不多，不過好在娘家人總惦記著，不像自己，在自己家的時候就已經被百般嫌棄。

青竹半信半疑地牽著牛，跟在明霞後頭回了家，才進院門就見夏成正站在棗樹下，和樹下拴著的黃狗玩耍，青竹忙將夏成拉開了，害怕那條狗咬傷他。

夏成見了二姊自是歡喜，一頭就撲進青竹的懷裡，甜膩膩地撒著嬌。「二姊！我好想好想妳！」

青竹愛憐地摸了摸夏成的腦門，含笑道：「乖，我也想你呀！」她趕著先將牛拴好了，便拉著弟弟去找蔡氏。

明霞孤零零地站在屋簷下，見青竹對夏成如此寵溺疼愛，撇了撇嘴，一臉的不高興。

青竹拉著夏成走到白氏的屋裡，才一進門就看見蔡氏坐在一張靠背的竹椅上，青竹立刻眉開眼笑道：「娘來了，怎麼也不提前讓人捎個話，我也好去接你們啊！」

蔡氏笑著點點頭。「說來就來，也沒提前準備什麼，哪有工夫讓人捎話？」見女兒還是瘦瘦的樣子，但似乎生得要結實一些了，且神采奕奕的，她這才稍稍寬慰了些。

白氏歪在榻上，神情有些冷漠，見青竹回來了，也不想再招呼蔡氏，便道：「青竹陪陪妳母親吧，我也累了，要休息一下。」

青竹巴不得能和母親說會兒私房話，便高高興興地讓蔡氏去自己的小屋裡休息，又忙著倒水，並給夏成抓果子吃。

蔡氏看了看這間狹小的屋子，還有這張所謂的床，鼻子一酸，差點落下淚來。「這裡妳還住得習慣嗎？」

青竹剛開始的時候的確處處不習慣，可現在倒也能隨遇而安了，便道：「還好吧，在哪兒不是過日子呢？」

蔡氏見女兒臉上的稚氣已經不見，相反地還多了幾分與年紀不相符的成熟穩重，便欣慰地道：「過幾年就好了，只要妳再大一些，和少南圓了房，再生個白胖小子，也就沒人嫌棄妳了。」

青竹想，自己才多大來著，怎麼就說到生孩子的事上了？再說，項少南不是很討厭她嗎？正好，她也不願意在項家待一輩子。只是這些話不能都說給蔡氏聽，因為蔡氏描繪的和青竹想的，完全是兩碼子事。

「大姊和青蘭還好嗎？」

蔡氏點頭道：「她們有什麼不好的？日子雖然艱難一些，但還不至於沒飯吃，我倒是心疼妳。」又將青竹叫到身邊，擼起了她的衣袖、褲腿看了半天，這才放下心來，又囑咐道：「妳性子倔，也好好地改一改吧，這裡畢竟比不得家裡，要聽話。」

原來剛才蔡氏在看青竹的身上有沒有再添什麼新傷。

青竹低了頭說：「人在屋簷下，哪能不低頭？這個道理我很明白。目前我的處境和寄人籬下有什麼區別呢？我是從來沒有將自己當成這裡的主人，他們使喚我，我也沒怨言，就和丫鬟一樣。」

蔡氏心疼地摟著女兒，柔聲道：「以為妳大病了一場是災難，沒想到竟懂事多了。好孩子，當娘的對不起妳，可也時常念叨著、想著。妳要是有個什麼，等我到了地下也沒臉去見妳爹了……」說著又流了一回眼淚。

「娘也不容易，要拉拔我們幾個。我不怪妳，不過是我的命罷了，與其埋怨，還不如自己努力活得好一點。夏家的女兒，哪就那麼容易讓人給看扁了？」

青竹的話又惹得蔡氏一陣笑。

蔡氏來看女兒，無非是想著有娘家人出面撐腰，項家人也不至於太欺負青竹，因此儘管家裡困難，她也硬著頭皮籌了點年禮送來——有一兜紅橘、兩塊臘肉、一隻母雞，還做了兩雙新鞋。鞋子是蔡氏自個兒做的，一雙給青竹，一雙是做給少南的。她不知道少南腳的尺寸，不過想著男孩子總是在長，因此便做得大了些。

青竹見蔡氏如此費心，便道：「娘這麼用心準備，只怕有人還不見得領情。」

蔡氏笑道：「他就如我兒子一樣，雖然年紀小小的，但聽說讀書很用功，說不定將來妳還有好日子，以後成哥兒還指望著你們幫上一把呢！」

青竹覺得這話耳熟，原來天下的母親心思都是一樣的。

蔡氏後來又說到青梅的親事來，青竹便留了心，只是一個勁兒地勸著蔡氏。「大姊年紀還小，娘也不急，等幾年再說吧？一定要好好地找一個與大姊相當的人物，真正懂得心疼人的才好。」

蔡氏嘆了一聲。「妳這話雖是在理，但妳知道嗎？這兩年我身子漸漸地不好了。妳下面還有一對弟妹，我指望著能有人來將家裡的擔子給挑起來，所以才想招一個女婿進來。冬天地裡沒多少事倒還好，這一過了年，天氣暖和起來時，地裡的事就出來了。以前妳爹還在的時候日子還算過得去，可我自從養了成哥兒以後，身子就越來越不好了。」

蔡氏的話讓青竹覺得心酸，又看了一眼旁邊的弟弟，和成哥兒道：「我們成哥兒趕快長大吧，以後可要好好地孝敬娘，一家子為了你可真不容易呢！」

成哥兒似懂非懂地點點頭。

蔡氏來拜訪，白氏顯得頗為冷淡，話也說不上幾句。

蔡氏本來打算見著女兒就回去的，可禁不住青竹再三挽留，才用了午飯，飯後蔡氏真要走了，畢竟還隔著好幾里地，冬天黑得又早，怕路上摸黑。

白氏一聲不吭，冷眼看著青竹抓了許多冬棗、花生之類的乾果放入蔡氏的冷布口袋裡。

青竹將母親送出村口，趕回來時，就見白氏坐在院中，板著一張臉，明霞則坐在門檻上高高興興地吃著紅橘子。

白氏見著了青竹，少不得要冷言冷語一回。「這個家還沒輪到妳作主，就已經會偏著將好東西往娘家搬了！」

青竹並不理睬，裝作沒聽見一般，到了翠枝屋裡。只見翠枝正坐在窗下做針線，青竹走到跟前，淺笑吟吟地和翠枝道：「大嫂怎麼不去外面走走？今天倒也不冷。」

翠枝皺了皺眉說：「我倒樂意出去逛逛，強過在屋裡悶坐，只是腿有些腫了，多有不便。」

青竹從身上拿出兩塊帕子來，笑道：「這兩張帕子是我娘做的，原說給我包頭用，可我又用不慣，還是給大嫂吧！」

翠枝看了眼，一色棗紅，一色靛藍，便笑了。「妹妹的東西怎麼輕易拿來送人？」又低語了兩句。「要是讓那兩姊妹知道妳有東西不給她們，偏了我的話，還不知要怎樣鬧呢！」

青竹嘴一撇，道：「我自己的東西樂意給誰就給誰，大嫂別嫌東西粗糙，將就用吧。」

翠枝再三道了謝，又和青竹說：「妳的日子也不好過，以後有什麼幫得上的地方，開口便是。」

青竹笑說：「大嫂待我，我是知道的，還多得大嫂的照顧呢！」

翠枝笑了笑，又說：「妳娘家還算沒有忘記妳，大老遠地送東西來，婆婆雖然不是很喜歡，但也給足了她面子。我們林家的人還不知想起我沒有呢，只是隔得又太遠了些，都不在同一個鎮上。」

青竹道：「大嫂月分還不算大，不如乾脆回娘家住幾個月，等到月分大了再回來，不也一樣嗎？」

翠枝點點頭道：「妳說得很是，我又何嘗沒這麼想過？只是妳大哥那個人，說大冷天的，他一人睡覺，被窩總是暖不起來。妹妹妳聽聽，這是什麼話啊！」翠枝說著，臉上不經意間就露出幸福的笑容。

青竹想，他們夫妻和睦，感情深厚，在旁人看來還真是豔羨呢！

白氏依舊坐在院子裡，明春站在翠枝的窗外，正豎起耳朵偷聽屋裡的談話，白氏對女兒的舉動並沒什麼異議，後來還招招手，將明春叫到身邊。

「這妯娌感情倒好，又在背後說我們什麼壞話來著？」

明春添油加醋地說了一回，白氏聽後臉色一沈。「不知好歹的東西！她這是要哪樣？我還只當是轉了性呢，哪知卻養了個薄情寡義的人！當真忘了他們夏家老爹連棺材也買不起、入不了土的事嗎？」

明春道：「娘也別氣了，這個家還是娘在作主的，她又能怎樣？」

青竹出來了，就見那娘兒倆正嘀嘀咕咕的。

明霞依舊是一聲不吭地吃橘子，突然見青竹站在背後，連忙大聲喊了一句。「大姊！」

青竹鄙夷地看了她一眼，心想：還用得著通風報信嗎？明春偷聽的事我又不是不知道。她像個沒事人似的，走到白氏跟前說了句。「大伯娘有什麼不妨打開天窗說亮話，也少些猜忌，畢竟關起門來不還是一家人嗎？大伯娘也是個愛惜臉面的人，就別鬧得烏煙瘴氣的了。」

白氏被青竹的話一激，頓時面紅耳赤，指著青竹就罵：「妳好，很好，我還真沒看出妳有這等厲害的本事……」

明春斜睨了青竹一眼，心想她偷聽的事敗露了嗎？她不免有些心虛，藉口要去喝水，乘機便走開了。

白氏還想數落青竹幾句，卻突然找不到合適的話，正好永柱回來了，她暫且就不去理會青竹了，連忙迎上去，只是胸口仍憋著一團怒火。「今天怎麼回來得這麼早？」

永柱說：「眼見著就要到年關，窯上的事也差不多都完工了，今天結了工錢，明天起就不用去了。」

家裡有個男人，白氏也覺得要輕鬆許多，便笑道：「如此就好，在家好好地休息一段時間，開春後地裡的活兒可不少。」

永柱便將一張皺巴巴的、裹著一堆錢的手帕給了白氏。

白氏歡歡喜喜地接了過去，便回了自己屋裡，一心一意地數錢去了，剛才對青竹的怨怒此刻已消失得無影無蹤。

第十二章　討好

隔日，白氏帶了明春姊妹倆去趕集，買些年下要用的年貨。明霞喜歡熱鬧，早在前一晚就嘰嘰喳喳，興奮得睡不好覺。到了第二天還以為明霞起不了那麼早，哪知還真按時起床了。家裡少了那母女三人，青竹頓時覺得清靜了許多。

項永柱用了早飯後，便找了兩根竹子來，安安靜靜地坐在院中劈竹子，然後手指靈活地編著柵欄；翠枝自個兒洗了衣服，正在晾曬。

青竹走到跟前和翠枝說：「大嫂，我來幫妳吧！」又見翠枝雙手凍得通紅，忙說：「早起的時候我燒了個火籃子，大嫂快去烤烤！」所謂的火籃子，其實是鄉下用的簡易手爐。瓦罐裡面埋些只有火星的柴炭，上面再蓋上一層冷掉的草木灰，瓦罐外面罩著竹篾編的籠子，像個粗陋的花籃一樣，可以提著走。冬天用來烤火，倒是不錯。

翠枝樂得自在，笑道：「還是妹妹心疼人，如此的話就交給妳了。」

青竹幫著翠枝晾好衣服後，正好看見翠枝向她招手。

「快來！」翠枝捧了大捧的核桃給青竹。「這些妹妹拿去吃吧！前兒妳大哥又買了幾斤回來，我也吃不了。」

青竹連忙扯了衣兜攬住了。「倒偏了大嫂的好東西了，只是我也不大愛吃這些，少拿些吧。」

翠枝努努嘴說：「小叔子還在用功，妳送些給他吃吧！」

青竹心想，項少南今天沒去學堂嗎？可是一上午怎麼也沒見他出來呢？

翠枝見青竹有些疑惑的樣子，心想這個毛丫頭當真還沒開竅呢，少不得要點醒她。「妹子待我不錯，我見妹妹也可憐，所以嫂嫂這裡有幾句話要和妳交代明白，就怕妹子不愛聽。」

青竹忙道：「大嫂有什麼話儘管直說。」

翠枝坐在藤椅裡，有一下沒一下地摸著肚皮，面容沈靜，又帶著幾絲笑意，語重心長地道：「我比妳早來兩年，知道這個小叔子心性高，和家裡人似乎都不大親近，一心都在書本上，所以有人笑他是書呆子。不過我卻覺得，以後這項家光耀門庭的事，還得看這小叔子。苦讀幾年，不說中狀元，就是中個進士，也是一個官老爺了。妹子是自小跟了他的，以後總少不了妹子的好處。再說大家都在一個屋簷下，妳沒事的時候多在他跟前轉轉，噓寒問暖一回，日後他也感念妳的恩情，難道妹子還怕沒有封誥嗎？」

青竹卻一臉的淡然。「大嫂的話自是有道理，只是大嫂也不知道吧，他親口說了討厭我，我又何必去自討沒趣呢？」

翠枝聽到這裡便笑了。「當真還是小孩子的脾性，妳管他做什麼？不過隨口說說，沒想到妹子就當了真。妹子來項家也有幾月了，雖然童養媳不好做，年紀也小，但素日來我見妳比起一般的人，就是比明春也還成熟穩重，所以這些道理不用我說妳也明白。婆婆這個人是不大好伺候，不過她若見妳肯在小叔子身上用心，說不定漸漸就習慣了，也就不會再挑三揀四，待再大些年紀，圓了房，她還有什麼好挑剔的呢？」

翠枝的話讓青竹沈默了，她的心性不是個八歲的小丫頭，而是個二十幾歲的成年女性，也經歷過各種社交場合，應付了不少的人情往來，這些道理她哪有不知的？沈默了許久後，她才點頭道：「突然去討好某個人的話，只會惹來更多猜疑，我還是做回真實的自己吧，畢竟未來怎樣，誰也不清楚。我不像大嫂，作項家的媳婦已經是板上釘釘的事實了，說得好聽點，我是他們項家的小媳婦，不好聽點，和一般的使喚丫鬟又有什麼區別？只怕有些人家的丫鬟，日子過得還比我滋潤多了。雖說這是我的命，沒什麼好埋怨的，不過我卻堅信成事在天，謀事在人。」

翠枝見青竹的大道理也是一堆，也不多勸了。青竹說得沒錯，畢竟她和項少南還沒圓房，就存在許多變數。

從翠枝房裡出來以後，青竹思慮過多次，想著和項少南先拉好關係，以後怎麼樣或許都沒有壞處，於是她便回自己的小屋裡，將母親給他做的那雙鞋子拿來，鼓足了勇氣，去敲了敲項少南的房門，一連敲了好幾下，裡面才傳出一聲極不情願的聲音——

「誰呀？」

「我！」青竹高聲地回答了，以為門馬上就會打開，可裡面又沒了動靜，青竹只好繼續拍著門板。「我有東西要給你。」

過了好一會兒，門才被拉開一條縫，青竹踏進門檻，見少南頭髮亂蓬蓬的，看來是睡覺才起。窗下的書案上亂糟糟地堆放著些書本紙張，地上隨處可見揉成一團的廢紙。青竹想，要是白氏見了這個情景，又得一頓說。

青竹將那雙新鞋子遞到少南的面前，言語清冷。「喏，這是我娘做給你的鞋子。」

少南只瞥了一眼，板著臉說：「那麼大的碼，我哪穿得上？」他並不打算去接。

「我們家裡沒有和你年齡相等的男孩子，只好往大裡做。我是個知趣的人，知道你討厭我，可畢竟是我娘的一片心意，你也讀了不少的書，裡面的道理也不用我說了吧？」

少南略收拾了下書案，便準備習字了，實在沒那閒工夫去搭理青竹，因此有氣無力地說了句。「放那兒吧。」

青竹便將鞋子放到床上，又將半兜核桃倒出來。「這是大嫂給你的。」說完識趣地就要離開，才跨出門檻，卻突然聽到後面傳來說話聲——

「喂！那個……妳……可不可以幫我燒個火籃子？一早上了，身上還是冷，筆也拿不動。」

青竹聽說後，滿口答應道：「小事一樁，我馬上就去弄。」

等青竹走後，項少南又縮回被窩裡，好在還有些溫暖。一角，放著一雙簇新的棉鞋，少南拿來細細瞧過，心想這麼大的尺碼，自己要多少歲才能穿？他們夏家，難道就沒一個來事的人嗎？將那鞋子隨意地往角落裡一擲，就再也不理會了，想著再多睡一會兒該多好。

才一躺下來，背部突然被什麼東西硌得生疼，他翻開一看，卻見是一些零散的核桃。可能是被硌疼了，睡意全跑光的關係，少南負氣地將那些核桃全部掃下床。

青竹將瓦罐裡埋上好些塊帶紅的火炭，又厚厚地蓋了一層灰燼，收拾乾淨後，便提到少南的屋子裡去。

才一進門，青竹便看見散亂一地的核桃，還有被他隨意扔掉的新鞋。青竹只怔了一下，心想項少南本來就是個涼薄的人，原本也沒想過他會如何珍惜，因此顯得很淡定，將火籃子遞給他，只冷冰冰地問了句。「中午想吃什麼？」

少南慵懶地答道：「隨便妳。」

青竹見窗下的筆墨皆在，便扯出一張寫廢的紙，蘸了濃墨，流暢地寫下自己的名字，給了少南。「這是我的名字，以後別喂呀喂、妳呀妳地喊。」說完就離開了。

少南瞪著紙上那三個字，卻見工整娟秀、端端正正地寫著「夏青竹」，心裡不禁有些疑惑，一戶連飯也吃不起的人家，出來的女孩子竟能寫自己的名字？而且字寫得並不難看。莫非，自己是真的輕看了這個丫頭？

永柱編了一上午的竹活，一次也沒使喚過青竹。

少南寫字寫累了，便找了只陀螺來院子裡抽著玩。

青竹洗好了石磨，正在研磨黃豆。白氏出門前交代過青竹，過年要吃豆腐，這豆腐得自己做，對青竹來說，這可是頭一遭。挑選好黃豆、洗淨，上了石磨後就得靠體力了，可憐她人小力氣不大，才轉了三、四圈，就已經有些使不上力氣了。

永柱對玩得正高興的少南說：「你就看著吧，也不知道上去幫一下。」

少南聽見父親的話，不得不依，只好乖乖地走到石磨前去幫忙。

青竹倒也樂意，只在一旁添豆添水。

少南費力地轉著磨盤，卻不時暗地裡觀察青竹的神情，心想：這個丫頭實在有幾分讓人討厭，學堂裡的那些同窗現在都為了此事而取笑我。也不知爹娘到底是怎麼想的，竟給我弄了個童養媳來，難道還怕我將來娶不上媳婦嗎？

青竹一面添著水，突然抬頭時卻見少南正盯著自己的臉，不禁有些疑惑，忙問：「我臉上沾了什麼東西不曾？」

少南慌忙別過了目光，冷冷地說道：「沒有。」

青竹心想：不過就一個臭屁孩嘛，我還和你一般見識不成？別自以為多唸了幾天書就了不起了，想當年老娘也是寒窗十六年出來的，還懼怕你這麼一個小小的毛小子不成？

兩人雖然心思各異，但配合得還算不錯。

此刻白氏帶著一雙女兒回來了，老遠就看見少南竟然在幫青竹磨豆子，頓時兩眉就豎立了起來，氣沖沖地走到少南跟前指責他。「這些活兒也是你做的？正經的書不唸、字不寫，倒還胡鬧起來了！」

少南鬆了手，低下頭去。幫著幹了半天活，手也紅腫了，不過他藏著不肯讓母親看見。

白氏心疼兒子，轉過頭來便斥責青竹。「如今都學會偷懶了，我吩咐妳的事，妳倒會盤算，竟還找了幫手來！一個童養媳能和讀書人相比嗎？」

青竹耷拉著腦袋，一聲不吭地繼續著手中的事，只當白氏的話是耳旁風。若是真和她爭執起來，還不知要鬧成怎樣，況且她也不想落得個潑婦的罪名。

白氏一頓數落後，便讓兒子回屋去好好歇著。

永柱將編好的柵欄圍在菜地裡，避免雞放出來後去糟踐蔬菜。白氏對兩人的訓斥，永柱並沒站出來替誰說過一句話。在這個家裡，他向來言語不多，只埋頭做事，但是非對錯，他自有評判。

新鮮磨出來的豆漿，盛放在大木桶裡。青竹找出洗淨的紗布，反覆濾去豆渣，又將豆渣用紗布包裹著，反覆地揉搓好幾次，再三地濾乾淨，最後只剩下乾淨的豆漿，聞著就一股濃郁的豆味。接著她又趕著將豆漿倒入鍋內燒沸，加少許的石膏粉，最後再盛入大木盆裡，等它自行沈澱冷卻。如此，豆腐的工序就算完成了。

青竹覺得這事實在是太費力，一塊豆腐多大的事呢？她還真費了半天的時間耗在這上面。

少南被母親訓斥了一頓後，也不好再去幫忙。回到房裡，他伸出手來細細地看了一回，雙手都不同程度地磨出水泡來了，還有些隱隱的疼痛。不過他並沒一句怨言，他身體本來就有些弱，長期沒幫家裡做過什麼，偶爾勞動一次，就當是在鍛鍊身體。

少南躺在床上，拿了一本書正要翻兩頁，就見明霞一頭走了進來。

明霞拉扯著少南，央求道：「二哥，陪我玩會兒吧！」

少南的臂膀一點力氣也沒有，才不想陪明霞呢，因此翻了個身，面朝裡躺著，不耐煩地道：「去去去，自己找願意陪妳的人玩去，我要看書，可沒工夫。」

明霞一聽就不高興了。「二哥寧願幫青竹磨豆子，也不願意陪我玩！我知道，你不過就是看在她是你媳婦的身分上，自己不忍心。那剛才娘說她的時候，你怎麼不去幫你媳婦說幾句呢？」

少南被「媳婦」兩個字一刺，渾身不舒服，騰地一聲坐起身來，伸手將明霞推開。「走遠些，別在我耳邊嘀咕，聽著鬧心！」

明霞知道和少南說這個他不高興，便有意挑刺。「怎麼了？二哥不喜歡我說你媳婦嗎？我偏要說——」

少南便將身邊的一個枕頭向明霞扔去！

明霞以為少南要下床來打她，連忙跑出去了。她取笑了少南還不過癮，想了想，又跑到青竹跟前去湊趣。

「項家的小媳婦真勤快，喲，原來是假勤快啊！這下好了吧，讓娘抓了個正著，家裡可沒人願意幫妳了！耶，該妳哭鼻子了！」明霞衝著青竹伸伸舌頭，扮了個鬼臉。

青竹瞧見她這樣，不僅沒怒，反而被明霞的舉動給逗樂了，心想，還是真正的小孩子好呀，什麼事都能拿來樂一樂。不像她，雖然頂著個小孩的身子，內心卻居住著成人的靈魂，白白地要背負著那麼多的煩惱啊……

第十三章　過年

做好了豆腐，爆了玉米花，炒了紅薯乾，煮了鹽水的五香花生，還做了滿滿一盆的豌豆涼粉，再加上以前就備下的醃魚、燻雞、臘肉之類的，年貨也就不缺什麼了。

到了臘月二十八這一日，項永椆和項永林帶著一家大小來祭祖。

當初項慶生了三個兒子，長名永柱；次名永椆，後來做了上門女婿，入贅到隔壁村子一戶陳姓人家；小兒子永林則在鎮上開了間鐵鋪。

項家的規矩，每年三兄弟都會聚在一起，祭奠祖先，整理爹娘的墳頭，然後一大家子再坐在一起吃頓飯，暢想一下來年。

永林和少東在院子裡說著話，永林拍拍少東的肩膀說：「倒有個大人模樣了，前些年的時候你還只知道瘋玩，臉都沒洗乾淨，還掛著鼻涕呢！」

對於小叔叔的取笑，少東有些不自在，再說這都是哪年的事了，偏還要拿出來說。他都是要當父親的人了，因此顯得有幾分不高興，心裡彆扭著。

永林又和少東說：「你還在那家雜貨鋪幫忙不成？」

少東含笑道：「是呀，掙點餬口錢也不容易。」

永林立即又問：「雜貨鋪的老闆每個月給你多少工錢？」

少東回答道：「不多，也就差不多二兩。」

「二兩?!」永林還是像少東小時候那樣，摸了摸少東的頭髮，說：「也真辛苦，這大冷的天還要來回跑。我看你不如幫我做事吧，管三頓飯，還能有住的地方，省得你來回地跑。至於工錢麼，我能給你三兩的數，還能再加一吊，如何？」

小叔叔提出的建議是那麼地誘惑、吸引人，不過少東卻沒絲毫動過心。他不喜歡在鐵鋪裡做活，一來是太累，很費體力；二則是在鐵匠鋪子裡幫忙，對肺不大好。他的一個玩伴，比自己大不了幾歲，如今一到冬天就咳得厲害，這還沒到三十歲呢，要是以後上了年紀，說不定又是咳嗽伴隨著喘症，等自己還不到五十歲時，恐怕就有肺脹的毛病了。

少東想畢，說道：「我對打鐵還真沒什麼興趣，再說小叔叔也請了不少幫工，自然不缺我這麼一個。」

永林卻語重心長地和少東說：「外面的人我總是信不過，可你不一樣，是親姪兒，難道我還不放心嗎？怎樣，要不要好好地考慮一下，趁著自己年輕，體力也好，多掙點錢養家呢？」

少東才想反駁，翠枝就搖搖晃晃地出來了，插腰喚著少東——

「你過來一下，我問你件事兒！」

少東正好藉機離開。

白氏、青竹連同明春，一道在灶房裡忙碌了半晌，後來二嬸娘也進來幫忙打下手，終於做出了三桌像樣的飯菜。

三桌飯菜皆擺在堂屋裡，上面一桌是永字輩的三兄弟，又讓少字輩年長的幾位相陪。因為都是要喝酒的人，少南不喜歡吵吵嚷嚷的氛圍，連飯也吃不好，因此在明霞這桌坐了；白氏和兩位妯娌湊了一桌，讓翠枝和明春作陪；剩下的幾個小輩則湊了一桌。

從天還沒亮就開始忙碌，總算能安穩地坐下來吃頓飯了。青竹提了筷子，準備去挾她早就中意的冬菇燉燻肉，才伸出筷子，沒想到竟和少南的筷子碰了個正著，恰巧將他才挾起的菜給碰掉了，她連忙說：「對不起！」

少南只是臉一紅，一聲不吭地埋頭吃飯。

上面那一桌話語不斷，各種碰杯聲傳來，氛圍實在不錯。青竹抬頭看了一眼，心想，過年就應該是這樣子吧？一大家子坐在一起，熱熱鬧鬧地吃一頓飯。此刻她突然想起夏家人，想著正月裡什麼時候能回去看看呢？

他們這一桌，除了明霞、少南、青竹，還有永檷家的一個兒子，今年剛十歲，小名鐵蛋兒，以及永林家的一個女兒，名喚明芳。明芳和明霞一般年紀，過年便八歲了，不過明芳卻乖巧懂事許多，安安靜靜地坐著吃飯，穿著乾淨又整齊的紅底黃花小襖，梳著一對羊角小辮。一張紅撲撲的小臉，模樣也生得好，依稀可見以後定是個美人。

對於這些堂兄、堂妹之類的，青竹和他們不熟悉，因此飯桌上一句話也沒講，並且沒吃多少便下來了。

後來三嬸娘當著白氏的面給了青竹一個荷包，拍了拍她的腦袋笑說道：「這是新媳婦的分例錢。」

青竹覺得彆扭，怎麼也不肯收那個荷包，可三嬸娘實在太熱心，青竹只好收下了。這只荷包做得實在好看，大紅底面，金線盤繡著一個「福」字，另一面則是一朵五彩牡丹。

除了給青竹一個荷包，三嬸娘還送了少南一對紫毫筆、一盒徽墨。對於筆墨這些東西，少南還是很喜歡的，所以高高興興地收下了。

等忙碌完，送走了家裡的客人，已是酉時了。青竹回到自己房裡，將荷包裡的東西倒出來一瞧，是一對梅花樣式的銀錁子，很是可愛。青竹猜想著，這怎麼也有一、二兩銀子吧？心裡便歡喜起來。看樣子，距離她的二十兩又大大地邁進了一步！

到了夜裡用過飯後，白氏將青竹叫住，開口就問：「妳三嬸娘給妳的荷包拿來我看看。」

青竹一怔，心想莫非自己還守不住這點突如其來的私房嗎？三嬸娘也給了明春、明霞，她們的分兒也交上去了嗎？她腦中迅速地轉過一個念頭——以前上小學的時候，春節時長輩們也發壓歲錢，可每次她拿了錢後，總是會被父母收去，然後美其名曰「這些錢我們給妳存起來，以後長大了好用」，可後來家裡再也沒誰提起過當年的壓歲錢。

才到手的錢，還沒裝暖和呢，只有上交的分兒了。

白氏見青竹猶豫的樣子便道：「妳這麼小，也沒有用錢的地方，我先幫妳存著吧，以後想買什麼東西再來找我。」

青竹心想，以後即便她肯開口問白氏，白氏會大大方方地拿出來嗎？她只得將一對銀錁子交上去了，結果白氏連荷包也沒退給她。青竹心裡有些空落落的，看樣子只有靠自己努力去一分一文地掙取了，天上果然沒有掉餡餅的好事呀！

當夏青竹還是于秋的時候，過年極其乏味，每天總是宅在家裡，不是睡覺就是上網。如今大不同了，做了這農家小媳婦，就沒一天是清靜過的。

熬過了除夕，迎來了新年的正月。

昨夜項永柱和白氏都沒睡覺，守夜直到天亮。大清早的，吃過醪糟煮的糖蛋後，小輩們都聚在堂屋裡等著永柱發壓歲錢。

成了親的少東自然沒有份了，如今還要給弟弟妹妹們發錢呢！不過翠枝捨不得出這個錢，只讓少東拿紅繩穿十文，每人一串就算了事。

永柱給了明春一個碎銀角，大概也就五、六錢的樣子；明霞也是一塊銀角；而少南除了碎銀角外，還多了一份紙筆；不過當永柱將碎銀角遞給青竹時，白氏的臉上明顯有些不高興，偏著臉，冷冷地看青竹接了去。

今天明春姊妹都穿著簇新的衣裳，明春是桃紅的襖兒，靛藍的棉裙，繡著折枝花樣，脖子上戴著明晃晃的一把銀項圈；明霞也是同樣的打扮，衣服的顏色款式都一樣，除了項圈上鐫刻的字不一樣；少南今天也是一身的新衣，二藍色梭布的對襟夾袍，頭上戴一頂茄灰色的織錦瓦愣帽，倒還有幾分眉目清朗的樣子。

相比起項家孩子們的光鮮，青竹只能將平時的衣服拿出來穿。此刻對她來說，穿不穿新衣裳沒什麼要緊的，當務之急是攢錢要緊，別的都可以放一放。

一大早的，等發完壓歲錢後，白氏帶著女兒們去逛廟會，少東和翠枝去看村頭演的舞獅，永柱也放下手裡的活兒，和周邊的鄰里一道去並未冰封的小河溝裡網魚，單留下了青竹看家。

正月初一這一天，青竹就在家無聊了一天，雖說躲清靜，可也太無聊了。後來發現在家的不僅是她，少南也待在家裡，哪裡也沒去，不過兩人卻一句話都沒說，各自忙各自的事。

到了初二這一日，永柱放出一番話來，著實讓少南和青竹一驚。

「等初四的時候，少南陪青竹回夏家住幾日吧。」

看似波瀾不驚的話，沒想到卻在青竹和少南之間掀起了一股風浪。

一個說：「不，我一人回去就好了，二爺要唸書，不敢耽擱他。」

一個則說：「我還是不去了吧？萬一做錯了事、說錯了話，不是丟臉嗎？」

「什麼丟臉？也算是回岳丈家，你當女婿的難道就不該回去嗎？」永柱斥責道。

少南聽了這一番話，雖然心裡憋屈不好受，不過因有些懼怕父親的威嚴，也不敢怎樣，便耷拉著腦袋，遲遲沒說話。

坐在一旁的白氏開口了。「要回去也行，別住著一直不肯回來。新的一年又長了一歲，也該知些事體，什麼話說得、什麼話說不得，妳心裡要有數。」

青竹很清楚白氏的意思，默然道：「我知道。」

白氏又和少南說：「這幾天你唸什麼書呢？成日悶在家中也不好，出去走走吧，別成了個書呆子。」

半晌，少南才彆扭地應了一聲「好」。

晚上臨睡前，明春走到青竹住的小屋子，手裡捧了套衣服，一進門就表明來意，不拐彎抹角地道：「這衣服借妳穿吧。」

青竹有些疑惑，她幾時問明春借過衣服了？

明春見青竹一臉惶惑的樣子，便淡淡地解釋了一句。「這是娘的意思，讓妳穿得周正一些回去。妳這樣沒件正經衣裳見客，可是丟項家的臉面。」

對明春的美意，青竹可是無福消受，只淡然道：「大姊的衣裳我可不敢穿，拿回去吧。順便也告訴大伯娘，怎麼說話、怎麼做事，我心裡有數。我娘寡婦一個，撫養幾個孩子已很是不易，我不能再讓她為我操心了。」

明春見青竹看也不看一眼，心想不借給她倒也好，要是劃破了什麼地方，就是補上了也是個疤，倘若沾上了什麼晦氣，那就更不好了，於是話沒多說，就搖搖擺擺地回去了。

明霞正坐在床上玩摺紙遊戲，見明春將衣服拿去，又原樣地拿回來了，便笑說道：「大姊，虧妳興沖沖的，哪知碰了釘子，別人不領情吧？」

被妹妹一陣嘲諷，明春明顯有些怒意了，少不得要擺出當大姊的架子來，放好了衣服，插腰便訓道：「妳成日就知道玩吧，將床上弄得亂七八糟的，也不知收撿一下！」瞥眼看見她最喜歡的一張素綾手絹，此刻正被明霞坐在屁股下面，明春霎時紅了眼，將明霞往旁邊一推，便要去拿手絹。

明霞覺得大姊的動作粗魯，將她給弄疼了，有些不依，因此硬坐著不動。

明春罵道：「妳動一下難道會死呀！」

明霞仰臉怒視著明春。「大姊在別人那裡受了氣，幹麼拿我來撒氣？我又不是妳的出氣筒！大姊就會欺負我！」說著就佯裝要哭。

明春見明霞這樣就火大，因此伸手就給了明霞一個耳光。

明霞連忙反抗了回去，和明春廝打起來，但明霞要小幾歲，比力氣根本就比不過明春，最終還是落了下風，於是張口就哭。

那哭聲在黑夜裡很有穿透力，即使中間隔了一間屋子，青竹也覺得刺耳，心想這兩姊妹又爭什麼東西來著？好在當初她拚死搬到這裡來住，倒是躲了不少的清靜。

白氏正和永柱說著話，突然聽見明霞哭，心裡煩躁，在隔壁便高聲罵道：「大過年的，妳就別嚎了！」

明霞一面哭，一面嚷嚷道：「娘，大姊她打我！」

白氏聞言，沒好氣道：「明春，妳多大了還和明霞一般見識！再過幾個月嫁到馬家去了還是這個樣子嗎？」

明春不好再開口了。

明霞聽見母親幫自己說話，心裡越發得意，朝明春吐了吐舌頭，將一條被子拉來，緊緊地裹住身子，斜躺在床上，不讓明春有可以睡覺的地方。

明春恨得咬牙。「妳就得意吧，我看妳能得意到幾時！」明春索性不睡了，抱了枕頭便開門出去。

明霞見大姊戰敗而去，樂得在床上打滾。不料明春關門的動靜太大，帶進屋的風將桌上的油燈給撲滅了，屋子裡頓時漆黑一片，四周完全安靜下來。明霞孤零零地躺在床上，不由得有些害怕，忙將被子拉過頭頂，整個身子蜷縮成一團，瑟瑟地發抖。

第十四章 回娘家

趕了半天的車，青竹被冷風吹得瑟瑟發抖，她懷裡抱著包袱，跳下了馬車。回家的心情很是迫切，因此她賣力地往家裡趕，壓根兒不去理會跟在後面、滿心不願意的項少南。

這樣的天氣還真不適合趕路呀！早起的時候就有些飄雪了，此時眼見雪越下越大，青竹現在最大的願望就是能立即躲進一間溫暖的屋子，讓身子盡快暖和起來。

少南見青竹一副興致勃勃的樣子，並沒有大步跟上去與她並肩同行。他抬頭看了一眼這漫天飄舞的雪花，心中突然變得柔軟起來。

少南緩緩地走著，腦中不經意間浮現出剛才在車上的情形。雖然車上不止他們兩個，還有別的同路人，不過他看見過幾次，青竹臉上浮現出自然的笑容來，那麼的溫暖，還是少南頭一回看見。

除了家裡說定他和青竹的事，他來夏家接青竹那次外，這是他第二次踏進夏家的門檻。

少南抬頭看了一眼，那半間茅草棚的頂上已經覆蓋不少白雪了，在這陰暗的天氣裡顯得更加低矮和頹敗。

他走過了籬笆牆，正猶豫著要不要進去？進去了該怎麼打招呼？怎麼和他們家裡的人說話？還是……要不要就這樣安安靜靜地回去呢？

正當少南猶豫的時候，突然從屋裡跑出兩個小孩子，那是青蘭和夏成。青蘭比明霞還要小一些，因此更是妹妹了。青蘭一臉的笑容，一口一個「二姊夫」地喊著；夏成走路已經很穩健了，跑來抱住了少南的腿，仰頭看著少南，稚聲稚氣地也跟著青蘭喊「二姊夫」。少南向來煩小孩子，雖說他年紀本來也不大，不過卻最不喜歡這些纏人的傢伙，因此在家的時候總是遠著明霞。

少南連忙將這煩人的兩人推開，有些許的惱怒。「喂，你們這些煩人的傢伙，抱住我的腿幹麼？這樣我怎麼走路？再說，我不是你們二姊夫，別亂喊！」

青蘭也去拉少南的衣袖，和成哥兒兩個將少南往屋子裡拽。

少南想要擺脫姊弟倆時，卻見蔡氏正站在簷下衝著他微笑。

「項家的南哥兒來了？外面下著雪，風又大，怎麼不進屋來呢？當心凍壞了身子。」

看來沒有退路了。少南只好硬著頭皮地喊了句。「夏嬸嬸好。」

蔡氏對這個稱呼並不排斥，微笑著讓少南進屋。

青竹和青梅正圍坐在爐子旁開心地說笑，青竹幾乎要將少南給遺忘了。

青梅起身來，含笑著給少南搬了張小椅子請他坐，又笑道：「歡迎項家二爺來我們家作客。」

什麼二爺？少南依稀記得青竹也這樣稱呼過他，還真是兩姊妹呀！少南彆扭地坐了。

青梅又趕緊給少南倒了一杯熱茶來，少南捧在手上很溫暖，就見剛才纏著自己的那兩個傢伙現在正圍著青竹要吃的。

青竹拉著成哥兒的手，上下打量著，只見他穿著簇新的砂藍色棉袍，手上已經生了凍瘡，紅腫了不少，青竹溫柔地問：「癢不癢？疼不疼？」又一面給他搓著手背。

青蘭則去翻弄青竹的包袱，翻到一包舊布包著的紅薯乾，頓時歡歡喜喜地拿來，仰面問道：「二姊，這是給我的嗎？」

青竹溫婉地笑道：「是呀，妳可別一人就吃完了，這裡有大姊，還有成哥兒呢！」

蔡氏端了一盤吃食來，笑說道：「成哥兒牙齒軟，別磕著他了。」又將盤子遞到少南跟前，讓他抓東西吃。

少南看了一眼，盤子裡裝著板栗、花生、炒蠶豆、紅棗等各式的乾果子，他猶豫了一下，伸手抓了幾個板栗。

蔡氏見少南還有些怯生，便讓他牽著衣兜，給他大大地抓了一把，接著將盤子放到桌上，讓青竹自己拿，又見青蘭太貪吃了，便輕斥道：「別吃得太多了，不然又鬧肚子疼！」

青蘭這才訕訕地放了些回去。

蔡氏見一家子難得團聚，不免有些感慨，又笑著問候了少南的父母。

少南的回答有些淡漠。

青竹瞥了少南一眼，低了頭心想，他們夏家一家子團聚，偏偏這裡還多了個外人，要是他不杵在這裡該多好？但她也不好開口趕少南回去，因此不怎麼理會他，又和蔡氏說：「娘身子還好嗎？」

蔡氏欣慰道：「還好，就是這陰冷天骨頭痛，別的倒沒什麼。」

青竹道：「這定是風濕關節痛，需要好好調養……」不過以家裡目前的境況，只怕沒有給蔡氏好生靜養的機會。她一個寡婦，要撐起幾個孩子的一片天空，不吃苦怎麼行？青竹又看了眼跟前的青蘭和成哥兒，都還這麼幼小，母親要熬到幾時才能出頭？

青梅起身道：「我去灶上看看。」

青竹也起身道：「我去看有什麼幫得上忙的。」

蔡氏道：「二丫頭坐著吧，趕了半天的車也累了。我去看看。」

青梅阻攔著蔡氏。「二妹好不容易回來，娘和二妹好好地說會兒話吧。」說完便叫走了青蘭。

成哥兒和青蘭向來形影不離，所以也趕著跟上去了。

少南見屋裡只剩下他們三人，心想母女倆必定有話要說，因此忙起身道：「夏嬸嬸，我去別處走走。」

蔡氏阻攔著說：「外面下雪呢，那麼冷，屋裡暖和些，別亂走。」

少南生硬地說道：「我怕打擾二位說話。」

青竹暗想：你成日只知道讀書，腦子還算沒有讀壞嘛，現在的情景，你就是個多餘的人！不過這話她未敢說出口。

蔡氏聽了少南的話便笑了。「你安靜地坐著吧，不妨事的。」

青竹拉著蔡氏道：「娘，我有幾句話要和妳說，我們去裡屋說吧！」

「可是……」蔡氏心想，少南畢竟也算是客人，哪有將客人晾在一邊的道理？因此一時間有些無所適從。

少南卻主動開口道：「我沒關係。」聲音很低很低，也不知那兩母女到底有沒有聽見？蔡氏最後還是跟青竹去別的屋子了。

少南一人坐在這寂靜的堂屋裡，明明跟前有個爐子，身上卻有些冷，剛才分明就已經暖和了呀！他低頭去剝板栗吃，或許自小就習慣了一人安安靜靜的，所以此時倒也不覺得什麼。他走到門前，透過門縫，覷著外面的情景，似乎有雪花跟著風灌進了屋子。

一家子圍坐在一處吃了頓團圓飯，蔡氏滿心歡喜，成哥兒嘰嘰喳喳地鬧個不停。蔡氏笑道：「成哥兒學學你項哥哥，以後好好地唸書，我還指望著你光耀門楣呢！」成哥兒似懂非懂地看看蔡氏，又看了看少南。

飯後不久，少南就說要回去，蔡氏哪裡肯呢？青蘭也緊緊地拉著青竹的衣服，不讓走。青竹好不容易回家了，也想清靜地休息幾天，哪裡說回項家就回？那兒連大過年的也不安靜。青竹思前想後，便和少南道：「要不二爺先回去吧，我還想再待幾天。」

蔡氏心想，這小倆口一同來，哪有一個先回去的道理？只是家裡太狹小，又怕項家的二公子住不慣，因此蔡氏便道：「我去看看有沒有什麼車子？」說著也顧不得風雪，披了件蓑衣就往外走。

青梅有些不習慣，姊妹們好不容易相聚，這見了面還沒說上幾句話，怎麼就回去了？她鼻子酸酸的，要替青竹收拾包袱。

青竹卻拉著青梅的手道：「大姊，妳不用幫我收拾，我不管別人怎樣，我今日定是不回去了。再說，這裡才是我的家，我上哪裡去呢？」

青梅努力地將眼淚給逼回去，微笑道：「是呢，我想二妹難得回來一趟，我們姊妹總要好好地說會子話。」

青蘭和夏成在外面玩，一時間竟沒人去理會少南。

蔡氏出去了半晌，後來回來時，臉頰凍得通紅，頭髮上夾雜著不少雪片，說話的聲音也有些顫抖。「天太冷了，找不到車子，我看南哥兒還是在家住一日吧？」

少南也不是那不通情理的人，再說下雪天趕路實在有些說不過去，便點頭答應了。

蔡氏這才放下心來。

青梅、青竹兩個正在裡屋說話呢，聽見蔡氏的說話聲，也都走了出來。

蔡氏道：「妳們還是在裡面歇著吧，外面冷。」

青梅和青竹便又盤腿坐在裡間的床上。

蔡氏交代了青蘭和成哥兒幾句，又和少南說了兩句話後，便進屋來陪伴她們。

蔡氏見青竹身上的衣衫還是在家時的舊衣服，這件豆綠的大襖是當初她一件不穿的衫子，改小了做了面子，裡面填了棉花，先給了青梅穿，青梅個子長得快，眼見著短了才再給了青竹的。大過年的，也該喜氣洋洋的，蔡氏便想到青竹在項家的日子難熬。好在少南沒在跟前，蔡氏少不得要低聲詢問一番。「上次去看妳，好些話也不能說個痛快，現在這裡沒有外人，妳實話和我說，他們有沒有再打妳？」

青竹搖搖頭。「沒有再打過。」青竹知道自己在項家的身分和地位，她是一味的冷漠，只埋頭做事，別的一概不管，因此就算是白氏要挑剔也不好再多說什麼，這也是自保的一種方式。

青梅將青竹的衣袖和褲腳都挽起來看過，並沒看見什麼瘀青傷疤之類，這才放心，對蔡氏道：「上次娘染的那塊布不是還剩了幾尺嗎？我看給了二妹吧，拿去縫新衣也好。」

蔡氏點頭道：「我也這麼想，等妳走的時候我給妳包上。」

青竹推說道：「三妹和成哥兒用得上，何必再給我？我自己又不會做，再有……」青竹頓了頓，她想，自己拿了什麼好東西，到頭來還不是便宜了明春姊妹？

青竹的境遇讓蔡氏一直自悔，如今自然要偏著她一些，便給了青竹一串錢，又囑咐道：「妳好生裝著吧，想買點什麼東西，自己有錢，也就不用去看別人的臉色。」

青竹知道家裡困難，要攢幾個錢著實不容易，但蔡氏一再堅持，青竹只得收了。

青梅又將自己繡的一塊手絹給青竹看，卻見一方素白的絲帕上繡著幾枝翠綠的竹子，再無別的花朵。青梅將手絹塞到青竹的懷裡，笑道：「這是特意給二妹留的，好不好看？」

青竹讚道：「真是雅致呀，比那些豔麗的花朵有韻味多了！大姊送的這個我很喜歡。」歡歡喜喜地收了下來。

母女三人閒聊了一會兒，突然聽見外面成哥兒的哭鬧聲，大家忙出了屋子去看，原來是成哥兒跌了一跤，臉摔得像花貓似的，這番情形將屋裡人都給逗樂了。

蔡氏連忙拉了成哥兒去洗臉，青梅幫著找乾淨的衣裳，青竹則柔聲哄著成哥兒。

「你也是個小小的男子漢了，怎麼跌了一跤就沒命地哭？要是爹還在的話，看見你這樣可要不高興了。」青竹邊說著，邊抬了衣袖給成哥兒拭淚。

坐在那裡沒挪動過身子的少南靜靜地看著這一幕，心想，夏家雖然比他們項家窮，人也沒他們家齊整，連個爹也沒有，不過他們家的氣氛卻讓人覺得舒服，姊妹之間並不怎麼拌嘴，相處得十分融洽，就是青竹到了這裡也突然像換了個人似的。

夜裡打擠睡了一宿，少南擇床，夜裡沒怎麼睡好，就聽見北風呼嘯了一夜。

第二日天亮不久，少南睜開眼，聽見了外面的歡笑聲。

「二姊！這裡！這裡！」

「好呀，妳敢從背後偷襲我！」

少南穿了衣裳走到門邊一看，只見外面已是銀裝素裹的世界，不管是房頂上還是樹上、路面上，都堆積了不少積雪，白皚皚的一片。院子裡，青竹、青蘭、成哥兒正在打雪仗玩。少南還是第一次見青竹那麼快樂地笑著、跑著，不知怎的，他們的這股熱情感染了他。

少南走出了屋簷，才彎下身子要去團雪時，沒有防備的他不知被誰給擊中了，他想著要還擊，連忙拾取一大捧雪，便向成哥兒扔去。

成哥兒是個聰慧的人，他知道自己打不過少南，便往青竹身後躲去。

青竹笑嘻嘻地將成哥兒推開，拾了雪球要去扔他。

成哥兒這下不幹了。「二姊為啥不幫我？」

青蘭笑喊了句。「弟弟，二姊要幫二姊夫，哪裡顧得上你啊！」又哈哈大笑了一回。

青竹紅了臉，急忙分辯道：「好呀，青蘭不學好，也會取笑人了！」連忙去突襲青蘭。

青蘭左躲右閃，後來藏到少南的背後，向青竹挑釁道：「二姊，我在這裡，還敢不敢打我呀？」說完又趕緊躲在少南身後。

「青蘭，妳出來，我要和妳理論理論！」

「就不出來！」

青竹突然沒了興趣，扔掉手裡的雪球就往屋裡走去。

其餘的人都有些訝然，這就不繼續玩了？

第十五章　紛擾

在夏家住了兩日，青竹便和少南一道回項家去了。

走之前蔡氏給青竹包了不少東西，又交代了好一番。儘管青竹有千萬的不捨，可她最終還是得回項家去，她得面對那個場面。

依舊是坐在馬車上，青竹和少南相對而坐，後來又上來了好些別的客人，青竹想著，這情景和趕公車好像也沒什麼兩樣。

少南被擠在角落裡，他偷偷地瞥了青竹兩眼，只見她又恢復到往常冷若冰霜的樣子，和在夏家歡欣的樣子完全像是兩個人。這時青竹突然抬頭，和少南的目光碰了個正著，少南連忙躲避開了，臉上覺得有些發燙。

回到項家時，家裡只見翠枝和永柱在。

青竹自然給翠枝捎了些東西，翠枝滿心歡喜，熱情地招呼青竹喝茶吃點心。

「妹妹怎麼不在家多住兩日，這麼早就趕著回來呢？」

青竹道：「我哪裡敢再多住，大嫂沒看見有人的臉色很不好嗎？再說住得久了，回來可沒什麼好話，我是個知趣的人。」

翠枝笑道：「妹妹是太多心了。」

青竹覺得這屋裡安靜得厲害，便又問：「大哥今天就去幫工了嗎？」

翠枝道：「初四就開門做生意了，只是天太冷，妳大哥身上有點不舒服，所以告了兩天假，今兒一早才又去的。對了，我給妳說件稀奇事。」說著便讓青竹附耳過來。

青竹心想，這個家還能有什麼稀奇事呢？但見翠枝一臉八卦的樣子，只好側耳細聽。

翠枝極力地壓低聲音。「昨兒家裡發生了一件大事，兩個長輩打了一架，所以昨兒下午，那一位賭氣之下，帶了兩個妹妹回白家去了。妹妹，妳聽，是不是新年的頭一遭大事呀？」

青竹暗自納罕，心想那老倆口，一個話不多，只知埋頭做事，另一個是不怎麼好伺候，大正月裡的，怎麼就打架了？至少在青竹的印象裡，這二老還沒為什麼拌過嘴，都算是和顏悅色的，因此便低聲問翠枝。「大嫂，好端端的，為了什麼事鬧得這樣厲害呢？」

翠枝一笑。「能為什麼？還不是為了錢。前兒老太太的娘家兄弟來了，說是要買地、買耕牛，缺錢花，這老太太二話不說就將錢借出去了，聽說也有十幾兩吧，可真不是什麼小數目。去年自從忙完地裡的事後，老爺子就一直起早貪黑地在瓦窯上幫工，老爺子又不大愛酒、愛肉，更沒去賭，好衣裳也沒穿過幾件，掙的錢全部存下來。這下好了，聽說老太太將錢借給娘家兄弟，老爺子就不幹了，吵得很厲害，後來還動了手。幸好當時妳大哥在家，從中勸解了半天，才沒鬧出更大的動靜。住在我們後面的章家，聽見聲響還特意跑來問發生什麼事呢！妹妹妳是沒看見那老倆口的臉色，真真有些好笑！」翠枝說得繪聲繪色，後來自己也忍不住笑出聲來。

青竹心想，不過就是給娘家兄弟借錢嘛，也不算多大的事，怎麼就動手了呢？因此說道：「平常看不出，沒想到大伯還真是心疼錢。」

翠枝笑說道：「辛辛苦苦掙來的，怎麼不心疼呢？對了，妹妹來得晚，還不知道這裡面的究竟，白家的那位舅爺可不是什麼善茬，聽說在當地一帶是有名的混混，慣愛吃喝嫖賭，沒了錢就會伸手要，從來沒見他自己去掙過半點。白家就這麼一個兒子，而那舅爺就我們老太太一位姊姊，妳說能不疼著寵著嗎？正因為這樣，所以我們老爺子才不高興，當場就拉下了臉。」

青竹點點頭，看來不是完全的無理取鬧了。

翠枝又說：「老爺子的氣只怕現在都還沒消呢，妳也當心點，別觸怒了他。」

青竹笑答：「多謝大嫂告訴我這些。」

眼見著已到了飯點，青竹便下廚做飯，翠枝說要幫忙燒火。好在正月裡肉蛋米麵都不缺，且家裡的這些事青竹已經幹得十分索利，因此繫了圍裙、洗了砧板就開始切菜。

翠枝在旁邊打下手，兩人倒有說有笑的。

少南還不知道家裡曾經歷過那樣一場風暴，當他走到院中時，聽見廚房裡時不時地傳來幾聲笑語，少南想，有什麼好事不成？見爹爹坐在院中編草鞋，少南便上前問道：「娘她們去哪兒了呢？」

永柱沒吭聲，少南心想，父親此刻可能不大高興吧，還是別去招惹的好。

家裡就四人吃飯，青竹簡單地弄了四菜一湯，兩葷兩素。

翠枝不習慣在桌上和公公、小叔子一道用飯，還是青竹幫忙端到她房裡的。

就是在飯桌上，永柱也一聲不吭，默默地挾了些菜，吃了兩碗就下桌了。

後來飯桌上就只剩下少南一人，他隱約地感受到家裡與往常不同的氣氛，這樣的事以前不是沒發生過，因此也裝作若無其事一般。又瞥見青竹靜靜地坐在角落裡，正在挑揀米中的沙礫，臉上看不出什麼表情。少南暗想，到了這邊以後，她就完全將自己武裝起來了，那麼，剛才廚房裡傳來的笑語聲，莫非是自己聽錯了不成？

就這樣清靜地過了兩日，白氏母女三人依舊沒有回家，永柱也沒開口說過話。

直到第四日時，永柱終於有些按捺不住了，將少南叫來，吩咐著他。「你去一趟你舅舅家，問問你娘，還要不要回來？」

少南應承了一句，不過沒立即挪動身子。

永柱又說了句。「別坐著不動呀，趁著天色還早，趕快去了。」又在少南身上拍了兩下，少南忙忙地穿了鞋子，戴上帽子就往外走。

少南還沒走出院門，青竹便趕上前，塞給他兩個饃，說道：「給你在路上吃吧。」而後再沒多餘的話。

少南訕訕地接過去了。桑皮紙包得好好的，還有些暖意呢。他回頭看了青竹一眼，卻見青竹已經進屋了，少南兀自發了一會兒怔，這才轉身離去。

白氏在娘家待了幾日，也是不得安寧。兄弟白顯拿了這筆錢後，首先就去買了身綢緞衣裳，然後每日邀三聚五地喝酒賭錢，一概不顧家計。雖是溺愛兄弟，但這樣的揮霍實在讓白氏看不下去了，因此又將弟媳說了一頓。

「妳當老婆的，也不勸說著，任由他這樣胡來！不出什麼事還好，要出個什麼事，可就惹禍了！」

白顯家的冷笑著說：「大姊何苦這樣說？借錢給他揮霍的可是妳。他那人的脾性大姊還不知道嗎？我不開這個口，要說大姊說去！」

白氏雖然心裡不舒服，但撇了撇嘴，終究還是沒說什麼。

明霞鬧著要回家，白氏也想回去了，正好少南又來接她們，因此白氏便問兒子道：「你爹還在氣頭上嗎？」

少南道：「娘自個兒回去看吧。妳再不回家，可能就要鬧翻天了。」

白氏便讓明春收拾東西。明春和白家的小表妹白英交情不錯，白英聽說明春要走，很是不捨，又去求母親讓明春在家多住幾日。白顯家的不願意理會這些事，於是白英又去求白氏，白氏倒無所謂，又見明春自己願意留下來，便和明春說：「要住妳就住幾天吧，但元宵前必須得回來。」

明春答應了，白英對白氏很是感激。

白氏帶了明霞，和少南一道回去。路上時，白氏問少南道：「夏家怎樣？那幾個娃兒還沒餓死、凍死吧？」

少南噘嘴說：「娘，大過年的，妳何苦說這些膈應人的話？」

白氏道：「喲，我怎麼就說不得了？年紀小小的，你倒學會了維護你媳婦，還真是有教養！你不用說我也知道，那姓夏的ㄚ頭回去定沒說我什麼好話，定在她娘跟前說我這人惡毒，說我們項家如何待人刻薄！罷了，我還能聽到什麼好的不成？」

少南沒有吱聲，也沒想過為青竹辯解什麼。雖然他確實沒聽見青竹有過一句抱怨的話，但在他心裡，他對這個人的出現還是討厭。

白氏等人回到項家時，永柱並沒在家。

白氏沈著臉，心想丈夫不能體諒自己的心意，娘家現在就那麼一個兄弟，自己偏著點又怎麼了？何況家裡現在又不缺那個錢。白顯的性子她也是知道的，只希望能有點本錢，他自己能去尋個正經的事做。或許是趕路吸了不少冷空氣的關係，才到家，白氏就覺得頭疼胸悶，躺在床上不與人說話。

青竹見狀，也不敢上前問候，只默默地做著自己的事，才將洗菜剩下的水澆了菜園，便聽見外面有人喚她，青竹趕緊開了院門，見是韓露，便笑著請韓露進門。拴在棗樹下的那條大黃狗一個勁兒地朝韓露狂吠，青竹幫忙牽著狗，讓韓露進自己住的屋子。

白氏身上不舒服，又被這一陣狗叫吵得心煩意亂，於是下了床，站在窗下便朝院子裡破口大罵。「人死了不成？連條狗也看不好！牠要是再叫，就拖出去給打死！」

青竹皺了皺眉，知道白氏在撒氣，也不和她計較，低頭安撫了黃狗幾句，進了屋子。

青竹自從過年後就沒再見過韓露，看樣子她似乎比以前還瘦了，青竹心想兩人的境遇相同，自然就對她多了幾分關切。

「韓妹妹最近好嗎？有沒有回家？」

韓露搖搖頭，面有倦容，臉色也不大好。她還是頭一回來青竹住的這間屋子，打量了一下，牆角放著兩個竹編的囤糧家什，還有幾卷晾曬的竹蓆。屋子比較低矮，光線也不大明亮，最顯眼的地方莫過於那方壘砌的床榻，韓露便問：「夏姊姊和誰住在這裡呢？」

青竹道：「就我一個。」

「呀，真好，能一人住間屋子，什麼都自由。」

青竹苦澀地笑了笑。「那是韓妹妹不知道，為了爭取住到這裡，我費了多大的事。」至今額上的那道傷疤都還有淡淡的痕跡呢！

韓露又道：「聽說夏姊姊回娘家去了，真讓人羨慕。」

青竹道：「也就兩天而已，來回地趕，天還下雪呢。韓妹妹有沒有回去？」

韓露的神情黯淡下來，輕聲嘆了句。「我是想回去，偏偏他們又不讓。再有，家裡姊妹多，我回不回去，對他們來說好像都沒什麼要緊的，反倒還要多添副碗筷。我今兒來找夏姊姊，是有事要求妳的……」韓露有些猶豫，畢竟求人的話不大好開口。

青竹倒有心理準備，含笑道：「韓妹妹有什麼事直說就好。」

韓露面有難色，吞吞吐吐地說道：「夏姊姊……有、有錢嗎？我、我想借點兒……」

青竹忙問：「韓妹妹有什麼急需要錢的地方嗎？」

韓露的眼中霎時蒙了一層水霧，眼巴巴地望著青竹，皺著眉頭說：「實話和夏姊姊說吧，臘月的時候我就腰疼，到現在都還沒好，章家的人又不大理會。昨兒我連飯也沒怎麼吃，心想這樣下去會不會死掉？家裡不會出錢給我治病的，可也實在不能再拖下去了，所以我才想到了夏姊姊，想跟妳借幾個錢，我明天去街上找大夫瞧瞧，看能不能醫治？」

青竹聽見她說得心酸，自己也跟著心酸了，便和韓露說：「我的情況妳也是知道的，只怕數也不夠。妳先坐著，我去問一下我大嫂，說不定她有。」

韓露感激地點點頭。

青竹去找翠枝商議。

翠枝聽後卻不以為然，只淡淡地說道：「這個錢是妳大哥辛苦掙來的，我也不好幫他處置，再說家裡那老倆口如何爭執起來的，妹妹也知道，妳還是去找別人吧。」

翠枝冷漠的態度讓青竹有些不爽，心想大嫂平日也是個和善的人，結果一說到錢的事就不痛快。或許是見韓露沒什麼營生，怕還不起吧？青竹也沒多想，只好將自己好不容易攢下來的錢，給了韓露三十文，留下了要買兔子的本錢。三十文畢竟也做不了什麼，可這是青竹能幫的上限了。她忙催促韓露再去找別人想法子，身子事大，千萬不能耽擱了。

韓露感激道：「多謝夏姊姊搭手相助，我很快就會將錢還上的！」

青竹淡然一笑。「我不是很急，妳拿去用吧。」

韓露的病情到底還是讓青竹掛念，打聽著她去了鎮上找大夫瞧過，也買了藥，自己煎了來吃，青竹才些許地放了心。

過完了正月十五，項少南也進學堂唸書去了，瓦窯也開了工，家裡通常就剩下幾個娘兒們在家。

明春的婚期還沒定下來，不過就在今年了，所以一出了正月，白氏就去街上買了兩疋大紅素緞、一斤的金銀線及各色的雜線頭，別的事都不讓明春做，只每日在家描花樣、繡嫁妝。白氏十分看重這些，一心要給女兒辦一份豐厚的嫁妝，將來嫁到馬家去，不至於被看輕，所以除了各式繡品，也打算積攢點銀兩，給明春打幾件像樣的首飾。

見白氏這樣忙碌的樣子，青竹冷眼看去，心想這個時代要出嫁還真是件大事，不僅是要有房有車，女方需要準備的東西也不少。反觀自己，項家不過給了二十兩銀子，小小的年紀便到他們家來生活，哪裡有什麼嫁妝？更沒彩禮可言。現在屬於她的東西，不過就幾套補丁重補丁的衣裳，說是媳婦，還不如說是丫鬟。不受這邊人的待見，青竹彷彿也能理解幾分，所以才一心想要離開這個家。

總有一天，她也想風風光光地出嫁！

第十六章　求子心切

自從明春要忙著繡嫁妝以後，就更不指望她能幫著做些家事了。而林翠枝的肚皮一天天地大了起來，青竹得伺候一天好幾頓的飲食，並幫著縫些小孩的衣物，瑣事不斷。

對於翠枝肚裡的孩子是個女胎的事，白氏一直耿耿於懷，因此四處去打聽有沒有可以轉胎的方子？尋了許多人後，皇天不負有心人，終於從一個老大夫那裡求來一個方子，聽說吃過後一定能生個男胎。白氏歡歡喜喜地按照那方子上所寫的，親自去鎮上的藥鋪裡抓了藥，回到家後就讓青竹拿去瓦罐裡煎煮著，可想想又不大放心青竹，便走來要親自照看，開口支開了青竹。「少南換下來的那條褲子劃了那麼長的一道口子，妳也不去補一下，等著他穿破衣裳不成？」

青竹見白氏如此慎重的樣子，隨口問了句。「誰病了呢？」

「哪裡有人病了？這是給妳大嫂的。」白氏洗了瓦罐，摻了藥，加入了一定的水，生了火後就蹲守在風爐旁，寸步不離。

青竹便沒多問，走去少南住的房間。她一眼就看見床上揉亂的被褥，真是的，自己也不知整理一下。白氏剛才說的那條褲子，此刻正端端正正地搭在椅子上，青竹取來看了看，果然有一指長的開口。屋裡光線不大好，於是青竹搬了小杌子坐在屋簷下，找了針線來，迎著光線，緩緩地縫補起來。

才縫了幾針，青竹便聽見院門「刺啦」一聲響，門開了一條縫，探出一個腦袋來看看院子裡的情景。青竹循聲望去，卻見是明霞站在那裡，心想她又鬧什麼彆扭呢？難道和誰在玩躲貓貓的遊戲不成？

明霞看見了青竹，便向她招招手，青竹原本不理會的，後來明霞又壓低聲音喊了句——

「我娘在哪裡？」

青竹手指了一下灶房的方向，頭也沒抬，繼續手中的活計。

明霞看了看，輕輕地推開門，躺在樹下的黃狗立即起身向明霞搖著尾巴。

青竹瞥了一眼，卻見明霞滿身的泥污，難道掉進了泥潭不成？難怪小心翼翼的樣子，原來是怕白氏打罵她。

明霞一下子就跑進自己屋裡，關上了房門。

青竹才不理會這些，不多時就聽見屋裡的說話聲傳出來——

「妳在什麼地方待過，弄得這一身的泥巴？快出來！」

「大姊，妳別嚷嚷，要是娘聽見了又得罵我！」

「妳也不小了，就跟著那些孩子胡鬧吧，正經事也不做。」

「大姊也來教訓我，耳朵都快起繭子了，煩不煩呀！」明霞不高興地嘟囔著。換好衣裳後，開了房門，她又一溜煙地跑出去玩了。

不多時，明春便將明霞才換下來的那些髒衣服全部拖出來，扔在青竹身邊，雖沒開口，但意思很明顯——讓青竹立刻洗出來！

白氏好不容易熬好了藥，倒在一只粗瓷碗中，那藥味真刺鼻，白氏都不禁皺了皺眉。想著之後能抱孫子的喜悅，她也顧不得去拂拭衣服上的灰塵，滿心歡喜地就給翠枝端了去。

翠枝正歪在床上睡覺呢，白氏端著藥走到她跟前，喚了聲。「大媳婦，起來喝藥吧！」

翠枝迷迷糊糊地聞著一股刺鼻的藥味，有些受不了，也不想起身，於是就繼續裝睡。

白氏倒瞧出了幾分，就勢在床沿坐下來，等著翠枝起來。又見一邊的笸籮裡還有未做完的針線，便將藥碗放在旁邊的小几上，將那雙沒有縫完的小夾襖拿來幫著趕幾針。

翠枝有些心煩意亂，本以為婆婆會立刻出去，但看這架勢是不會馬上走的，她裝睡也裝不了，因此只好揉揉眼，問了句。「娘？有什麼事？」

「妳醒了呀？正好，還沒涼呢！」白氏端了藥碗，催促著翠枝說：「喝了這個吧，我好不容易打聽來的古方子，別浪費了，花了我不少錢。」

翠枝只見那碗中漆黑的一團，藥味實在有些受不了，應該是什麼安胎的藥吧？她心想，今天自己要是不喝的話，白氏是不會走的，所以只好屏住呼吸，一飲而盡。

白氏的臉上露出笑容，就好像那藥能立即見效一般，言語也溫和慈愛了不少。「妳安心歇著吧，這些活兒我幫妳做。要吃什麼東西，妳告訴青竹，讓她去做。」

翠枝心想，婆婆今天遇見了什麼好事不成？聽見她如此說，倒還受用，便點點頭，有些虛弱地道：「這些天總是犯睏，有什麼不周到的地方，還請娘多多包涵。」

「一家子還說這些，不顯得見外嗎？我還等著抱孫子呢，妳也爭點氣吧！」

白氏雖含笑著說道，不過翠枝心裡卻不是滋味。婆婆惦念著孫子的事，要是她肚裡的真是個女兒該如何是好呢？

白氏也不打擾翠枝休息，收拾了藥碗，又拿了兩件沒有做完的活計便出去了。

翠枝隱隱覺得頭有些沈，心想好好地睡一覺就好了。

轉眼已到黃昏，項少東忙碌了一天總算能回家了。他一整天就惦記著家裡的老婆，所以在回家之前，路過還沒關門的鋪子時，特意給翠枝買了件禮物。項少東想像著翠枝看見這份禮後滿心歡喜的樣子，原本疲憊的身子突然有了力氣，不禁加快了腳下的步子。

一進家門，就見母親正在餵雞，項少東上前問了句好，扭頭就進房裡找翠枝去了。

白氏撇撇嘴說道：「我還能指望他什麼？這就叫娶了媳婦忘了娘！」白氏扭頭見少南站在旁邊，乘機就多說了句。「一家子就你一人唸書，還指望著你光耀門楣呢！要是有那個福氣，你也掙個封誥給我，千萬別學你大哥那樣！」

少南始終沈默著，轉身就走開了。

且說少東興致勃勃地來到翠枝跟前，見她還躺在床上，少東趕著換了外面的衣裳，一面問翠枝。「妳今天不會是躺了一整天吧？」

翠枝有氣無力地回答道：「一下午都沒什麼精神，頭有些沈，想做什麼事也做不了。」

少東換好衣服後，將那只匣子掏出來，遞到翠枝的手上，俯下身來溫柔地說道：「給妳的東西，妳打開看看。」

翠枝忍著身上的不適，揭開一看，見匣子裡躺著一支鎏金珠簪。珍珠雖然不大，光澤也不是很好，但翠枝心想定是花了不少錢，便淡淡地說道：「何必花這個錢，又沒地兒戴去。況且要是婆婆看見了，只怕又有一頓說。」

少東坐在床沿，拉著翠枝的手說：「我不在家陪妳，常常讓妳獨守空閨，便想著要補償妳一點。這支簪子買得也不算貴，再好些的首飾我也買不起，等以後我們有錢了，我一定會給妳買更多好東西。」

翠枝嘴上雖然嫌貴，不過少東的這一片心意卻讓她很感動。她正想好好地靠著少東的肩頭，與他說幾句甜言蜜語，哪知小腹突然一陣陣疼痛！翠枝意識到不妙，一手揪緊少東的衣裳，喊了句。「肚子疼，孩子怕有事！」

少東聞言，頓時心涼了半截，忙問：「好端端的，怎麼會突然……」他不敢多想，連忙扶翠枝好生躺下後，又急急忙忙地走出屋子。正好白氏在院中，少東焦急地上前喊道：「娘，妳快去看看吧，翠枝她說肚子疼，是不是肚裡的孩子不好了？」

「呸，你胡亂說什麼傻話！」白氏啐了一句，連忙扔下手中的東西去瞧翠枝。

這種疼痛感讓翠枝膽顫心驚，孩子剛滿六個月，萬一真出個什麼意外，她該怎麼活呀！翠枝用盡力氣喊道：「少東！救我、救我——」

白氏匆匆地趕進來，又讓少東點亮油燈，走近一瞧，見翠枝滿臉都是汗，臉色白得可怕，忙問：「妳哪裡不舒服？」

翠枝道：「小腹疼……」

白氏伸手去按了按，不免有些心虛起來，心想莫非那藥有什麼問題嗎？

家裡其他人聞聲也進來了，只有永柱單獨站在院中，看著地上的雞吃食。

青竹見翠枝這模樣，心想莫非發生了什麼意外？可翠枝一整天都沒出過門，以前也沒這樣過呀！腦中不由得記起白氏給翠枝熬的那碗藥來，她到現在都還記得那藥味很重，莫非是那藥的關係？難道是因為大夫和算命的都說翠枝肚裡是個女兒，白氏不喜歡，所以要讓翠枝給流掉不成？可都已經六個月的身孕了，這對大人的身子該是怎樣的風險呀！

白氏將被子一掀，細細地看了，見褻褲上有一團觸目的紅色，頓時戰戰兢兢的不敢開口，心想莫非那藥沒用？可聽人說這可是古方子，也有不少人吃過，肯定不會出什麼問題啊！說不定是翠枝自己吃錯了什麼東西，或者扭到了什麼地方才出血的……她腦中已經無法思考。

少東一面安慰翠枝，一面心急如焚，這樣下去該如何是好？

明春說了句：「要不要請個大夫來看看？」

白氏道：「都這時候了，哪裡去請大夫？歇息一晚，明早再說吧。」可看翠枝的模樣，著實讓人膽怯。

青竹想到昔日翠枝待自己的好來，她心裡不希望翠枝有什麼事，越想越怕，此刻也不得不開口說話了。「看來大嫂是不能再拖下去了，還是趕緊帶去找大夫吧！」

少東看了眼翠枝，連忙將翠枝揹起來，對少南說：「二弟和我一道吧？」

少南連忙答應了。

少東揹著翠枝便走出家門，少南則提了個燈籠，緊緊地跟在身後。

白氏望著他們出了門，心裡越發忐忑不安，暗暗祈禱萬不能出什麼事，不然她就是個罪人了！

此時青竹說了句。「是不是大伯娘給大嫂的那藥不對呀？」

「妳少瞎說！我難道還會害自己的兒媳不成？這不日夜指望著她能給我們項家生個兒子，難道我還做錯了不成？走了好多的路，打聽了好多人，才知道有這麼個生兒子的法子。」

青竹早已經聽呆了，都已經懷孕六個月了，難道還有一服藥就能保證肚子裡會生出個兒子的事嗎？對了，他們不知道染色體是怎麼一回事，就是自己解釋給他們聽，他們也不見得能明白。青竹知道多說無益，只好祈禱翠枝母子平安。

永柱聽見白氏的這些話，氣不打一處來，上前訓斥道：「這個家我不過問了！若出個什麼事，林家管我們要人，妳自己出面撐著，我可不管！」

白氏原想和永柱辯解來著，但明春暗暗地拉了拉白氏的衣裳，白氏才低下頭去。

明霞見天色完全黑下來了，不禁問道：「大哥和二哥什麼時候回來呀？」

院子裡靜悄悄的，無人回答明霞的話。他們都在焦急地等待著，等待翠枝平安的消息。

白氏硬著頭皮說：「好，都是我的錯！我去給祖宗上香，讓祖宗保佑項家兒孫平安！」

永柱並不理會白氏，仰著脖子便走出去了。

明春看看母親，又看了眼離去的父親，想了一下，便追上父親的步子。

這樣死灰般的沈寂情況，項家還是頭一回出現。

明霞不敢待在自己屋子裡，便守在白氏跟前，白氏卻陰沈著臉，一語不發，明霞還想說笑話逗她笑呢！

此刻白氏哪有什麼心情？只說了句。「妳就不擔心妳大嫂嗎？」

明霞也懂事了，含笑著說：「大嫂的事不是有大哥嗎？我擔心娘就行了。」

白氏摸摸明霞的頭髮，和她說：「妳去睡吧。」

明霞哪敢一人就睡了？再說晚飯也還沒吃，肚子有些餓了。

白氏便讓青竹給明霞弄吃的。

青竹伺候好明霞的飯菜後，想問白氏要不要吃，卻見白氏呆坐在藤椅裡，臉上帶著幾絲悔恨的表情。青竹不敢再上前，怕又惹得白氏不高興，她也是個識趣的人，不想在此時往風口上撞去。屋子裡就一盞小油燈，發出昏黃微弱的光芒，白氏坐在那裡，一動也不動，目光迷茫又有些呆滯。這還是青竹第一次看見白氏流露出些許害怕，此刻只怕白氏也自悔了。為了她那愚昧的、想要抱孫子的做法，總算嘗到了一絲恐懼，這對白氏來說也是個教訓。

白氏等得心焦，抬頭時，見青竹站在門口，原本要訓斥幾句，但此刻她也沒那個力氣了，只冷漠地說了句。「有什麼事？」

青竹頓了頓，方說：「大嫂會沒事的。」

白氏沒有開口。也不知道永柱去哪兒了？明春跟了去，半天也沒回來，白氏心裡沒底，想要找人商量也不行。

已是二更天了，一家子都在焦急等待的時候，永柱和明春一道回來了。老倆口依舊不說話，永柱說肚子餓，讓青竹熱了飯菜，飯後便自個兒去睡了。

白氏將明春叫到一邊詢問：「你們也跟著一道去鎮上了嗎？」

明春點頭說：「是呀！娘放心吧，大哥他們找到了醫館，可能要明兒一早才會回來，畢竟太晚了，夜裡趕路不好，再說也怕撞見什麼不好的東西。」

白氏又問：「妳大嫂情況怎樣？」

明春道：「大夫給施了針，大嫂已經睡了。說情況有些危險，不過好在都安靜下來了，還得看看情況。只要明早沒什麼事，應該就能回來。」

白氏聽後攢眉不語，不到一天的時間，她就險些成了項家的罪人。

一家子在不安中度過漫長的一夜。

第二日天才亮，就聽見叫門的聲音，又聽見狗吠，青竹便知道他們回來了，匆匆地披了件衣裳，便去開了院門。

項少東背上的翠枝看上去還有些虛弱，臉色依舊煞白，對少東說：「你放我下來吧，自己能走。」

「好好的別動。」少東一口氣將翠枝揹回房裡。

少南手上的那盞燈籠早就熄滅了，一身的疲憊不堪。一整宿都沒能好好地睡一會兒，此刻他半點精神也沒有。

一家子也都起來了，白氏在屋裡不敢出來，待少東安頓好翠枝，白氏便遣了明春過去叫少東過來。

白氏瞧了兒子一眼，就見他兩眼中布滿血絲，臉色有些灰青。「今天你還要去幫工嗎？時間不早，該出門了。」

少東肚子裡一點東西也沒有，正餓得慌，只淡淡地說了句。「不，告了假，在家休息一日。」

「也好。」白氏低頭揀著衣服上的頭髮，一面又道：「你媳婦怎樣？要緊嗎？」

因為翠枝的事，使得少東對白氏有些埋怨，因此也沒什麼好話，別過臉去，漫不經心地說了句。「她的事就不勞妳操心了。」

白氏一聽這語氣，立即豎眉道：「她是我兒媳婦，問一句怎麼了？你這態度是和誰學的？我可是你娘，這才幾天呢，眼中就沒我這個當娘的了！」

少東極力克制著自己的怒氣，向白氏抱怨道：「這些還不都是娘給惹出來的事？幸好發現得早，要是再遲一些，只怕就保不住了！」

「難道我做錯了不成？我還不是一片苦心，想要有個孫子，還特意跑了那麼多的路！別人也吃過，怎麼一點事也沒有？偏就她嬌氣！」白氏雖然心中有愧，可兒子來數落她，卻讓她覺得無限委屈，

少東擰緊眉頭，雙手緊緊地握成一團。自小的教養使得他不能在母親跟前亂發脾氣，因

此不想再和母親爭辯，直接拂袖而去。

白氏坐在那裡，默默地抹著眼淚。

知道翠枝身子虛弱，青竹特意燉了湯，送至翠枝跟前，又溫言關心道：「大嫂現在也別多想，先安心養身子。總算是虛驚一場，好在沒什麼事，也別太敏感了。」

翠枝身子懶得動，少東便說要餵她。

翠枝見青竹在跟前，有些不大好意思，訕笑道：「妹妹在這裡呢，當心她要取笑你沒一點男子漢氣概。」

少東這才看看青竹，心想她也不容易，可能就因為她是個童養媳，所以家人都不怎麼待見她，也對她頗有微詞。昨夜他一片慌亂，要不是青竹那句「趕緊帶去找大夫」，少東當時還不知該如何面對呢！想到此處，他便對青竹一笑。「多謝弟妹。」

青竹對這個稱呼明顯有些不適應，只含笑道：「我就不在這裡礙事了。」說著就轉身走了出去。看見少東和翠枝兩人恩愛的樣子，讓青竹心裡覺得一暖，心想少東還真是個體貼的人，大嫂真是好福氣。

明春站在門檻邊，見青竹從大嫂屋裡出來，立即不屑地撇嘴說：「這一套妳學得還真快，屁顛屁顛的就去討好，我就看看妳能得到什麼好處！」

青竹一愣，自己做錯了什麼不成？那可是明春的親大嫂啊！青竹冷冰冰地甩了句話。「我犯不著去討好誰，不過將心比心！」

明春哂笑了句。「娘在屋裡抹眼淚，身上很不痛快，妳是怎麼做的？連到跟前去說一句關心問候的話也沒有！不是很會討好賣乖嗎？偏偏還這樣說，倒沒地叫人噁心！」

青竹咬咬牙，心想明春怎麼和白氏一樣這麼不懂事？多餘的話她不想說，也不想再去理會明春，轉身便走開了。

翠枝的事在虛驚一場中漸漸地落下帷幕，因著這件事，永柱當著眾人的面開了口——

「以後但凡家裡有個什麼要緊的事，也知會我一聲，我還能說話喘氣，別當我不存在。」

這話當然是針對白氏而言。

白氏雖然臉上不好看，但由於理虧，也只好閉了嘴，不敢多說。

第十七章　幫忙

隨著天氣漸漸轉暖，大地也換了一種景象。山開始漸漸綠了，小河邊的楊柳也垂下了綠絲條，村頭的杏花、梨花、櫻花相繼綻放。

這是一年中最美的時光，但對整日忙於家事的青竹來說，卻無暇欣賞上天賜予的禮物。田埂上、河溝旁的青草變得更加青翠鮮嫩了，青竹琢磨著是不是該去買兔子來養？

正好韓露將錢送還回來，青竹便問了一句。「好索利沒有？」

韓露道：「大致差不多了，想著夏姊姊要用錢，就趕緊送來，讓夏姊姊久等了。」

青竹笑道：「不礙事的，只要妳身體好了就行。」

韓露想起當初青竹說要買兔子的事，便笑問道：「後兒趕集，我們一道上街去將兔子買回來吧？到時候可以一道割草、一道養，也比賽一下，看誰養得好。」

青竹點頭讚許。「嗯，我正有此意呢！」心想著後日沒有什麼特別的事，應該能上街去，於是兩人便約好了。

青竹和韓露說要上街買兔子，少南知道了這事，遞給青竹一張紙條，上面密密地寫著他要買的書籍以及一些紙筆。少南讀書的錢不該她出，因此她去找白氏要錢。

白氏見是小兒子的正經事，二話不說就給了青竹兩百文，但要買齊那些東西，兩百文如何夠？到最後青竹還不得不貼了二十文才算買齊。

她從來沒有養過兔子，希望這是條能夠生財的路。

青竹飼養兔子的事，白氏原本是不過問的，可後來明霞最喜歡去逗弄，每天總會將牠們抱出來玩，青竹害怕明霞一不小心就將兩隻可愛的東西給玩死了，因此和明霞也不知拌了幾次嘴，白氏不得不出來干預。

「就沒個清靜的時候！我不是不讓妳養，等到插秧的時候就可以吃了。」

「誰說要吃牠了？我還等著賣了牠存錢呢！」青竹心想，那麼可愛的、毛茸茸的東西，才捨不得入口。

白氏問道：「存錢？妳存錢做什麼？難道這個家還要妳來養不成？」

青竹低頭說：「我現在還沒那個本事，不過是私心為了以後的出路而已。這是我自己的錢買的，也不希望別人來干預，該怎麼處置，我自己有數。」

白氏最不喜歡青竹這般說話的語氣和態度了，因此便咂咂嘴道：「得了，這翅膀還沒長硬就想飛不成？愛怎麼折騰隨妳，只要不讓我生厭，別說得彷彿我這個老婆子很刻薄，沒地讓人閒話。妳和明霞也好好相處吧，再怎麼說妳也算是她嫂子，她是妳小姑子，妳還和她一般見識不成？我再不想聽到妳們吵鬧了！」

青竹訕訕地答了個「是」。之所以會和明霞爭吵，問題是出在明霞，而不是她，不過青竹清楚，白氏心裡只有明霞，一心維護的也只有明霞，是從來不會為自己說半句話的。

隨著天氣轉暖，田裡的麥子已經開始抽穗，眼見又要到農忙時節。

項永柱暫且放下瓦窯上的事，趁著這幾天天氣不錯，忙著育秧苗一事。

圍牆下面有一塊地，原來是種蘿蔔，如今蘿蔔早已經拔光，正閒置著。永柱平了地，隨即挖了個半人高的大坑，將坑底部的泥土平整好，又擔了些漚好的農家肥撒在上面，再蓋上一層又細又勻淨的土壤，澆了清水，等待種子下地。

白氏帶了明霞到住在對面山下的馮姓人家換了十斤稻穀種子，等種子拿回來以後便放進大木桶裡，摻了水，等待種子發泡。又吩咐明春姊妹倆並青竹去割青草回來。

等到種子泡發了一夜，就用竹篩、簸箕之類的晾曬出來，待水氣稍乾，便用洗淨的冷布之類包了種子，埋進青草堆裡，等到氣溫升高，種子發芽。

這還是青竹第一次經歷如何種稻子的過程，因此也充滿好奇。過了兩日的樣子，扒開青草叢，就見種子已經冒出白點點來，這個白點點便是嫩芽，但此刻還不能撒在泥土裡生長，須再過兩日。

又過了兩日，嫩芽還不及一寸時，就能撒種了。永柱負責擔水，平整好的土上又澆了一次水；明春負責撒帶芽的稻種；青竹負責將那些乾掉多時的雞糞捏得很細很碎，然後將雞糞覆在種子上，接著又添一層稻草灰，最後再添上一層極細的土壤。

如此，播種的程序才算是完成了。

青竹有些納悶，她以前見稻子都是長在水田裡的，到了這個時代，怎麼是種在土坑裡？

永柱趕著劈了竹子，編了幾塊竹籬笆來，將四周圍住，避免雞鴨之類的來糟蹋。

每年到了這青黃不接的時候，便是一年最困難的時節。項家的十幾畝地，上等的水田只有不到六畝的樣子，還有兩畝地在山頭；剩下的土地都比較貧瘠，而且沙礫又多，不方便開墾，前些年種過來檎（注），產量卻不怎樣，等到果子快要成熟的時候，甚至還要人守護，不然果子就被別人摘去了。因此這兩年也不種來檎了，而是改種了幾畝的桑樹，剩下的實在不好開墾的地方，就種了些榆樹之類的。

等撒了稻種，桑樹也開始掛桑葚了。

白氏將青竹叫來，和她說道：「妳還是搬到明春屋裡住吧。」

青竹不想和那兩姊妹住在同一間屋裡，因此不大樂意。

白氏才道：「馬上就要開始養蠶了，那屋子本來就是用來養蠶的。原本我就不打算讓妳住進去，如今也該搬出來了，別礙著地兒。」白氏的話依舊這麼不順耳。

現在是春暖花開的季節，也不算冷了，因此青竹還想再爭取一下。好不容易得來的私人空間，她不習慣把自己的隱私暴露在別人的眼皮下。

「屋裡的那些土磚我會撤掉的，晚上睡覺的時候再現鋪在地上就行。」

白氏覺得青竹多事，便不再理會，鐵了心要青竹搬出來。

明霞聽到此事，在白氏跟前鬧。「娘，我不喜歡她和我們住在一起，還是別讓她挨著我們吧！大姊要出嫁了，我還想好好地跟大姊相處呢！」

白氏唸道：「妳也跟著淘氣吧！這幾日得趕著收拾屋子，買了蟻蠶來養，我們家還等著賣了蠶繭給妳大姊添嫁妝呢！」

青竹知道白氏主意已定，看來她是注定要和明春姊妹擠在同一間屋子了。這件事上青竹不準備就此妥協，或許還有轉圜的法子。

青竹從白氏屋裡出來後，就見少南正倚靠在房門邊聚精會神地看書，見她走近，連忙將書藏在背後。

見少南正要進屋裡去，青竹在他身後說：「你要看閒書不用避著我。」

「什麼閒書？我在用功，明年就要去應試了！」少南急忙替自己辯解。

青竹道：「我自己的事都顧不過來了，哪裡顧得上你看什麼《玉嬌梨》還是《玉嬌杏》？」

少南聞言，連忙將手上的書又藏了藏，心想這個女子好生厲害，她怎麼知道自己看的什麼書，而且還知道這是本閒書？真不該拿出來看的！少南不悅地瞪了青竹一眼，便要坐下認真地看幾篇正經書。

青竹正要回去收拾東西，腦中突然靈光一閃，因此又折回步子，站在少南門口笑說了句。「二爺，我有一事要和你商量。」

少南抬頭看了青竹一眼，未置可否，便要去清洗硯臺，接著磨墨。

青竹是個聰慧的人，忙道：「這點事讓我來做吧！」便趕著去整理。

少南覺得有些蹊蹺，這個讓人生厭的丫頭定是沒打什麼好主意。

青竹俐落地幫少南收拾好一切後，少南也不習字了，背靠在椅背上，雙手環胸，認真地

注：來檎，即蘋果。

看著青竹，臉上的神情帶著些許嚴肅，全然不像個才十歲多的少年。

「說吧，妳要和我說什麼事？」

青竹見少南一副大人的口氣，有些微微不悅，怎麼就沒一點孩子該有的天真和淳樸呢？算了，想這個幹麼？他成熟穩重些，也方便溝通。於是青竹緩緩說道：「想來你也知道，家裡要開始養蠶了。只是有個困擾，我想來想去，可能只有你出面才能幫我。」

少南冷不防地說道：「我幹麼要幫妳？」

青竹著實被嗆了一下，心想這臭屁孩還真是不招人喜歡！她覺得也沒兜圈子的必要了，索性直截了當地道：「我不要你二爺出多大的力，不過就是幫我說兩句話。要是你答應了，我也就不和大伯說你看閒書的事。」

少南瞪圓了眼，面有慍色。「妳真行，在這個家待沒多久，就學會威脅人這一招了！」

青竹面不改色地道：「我可沒冤枉你，說是要讀聖賢書，可手裡捧著的卻是一般才子佳人的小說。」

少南一怔，忙問：「妳是如何知道的？」

青竹略一笑，並沒有在小說的問題上繼續深究下去。「因為要養蠶，我就不能再繼續住在隔壁的屋子了，但我真的不想搬出來。我已經答應了將土磚撤掉，白天也會將被褥什麼的都收拾好，晚上的時候再鋪在地上就行，只是大伯娘死活不肯答應，非讓我和你大姊她們擠在一處，可你也知道的，我和明霞兩個合不來，只怕又會生出許多不必要的口角是非。所以，還得煩勞你幫忙在跟前說句話，讓我繼續一人住在隔壁，至於打掃屋子、餵蠶的事，自然還是算我的。」

少南上下將青竹打量個遍，腦中突然浮現出她在夏家時的情景來，那樣歡欣的笑容，還有愛護姊妹的溫柔舉止，為何此刻竟一點也不見，眼底流露出的還是那抹不變的冷漠？當真這個家就讓人覺得那麼可怕嗎？隔壁的小屋子並不是什麼好地方，到了夏天蚊蟲多，冬天灌風又灌得厲害，可她就是寧可睡地鋪，也不打算和明霞她們睡在一張床上。

「就為了此事？」少南漫不經心地道。

「是呀，就這麼點小事。我知道這個家裡的人都很愛護你，要是你肯在大伯娘跟前說話，說不定她就允准了。」青竹想，自己也是沒法子了，不然何必來看一個臭屁孩的臉色？

「我倒覺得妳不用這樣想方設法的，旁邊那間屋子有什麼好的？到了陰雨天可是很潮的，妳若睡在地上，久了遲早會得病，到時候回妳家，又說我們項家人虐待妳。」

青竹斂眉道：「你只要回答是幫還是不幫，不用考慮別的。」

少南嘆了聲。「我不是都被妳握住把柄了嗎？當然得乖乖聽話。長這麼大，還是頭一回有人要脅我，還真有意思。只是，我幫了妳，我能得到什麼好處？」

青竹在心裡腹誹了句：你才多大來著，就知道討價還價！而後頗有些不耐煩地說了句。

「我不是說了嘛，你看閒書的事我就替你保密。」

少南突然笑道：「實話說，我壓根兒不怕這事。他們不懂什麼是閒書，什麼樣的書能看，什麼樣的書看不得，他們才不會理會這些。不過我比較好奇的是，妳怎麼知道這書的內容？莫非以前就偷偷看過？當真如此的話，我可是真的小瞧了妳。」

青竹可沒那個閒工夫和少南瞎聊，既然她手中掌握的這件事少南根本不放在心上，那麼也沒有必要再和他商議了，於是她沒好氣地說道：「我在這裡廢話半天，原來根本就沒用，算我腦子短路吧，竟然向你開這個口！不打擾二爺用功了。」說完就走開了。

等青竹走後，少南扶額想著，這個丫頭在家裡究竟是什麼身分地位？自己未來的媳婦，還是家裡買來做苦力的丫鬟？少南也弄不明白。但是，他是抗拒這樣的女人將來當自己媳婦的。少南重新將藏匿的那本《玉嬌梨》拿出來翻閱，才子佳人的配對，怕只小說中才有吧？佳人兒郎的配對是最好的，只怕自己是沒那個福氣，能夠遇上一位像盧夢梨這樣的絕色人物了。

青竹回房後越想越氣，一個毛小子，這還沒考中做官呢，架子倒是比誰都大，還有說話的那口氣、昔日的種種，都讓青竹覺得厭惡。自己真是吃撐了，才會開口求他！

青竹惦記著餵養的一對小白兔，便收拾了下，牽了牛，揹了背簍出了院門，放牛的同時，還能割些青草餵她的兔子。這麼一對小小的兔子，如今幾乎成了青竹所有的寄託了。青竹心裡盤算的是，牠們快快長大了，換了錢，也好進入下一步的投資。總有一天她能攢夠二十兩，離了項家，自己終得自由，再尋個比項少南強百倍、自己中意的郎君！她也不奢望什麼大富大貴的日子，小富即安，重要的是順心。

當青竹回家時，見白氏和永柱正在清掃她住的那間小屋子，自己的東西都堆在屋簷下，一股石灰水的刺鼻味道傳來。她心想，看來今晚就要和明春她們擠一個被窩了，還真是不甘心呀！

等到她忙完瑣事，回那屋子時，卻見完全變了個模樣。原本就不大的一間屋子，中間竟然掛上布簾子，分隔成兩個空間，以前堆放在此的那些竹製農具已經完全搬出來。她揭開布簾子一瞧，赫然看見裡面放著一張小竹床，青竹頓時傻了眼！莫非他們允准自己繼續住在這邊不成？為此還刻意改變了房中的布局？

事情轉變得有些太突然了，青竹一時間還沒有適應過來。莫非是少南向二老提及了，自己才保留了繼續居住的權利？果真如此的話，那麼真該向少南道句謝，他這是幫了大忙呢！比起以前睡在土磚壘砌的土炕上，這才更像是張床啊！

青竹驚喜之外，忙趕著將外面堆放的那些東西搬進來，重新整頓好。

這時翠枝抱來一床被子，說：「這個要薄一些，天氣漸漸熱了，妳蓋這個吧。」

青竹感激地接了過去，說著謝謝。

第十八章 農忙

屋子收拾乾淨就要開始餵蠶了，小小的蟻蠶比黑芝麻粒還要小，要吃最嫩的桑葉，還得剪成細絲。

這個季節又到了掛桑葚果的時候，酸甜多汁，美味難得，可是一大時令鮮果。青竹提了籃子和明霞一道去採桑葚，明霞邊摘邊吃，後來那紫紅色的汁液滴滿衣襟，臉上也顯現出一道道的花紋，青竹硬忍著沒笑出聲來。

後山上的桑樹地，少說也有兩、三畝，也不能全部摘完，好些來不及採的，都已經落到地上，引了一些螞蟻來吃。

等青竹和明霞將桑葚摘回家後，白氏趕著將大部分淘洗乾淨，晾曬在竹箅子上，一小部分則分給大家吃。

明霞好像特愛吃這個，如囫圇吞棗一般，大把大把地往嘴裡塞，旁邊的人也勸不了。當青竹還是于秋的時候，母親就特愛做桑葚膏給她吃，如今見了這些桑葚，讓青竹有些想念以前的日子。

想到上次的事件還沒和少南道謝呢，他整日在學堂裡唸書，也沒工夫和一群野孩子去摘新鮮的桑葚，因此青竹便選了一部分烏黑勻淨的桑葚，淘洗乾淨，又搗成了汁，再倒入鐵鍋中熬煮，等湯汁濃稠時，加入少許的糖桂花和蜂蜜，頓時清香四溢，待汁完全濃稠時，再盛入碗中冷卻，這就成了桑葚膏，打算讓項少南下學了吃。

翠枝見了誇說：「還是妳心思靈巧，小小的桑葚也能搗騰出花樣來。」

青竹有些苦澀地說道：「以前娘常做給我吃，所以很懷念這種感覺。對了，大伯娘曬了那麼多，準備怎麼吃呢？」

翠枝道：「大概是一部分泡酒，剩下的就做成果脯之類的，到了冬天當零嘴吃吧。」

「原來如此。」青竹不知道桑葚還有這麼多種吃法。

將近黃昏時，項少南從學裡回來了，一到家就嚷餓，卻又不愛吃那黑乎乎的桑葚，因為怕酸。

青竹牽了牛回家時，見少南坐在棗樹下，腿上放著一本書，正津津有味地看著。青竹也沒理會，默默地將牛拴進牲口圈，又收拾好雞窩。

翠枝在屋簷下做著針線，見青竹回來了，忙向她招手。

青竹笑道：「大嫂有什麼要吩咐的？」

等青竹來到跟前，翠枝便低聲說了句。「妳做的東西被人給偷吃了。」

青竹頓時拉下臉來，撇撇嘴說：「我就算著會有這麼一遭。」青竹沒怎麼當回事，好在她事先想到了這一點，所以偷偷地藏了一部分。

翠枝又笑說道：「妳也不必太難過，這會兒她正鬧肚子呢，可能是吃得太多的緣故。這不，老人家才罵了一頓，躲進房裡不肯出來呢！」

當青竹將自己做好的桑葚膏端給少南時，少南只見烏黑一片，立即別過臉去說：「我不愛這個。」

「上次的事還沒和你道謝，這個就算是我的謝禮，你多少嚐一口吧，我也心安一些，畢竟不想欠別人人情。」

少南見青竹都說到這個分兒上了，看來不吃已是不行，便拿起小匙舀了小小的一團，放進嘴裡一抿，頓時酸甜四溢，還帶著股桂花的香氣，和以前吃過的桑葚有很大的差別。並不覺得討厭，於是他又接著吃了第二口。

青竹見他肯吃，便放下心來，又道：「你要是喜歡，我以後再做給你。」

「得了，妳也用不著來討好我。說句實話，我可還沒做好準備要和妳過一輩子。」少南冷冰冰地說道。

青竹白了他一眼，心想他嘴裡就不會跑出什麼動人的好話，於是立即回嘴過去。「二爺沒這個準備是最好不過了！」

青竹也不等他吃完收拾東西了，轉身就要走，少南卻突然道：「這並不全是我一個人的主意，是爹爹說妳住在隔壁不方便，才給妳搬了張竹床過去。」

青竹沒有搭話，轉身離去了。

明霞的肚子疼鬧得越來越厲害，白氏可沒什麼好氣。「誰叫妳貪嘴來著，活該！」

明霞臉色灰青地說：「我再也不敢了……」

白氏讓青竹去煮碗薑茶來。

這天永柱回來得較晚，瓦窯上已經停工了，今天老闆招呼幫工們打了牙祭，永柱自然沾了一身酒氣。

永柱將少東叫來吩咐道：「你也暫時請幾天假吧，小秧已經可以插了，插了小秧，還得栽種玉米。地裡的事也都出來了，只怕還不到一個月麥子就該黃了。」

少東道：「眼看又是一年最忙的時候，我會回來幫忙的。」自從上次的事後，少東對白氏一直很冷漠，想著早些獨立出去就好了，於是開口道：「老爹，我打算明年就去盤個鋪子，準備做點小生意。」

永柱聽後沈默了一陣子，半晌才道：「你有本錢嗎？」

「這些年存了些，不夠的話再和小叔叔借一點。」少東盤算著自己也老大不小了，總不能一輩子都生活在父母的庇護下。

永柱道：「村裡人都說我養的兩個兒子都爭氣，老大忙賺錢，老二會唸書。當初要你跟著你小叔叔一道打拚時，你不願意，直到現在你小叔叔還會向我抱怨，說我都不從中勸勸。不管你是怎麼打算的，總歸算是件好事，等我們老了，動不了的時候，還指望著你們兄弟倆撫養呢。平時我也不大說你們，各自好自為之，若是錢的地方周轉不開，就開口吧。」

少東一直以來都很感激父親，因此連連點頭，有些哽咽地道：「當兒子的不孝，都一把年紀了還要讓老爹替兒子操心……」

永柱感嘆了句。

「不管你多大歲數，也永遠是我兒。」

青竹在一旁聽了，不得不感嘆項永柱的確是個好父親，也不由得感慨起來，心想要是當初夏家的老爹沒有早死，蔡氏也不會獨自拉拔幾個孩子，自己或許就不會淪落到與人做童養媳的地步，家裡的姊妹和弟弟也不會缺失父愛。夏家雖然日子艱苦一點，但總少不了溫情。

又過了七、八天，撒下的稻穀已經冒出兩寸來長嫩綠的小苗，青竹以為到這個程度就能插秧了，哪知要進行第一次移植，俗稱插小秧。

此時秧田已經收拾出來了，耕牛幫著耙過了地。項永柱和少東父子倆趕著又擔了好些農家肥灌了地，接著溝渠裡已經蓄了水，開了小溝引水到田裡，再過一日就能插小秧了。

這時候的活兒也不算少，白氏也下了地，家裡就剩下幾個女孩，並一個有七、八個月身孕的孕婦。

翠枝已經是大腹便便，行動不便了，根本連自家的院門也很少出，因為腿已經開始水腫，稍微活動多一點，就感覺頭暈、喘不過氣來。因為胎兒越來越大，晚上睡不好覺，脾氣也變得比較煩躁。

青竹倒能陪翠枝說話解悶，這天翠枝和青竹說：「再熬一、兩個月我也就解脫了，只是這越到關鍵的時候，我就越緊張，倘若肚裡的真的不那麼討人喜歡該怎麼辦？」

青竹安慰道：「再怎麼著大嫂是當母親的，也不會嫌棄自己的孩子，兒子、女兒不都一樣嗎？再說，以後還可以再生。」

翠枝嘆了口氣，方說道：「我倒寧願是個兒子，以後也就不會經歷我的這些磨難，也不會有人說閒話。」

青竹能體會翠枝的心情，兩人正說著，明春一頭走了來，張口便道——

「大嫂，我有一事要請教妳。」

青竹欠著身子和翠枝道：「那麼我先出去了，大嫂有什麼事，吩咐一聲就好。」

翠枝點點頭。

青竹出了翠枝的屋，又去餵了蠶。

等少東回家時，翠枝央少東給未出世的孩子取個名字，但少東不識幾個字，憋了半天硬是沒想出一個來，翠枝不禁敲敲少東的腦袋說：「我還能指望你做點什麼！」

少東撓撓頭皮說：「妳這不是為難人嗎？我能取什麼好名字？妳若是不嫌棄，叫什麼狗蛋、大栓子之類的也行。」

翠枝白了少東一眼後，和他說道：「算了，這個家裡就你弟弟有點學問，你去問問他吧，讓他幫忙選個好名字。」

少東笑道：「這才合理嘛！」

插小秧的事前後忙碌了五、六天，這天翠枝的娘家人來瞧她，還帶了些小米、甜酒、紅糖、雞蛋之類的東西。

翠枝心裡煩躁，想回娘家住幾天，卻被自家老娘勸阻了。

「月分都這麼大了，妳還瞎折騰什麼？別一不小心生在路上，我看妳怎麼辦。」

翠枝道：「這些天我老是夢見院子裡的那棵石榴樹，真想回去看看。」

「還真不叫人省心，這幾天花才開，哪有石榴給妳吃？」

翠枝總是想起小時候，就在石榴花開的時節，她和姊妹們坐在石榴樹下，拿著針線串石榴花玩。一晃都已是幾年前的事了，轉眼她也即將要做母親……

穀雨過後，立夏未至。山間的布穀鳥開始一聲聲地啼叫，眼瞅著田裡的麥子漸漸發黃，秧苗也正瘋長著，一年最忙碌的時候到來了。這時候學堂裡已經散了假，項少南不得不在家中或是看書、或是幫著做些農活。

項家一大家子，除了有身孕的林翠枝和照顧翠枝的明春外，剩餘的人都下了地，每日天剛朦朦亮時就得出發下地。

永柱和少東是家裡的重勞力，主要負責擔麥子；白氏和青竹、少南負責收割；明霞年紀不大，再加上白氏的溺愛，也不強求她做些什麼了。

第一天才開始半天，青竹便覺得有些受不了，腰痠背疼的，雙手也磨出許多血泡來。這才剛開始呢，聽說往年都要辛苦個五、六天才能收割完。這也是沒辦法的事，全是手工勞作，又沒收割機。青竹心想，這樣的勞累，只怕她會支撐不住，暈倒在田裡。

勉強堅持了一日，青竹覺得自己很快就要散架一般，倒在床上就不想動了。可不動不行，還有一堆事等著她，割草料餵牛和她的小兔子，還得採摘桑葉餵蠶。

到了吃晚飯的時候，青竹覺得渾身都在疼痛，胃口卻出奇的好，生生地吃了三碗飯。

後來永柱說：「還是讓青竹在家吧，明春一道下地去。」

當青竹聽到這句話時，差點沒樂暈過去，果真這個家裡就是她喚大伯的永柱最疼她！

可白氏卻說：「明春自己一堆事要做呢，針線上還缺不少，且讓她在家裡我也安心。」

永柱道：「明春畢竟要大一些，也能多幫一點忙。等她今年嫁到馬家去，以後妳還指望她回家幫些什麼嗎？就和青竹換著看家吧。動作得快一些，趕著收回來，還有一堆事。」

白氏這才沒說什麼，至此青竹和明春兩人輪流著下地。

不出幾天的工夫，明春原本白皙的臉蛋就被曬得黑裡透紅，當然，青竹也沒好到哪裡去，臉上活生生地被曬掉了一層皮。

第六日的時候，在一家人的努力下，總算將地裡的麥子都收割回來。接著便是晾曬和揚場的活兒，等到麥子從麥稈上脫了粒，又過了一道風車，去了殼，接著就剩下曬乾麥子的活兒了。

永柱算了算，今年比去年多打了一百斤的糧食，主要是冬春兩季雨水還好，老天爺賞飯吃，於是便和少東商議著要賣一部分。

可過了兩日後，白氏娘家兄弟就上門要借糧食了。

永柱當時就拉下臉說：「這消息傳得可真快，收成多少，怎麼立刻就知道了呢？你要借，我告訴你，沒有。」

白顯搓著手說：「姊夫，你不能見死不救呀！要不你賣了糧食，借錢給我也行，有筆生意正等著用錢呢！姊夫放心，這次一定能賺上大錢的，別說本錢，到時我連利息也一併還上！」

永柱只說了句。「上次借的錢好像還沒還吧？」

白顯涎著臉皮說：「都是自家人，姊夫難道還怕我賴帳不成？這裡日子過得緊巴巴的，等手頭寬裕些，總會還上的。只是別人催得太緊，我實在沒法子，才找上了姊夫，還請姊夫出手相救。」

永柱向來厭惡這個小舅子，他向來十句裡有九句假話，又見他穿著上好的綢緞衣裳，還到跟前來哭窮，因此並不理會。

白顯見永柱不為所動，便又厚著臉皮去央求白氏。

白氏向來寵溺兄弟，且聽不得幾句吹捧的好話，耳根子又軟，當即便又軟下心腸說：「你先回家等幾日，等我籌好錢就讓人給你送去。不過我話先說在前面，可不許再拿去揮霍了！我們家有多少家底，你是知道的，我當姊姊的是看不慣你受苦。」

白顯忙道：「到底是姊姊心疼人！等這筆生意成了，就能賺不少錢，到時候明春要出嫁，我當舅舅的一定送筆豐厚的嫁妝給她添箱！」

白氏卻道：「別說那些沒用的，白家還得靠你壯立門戶，混吃混喝這麼久，也總該找點正經事做了。」

白顯忙一迭連聲答應著。

白氏後來不顧永柱的阻擾，瞞著他東拼西湊的，硬給了白顯幾吊錢。哪知白顯拿到錢後不出兩日就花完了，後來白英來項家時，悄悄地將這事告訴了白氏。

白氏心疼地罵了句。「妳爹怎麼還是這個樣子？我可再拿不出錢來幫他了！」

白英又道：「我娘說，叫姑姑別再給他錢，家裡已經不剩下什麼了。」

白氏嘆道：「這樣下去如何是好？」想到娘家現在就這麼一個弟弟，都老大不小了卻是一事無成，整日遊手好閒，就會吃喝，當姊姊的雖偶爾幫助一點，偏偏每次都不做正經事。

白英道：「家裡已經快要揭不開鍋了，娘讓我來找姑姑借點吃的……」

白氏畢竟放心不下，便讓明春和青竹給白英秤了二十斤大米、十斤小麥。因白英和明春要好，白氏心疼姪女，便留下白英在家中多住幾日，讓少南幫白英將糧食送回去。

這是青竹第一次看見白英，年齡和自己相仿，不過個頭卻生得較自己高一些。大大的臉盤，眉毛又粗又黑，開口說話的時候會露出兩顆有些發黃的兔牙，皮膚也黑黑的，和一般健壯的鄉下女子沒啥兩樣。梳著烏黑的髮辮，除了一條綁頭髮的紅頭繩外，並沒其他飾物；身上罩著件打了補丁的赭色夾衫，繫著蔥綠色的布裙。

白英笑著稱呼青竹一聲「二嫂」，青竹頓時覺得彆扭，含笑道：「叫名字就好。」

白英卻說：「這稱呼上可不能亂。」

明霞跳出來道：「她是哪門子的二嫂？我還沒答應呢！」

青竹也沒說什麼，在項家，不管是她自己還是別人，將她當成「還未圓房的媳婦」的人想必是沒幾個。

白英笑嘻嘻地和青竹說：「前幾年，二哥還沒進學堂唸書時，我們四個經常去河溝邊玩，如今還去不去呢？」

明霞搖頭晃腦地說：「英姊姊現在也不怎麼來我們家了，二哥又要唸書，大姊整日在家繡自己的嫁妝，河溝邊已經許久不去了。對了，英姊姊正好來了，這兩天還有些空閒，不如明天再一道去玩好不好？」

白英笑說：「我是客隨主便，怎樣都好。」

明霞打趣道：「英姊姊自己也不害羞，還拿自己當客人呢！當初在我們家一住就是大半年的時候，誰拿妳當客人了？」

這表姊妹倆就這麼一來一往地說著，青竹沒有半點能插嘴的餘地。

等到項少南送完糧食回來時，已經是掌燈時分了。

永柱正和白氏賭氣，連飯也顧不得吃便上床睡了。

白氏一心為著弟弟，倒不願意去顧及永柱的心情，見少南好不容易回來，忙將他叫到跟前詢問。「你舅舅怎麼說？」

少南來回跑了不少路也累了，因此只是道：「舅舅不肯回家，只舅母和表弟在。」說完便去睡了。

白氏暗恨道，這個弟弟還是這麼不長進！

不久白英走了進來，對白氏說：「姑姑，就讓我在這邊多住些時日吧，什麼活兒我都能做！」

白氏道：「不是我不留妳，可妳爹不回家，妳娘在家帶著妳兄弟，也沒人照應。今天這麼晚就算了，明日讓妳二哥送妳回去吧。」

白英低下了頭，帶著些許哭腔，吞吞吐吐地道：「姑姑，我真怕有一天爹爹會將我給賣了，所以才懇求姑姑收留我……爹爹一味地好酒好肉，又喜歡穿光鮮的衣裳，舉債那麼多，還不知何時能還清……」

白氏聽見她說到這個分兒上，再怎麼說也是自己的親姪女兒，很有些心疼，便摸摸她的頭髮說道：「別怕，有姑姑護著妳。妳爹爹再胡來，我的話他總還會聽幾句的，哪裡能就將妳給賣了。」

白英落下一行熱淚來。

白氏也不說讓白英回去的話了，還安慰幾句，讓白英放心。

到了夜裡歸寢時，白氏讓白英和青竹擠一處，本來就不怎麼寬大的竹床上硬塞下兩個人，好在兩人都還算瘦小，除了翻身不是很理想外，也還能將就睡一晚。青竹突然記起上大學那會兒，學校裡的床和這個也差不多大，到了冬天覺得冷，怎麼也睡不暖和，因此一個冬天都是她和上鋪的姊妹打擠，那時候也不知怎的，竟然還真的睡下了。

兩人躺在床上，只要稍微一動身子，床就會吱呀地響。

白英睡不著覺，硬拉著青竹聊天，橫豎不過問些青竹多大了、哪月生日、家裡還有些什麼人等等。

青竹忙碌了一天，早已經累得筋疲力盡，很想美美地睡上一覺，畢竟明日天不亮就得起床忙碌了，偏白英還要在耳邊嘰嘰喳喳地說著讓人有些心煩的話。

「說句實話，我到現在還不敢相信姑父他們竟然真的給二哥定下了妳，還讓妳做童養媳。小時候在一起玩的時候，我聽二哥那口氣，好像是要娶個什麼絕色美人，當時我還取笑他來著呢！可見世上的事還真是說不清呀……」白英頗有些感慨。

青竹清楚地聽見白英的嘆息聲，不禁腹誹道：不過一個小丫頭，哪有那麼多可以發愁嘆息的地方？而且上床了也不好好睡覺！而後含糊地回答了白英一句。「別說妳，就是我也想不明白。」

白英又道：「都是我爹不好，老是讓姑姑擔心，姑父又不喜歡爹爹。」

青竹心想，這話題未免跳得太快了些吧？剛才還說少南來著，怎麼立刻就跳到她父親那裡呢？中間有什麼關聯的地方嗎？

白英瞪著圓溜溜的大眼睛，半點睡意也沒有，跟前是漆黑的一片，外面也是靜悄悄的。白英腦海中浮現的還是小時候的事，心想長大了，一切都會改變嗎？她不禁輕聲地喚了句。「二嫂。」

青竹正是迷迷糊糊快要睡著的時候，突然聽見白英叫她，立刻清醒了幾分，含糊地問了句。「幹麼?」

白英歇了一會兒才說:「算了,二嫂也累了,妳睡吧。」

青竹氣結,這白英是有病吧?!

第十九章　體貼

等種了玉米，田裡的麥子也大都收完了，就等著放水灌田。

翠枝的預產期差不多也要到了，全家人除了要顧及地裡的事，翠枝也要有人輪流照顧。白氏早早地就和村上一個經驗豐富的老穩婆打了招呼，讓幫忙接生。

沒有更好的措施了。青竹倒替翠枝感到有些放心不下，每日傍晚總會陪她在院子裡走動幾圈。青竹想，適量的運動和鍛鍊，對生產應該是有利的。

白氏總說翠枝太過嬌氣了，老是講村上的誰誰誰，前一天還下地幹活，當晚回去就生了個大胖兒子，母子都好，沒聽說過什麼哪裡不舒服的話。

翠枝聽多了自是煩悶，她自己也難受，知道正是農忙的時候，她不僅幹不了活，還耽擱別人，心想早點將肚子裡的貨卸了就好了。

入贅在陳家的二叔永橺也回來了，帶著兩個兒子，說是來幫家裡插秧，永柱一家當然是求之不得。

家裡的三個女孩都留在家中看家，明春繼續自己的繡活，別的事也不過問；白英在項家住了幾天就回去了；明霞成天和附近的小孩玩耍，整日不在家待著。

少南學堂裡的先生忙著自家的農活，也抽不出時間來教學生。

因為二叔一家也來幫忙，突然增加了三個人，青竹要負責一家的飯菜，因此有些忙不過來。明春卻整日連自己房門也不大出，好像伺候她是天經地義的事，每日繼續當她的大小姐。忙活了大半晌，青竹總算淘好了米、洗好了菜。

眼見著就要到晌午了，可鍋灶都是冷冰冰的，青竹氣不過，便要去叫明春來幫忙。才走出灶間，就見二叔家的鐵蛋兒笑嘻嘻地跑來。

「有什麼要幫忙的嗎？」

青竹心想正好，便和鐵蛋兒說：「幫我燒火吧。」

鐵蛋兒高高興興地答應了，熱情主動地幫著青竹打下手。等到蒸好了飯，燉的雞肉快熟的時候，外面幹活的人也差不多要回來了。

青竹很努力地做了幾道還算拿得出手的菜——雞蛋蒸榆錢兒、蠶豆拌香椿、雞肉糜釀豆腐、韭菜炒臘肉、香油馬齒莧、半鍋乾豆角燉雞，另外還做了半笸箕的玉米麵小餅子。

中午日頭正盛，吃了飯後，少不得要休息半刻。等青竹忙碌完，來吃飯時，桌上已經沒剩下多少菜了，臘肉、豆腐之類的也已經見了底，燉雞只見湯，不見肉。她悻悻地吃了兩個餅，就著些湯。

鐵蛋兒突然在門後向青竹招手說：「灶房方櫃裡還有給妳留著的好東西呢！」

青竹本不大相信，等她開了方櫃一看，果然一個粗陶碗裡盛了大半碗湯菜，甚至還有些雞肉。青竹心想，他怎麼就留了心，還能顧及自己有沒有吃的？這小小的舉動讓青竹覺得溫暖。和這邊的家人相處了好幾個月，到頭來竟不如一個突然來家裡作客的人貼心，青竹想，難道自己就是如此不招人喜歡嗎？

才剛吃了飯，白氏便走來吩咐事情。

「明兒一早就開始煮鹽蛋吧，今早太忙碌了，我還來不及告訴妳。還有，今天的菜分量有些少。」

青竹低頭道：「裡外都是我一個人在忙碌，能做出這些已經是極限了。」

白氏撇撇嘴說：「那要不妳下地去插秧，我在家做飯？」

青竹原本想立刻答應的，可是這幾天的天氣格外好，曬得人有些受不了，再說她一個小姑娘，到頭來能幫些什麼忙？想了一下才道：「我只有一雙手、一雙腿，今天還是鐵蛋兒幫我燒火的，妳還能指望什麼呢？大伯娘要挑剔，不如去和那足不出戶的大小姐說去吧。」

白氏咬咬牙，心想明春的事她是放任的，再說明春還能在家留幾天呢？等這陣子忙完就該議親了。不過，將全部的家事都交給青竹一人去做，似乎真有些說不過去，於是便冷漠地說道：「我回頭讓她幫一下妳。明兒一早就起來煮三十個鹽蛋，可別忘了，蛋我放在穀倉旁的大缸子裡。」

青竹點點頭。

沒有休息多久，大家便出工了。

青竹要去後山上採桑葉，還得割些草料回來餵養家裡的牛和她的兔子。

鐵蛋兒聽說了，連忙找了個背篼，拿了鐮刀，笑嘻嘻地和青竹道：「妳只管去摘桑葉，我去幫妳割草。」

「喔，不了，還是我來吧。麻煩你幫忙燒火，你又給我留菜，我還沒感謝你呢！」

鐵蛋兒滿不在乎地道：「爹爹說來幫忙，就沒當自己是客人，哪裡有坐視不管的道理？妳儘管去吧！」

青竹見他一臉熱情的樣子，似乎拒絕的話他會不高興，只好由著他了。

兩人說說笑笑地出了家門，青竹負責摘桑葉，鐵蛋兒幫忙割草。

青竹有些好奇，便問鐵蛋兒。「除了這個小名，難道你就沒個正式的名字？」老是鐵蛋兒來鐵蛋兒去的，青竹覺得有些叫不出口。

鐵蛋兒摸摸腦袋笑道：「我們家沒人識字，據說當初我爹還是讓村裡一位老學究給取了名字，叫陳來。」

青竹想，倒是個正經名字。

青竹摘好桑葉便回去忙著餵蠶，鐵蛋兒說要幫忙割草，也不知割到什麼地方去了。

這時少南從外面回來了，臉曬得通紅，褲腳挽到小腿肚上，手裡提著雙草鞋，卻見他陰沈著臉，也不知和誰在賭氣，青竹也沒去理會。

不多時，青竹聽見鐵蛋兒的聲音，忙走出房門一看，只見鐵蛋兒已經割完草回來了，背簍裡裝滿了青草。

鐵蛋兒來不及放下背簍，扯著衣兜和青竹說：「我摘了些槐花，快拿東西來裝！」

「你摘槐花做什麼？」青竹邊嘟囔著，邊趕緊找了個小竹篩來。

鐵蛋兒將衣兜裡的槐花全部倒出來，頓時滿屋子的槐花香，那些花朵又白又勻淨。

青竹笑道：「槐樹上長著刺呢，有沒有刺著你？」

鐵蛋兒靦覥地笑了笑。「沒。」

青竹連忙洗了些槐花，加了少許的蜂蜜和一些嫩桑芽，給鐵蛋兒泡了杯茶。

鐵蛋兒笑著說謝謝，兩人便坐在門檻上聊天。

正說得興致勃勃時，少南突然一臉慍色地走來，也不瞧青竹，拉起鐵蛋兒就走。

鐵蛋兒還不知怎麼回事呢，忙道：「二哥，等我喝了這茶再走好不好？」

少南卻一臉怒氣地說：「我們家可沒有正經茶好喝，要喝，回你陳家去！」少南氣沖沖地將鐵蛋兒拉進自己房裡，關上了房門，時不時地傳出幾聲高高低低的話語聲。

青竹心想，這兄弟倆怎麼就鬧了彆扭？不過她也沒去深究，不大情願當這個和事佬。

過了好半晌，才見鐵蛋兒頹喪著臉，從少南屋裡走出來，青竹見狀忙上前問道：「怎麼了？你們吵架了不成？還是你二哥欺負你呢？」

鐵蛋兒連忙往後退了幾步，別過臉，唯唯諾諾地道：「妳別問了，沒什麼事。」

青竹隱隱覺得有些蹊蹺。

第二日，鐵蛋兒並沒有跟著永柄來幫忙，青竹才肯定昨兒少南一定和鐵蛋兒說了什麼。要是沒有鐵蛋兒幫她，明春又要充當大小姐的話，一籮筐的家事她該怎麼處理呢？

水缸裡沒水了，青竹提了桶子便去打水，可能是水裝得太多的關係，任憑青竹怎麼拽也拽不上來，直到後來有人幫她使了一把勁，才總算提上來。不過可能放下的時候力道大了些，水立刻就濺了不少出來，青竹身子一閃，那水正正地就濺滿了少南的褲腿！青竹詫異地看著他，這個只會讀書的少爺居然幫自己？莫不是在作夢？

少南還沒等青竹開口，就幫著將水提進灶房，接著又幫忙提了好幾桶，直到水缸裡已經蓄了不少，而後不等青竹吩咐，又幫著將後屋簷下擺放著的柴禾抱了些來。

青竹心想，他今天沒病吧？沒有發燒，腦子也沒壞吧？可怎麼看怎麼不對勁啊……

少南正興致勃勃地幫青竹摘菜時，明春一頭走了來，見狀便和少南說：「這裡也是你能進來的？既然沒下田去幹活，就正經地唸書去。」

少南沒有吭聲，繼續摘他的菜。

明春瞧了瞧，見青竹正在切菜，沒有誰搭理她，有些無趣，便又回自個兒房裡去了。灶房裡只聽見「篤篤」的切菜聲，兩人誰都沒開口說過一句話。

少南依舊蹲在那裡幫著摘菜，等到青竹切完盆中的芋頭時，回頭看了少南一眼，就見他都沒挪過地方，還在幫忙理韭菜。青竹發了會兒怔，突然問他。「鐵蛋兒是你不讓他來的吧？」

少南卻冷不防地回了句。「妳就那麼盼著他來嗎？」

青竹怒瞪了他一眼，心想怎麼一開口還是這麼膈應人呢？當真是嗆死人不償命！這小子到底在鬧什麼彆扭啊？青竹將昨日之事來回地想了一遍，又聯結了一番少南的舉動，突然得出個結論——莫非這臭屁孩在吃鐵蛋兒的醋不成？果真如此的話，便是真真好笑了！青竹想著想著，忍不住笑出聲來。

少南抬頭看了青竹一眼，納悶道：「什麼事那麼好笑？」

青竹搖搖頭，臉上很快又恢復了一如往常的平靜。

少南更加摸不著頭腦了，她剛才的笑是針對自己不成？在這裡，他還從未見她真誠地笑過，一直以為她是個冷冰冰的人，可在夏家所見，她原來也是會笑，會愛護姊妹的，怎麼在這兒就差了那麼遠？少南胡亂想著，又聽青竹在耳旁道——

「別摘了，已經夠了。」

少南便主動地收拾乾淨，又幫忙淘洗出來。

青竹發現，他只要認真起來，也是一把好手。兩人張羅了老半天，總算張羅出一頓還像樣的飯菜。

白氏回來後得知青竹支使少南幫忙的事，很有些不滿，乘機數落了幾句。

少南卻說：「不關她的事，是我閒著沒事幹。」

白氏咂咂嘴說：「這還不是正經的兩口子，你倒學會維護起來了！」

少南臉一紅，並不作聲。

等到午後，少南說要喝昨日那樣的槐花茶，青竹心想他幫著忙活半日也累了，便替他泡上了一杯。

兩人之間依舊沒有多少交流，也猜不透彼此心裡想的是什麼。

快到黃昏時，翠枝突然喊腰疼，羊水也破了，青竹聽了，心想莫非是要生了不成？明春見狀，心想家裡就他們幾個，能成什麼事？頓時有些不知所措。

最後還是青竹出來主持大局，吩咐少南去通知還在田裡勞作的人趕快回來，讓明春去燒水，自己則去請穩婆來幫忙。

從黃昏到子時，翠枝一直覺得不好受，嚷一陣子，歇一陣子，又連帶著將少東罵了幾句。穩婆在旁邊指導著如何用力，女眷們也都在翠枝床前。

青竹遠遠地看著，心想沒有更好的措施了，只能完全靠穩婆的經驗來生。她在心裡默默祈禱，希望大嫂母子平安。

家裡的男人們都在堂屋裡，二叔一家早已經回去了。

少東來回地走著，聽著媳婦的叫喊聲，只覺六神無主，不住地搓著手；永柱倒是一臉平靜的樣子，靜靜地等待嬰兒的啼哭聲；少南則安安靜靜地坐在桌旁，完全是個局外人。

忙活了大半夜，中途翠枝昏了兩次，醒著時就叫嚷道：「不生了，打死也不生了！」

穩婆畢竟見多識廣，不住地開導翠枝，又費了九牛二虎之力，翠枝和項少東的孩子總算是平安降臨了。

那一聲聲清脆的啼哭聲，在深夜裡顯得尤為響亮。

當穩婆絞好了肚臍，洗淨了身子，包裹好後，便笑吟吟地向白氏報喜。「恭喜項大娘子，是個千金！」

白氏一聽是個女兒，立即撇撇嘴，不肯去接那孩子。

明春畢竟沒抱過這麼小的嬰兒，也不敢去接。

後來還是青竹抱著剛出世的孩子出去，給大家看。

少東瞅了一眼，紅撲撲的小臉，皺巴巴的，眼睛也還沒睜開。又問了兩句翠枝的情況，當聽見青竹說母女平安時，便放下了心。

項家對於這個新鮮的生命，有人喜歡，有人嫌棄。

不過對明霞來說，這麼小的奶娃可比青竹養的那對日益變大的兔子有趣多了，因此整日都在翠枝房裡，陪著剛出生不久的小姪女玩耍。

少東讓少南幫著取個名字，少南不急不緩地說：「名字早就有了。詩云『靜女其姝』，不如就叫靜姝可好？」

少東也不明白這裡面的典故，覺得還不錯，聽著也雅致，總比什麼梅花、海棠、二妮、丫頭之類的強。當他將這個名字告訴翠枝時，翠枝也喜歡，又給取了個小名叫豆豆。

白氏的態度很明顯，對這個剛降臨的孫女漠不關心，就是伺候翠枝坐月子也很冷漠，只吩咐青竹給熬小米粥，加些紅糖，給煮雞蛋，別的事一概不管。

每日幾頓飯，必有小米粥，必有雞蛋，別的菜色是一點也見不到，連油花也不見半點。一連吃了三、四天，翠枝便有些膩了，飯菜也懶怠吃，每日懨懨的，看著襁褓裡的女兒，想到自己生她時所受的苦，想到白氏的冷漠，眼中已含了淚水，哪裡有一點初為母親的喜悅呢？

少東白天忙碌著農活，夜裡幫著看女兒時，便安慰了翠枝幾句。「妳安心坐完月子，養好身體，以後我們再生吧，都還年輕，難道還愁生不出兒子？」

翠枝懨懨地道：「為了豆豆，我還差點去了半條命，實在沒有力氣再生了。反正我若一直生的都是女兒，那麼我也會是個罪人……」

田裡的事忙得差不多了，很快就到了洗三的時候，白氏將給翠枝接生的穩婆請來，讓幫忙洗孩子。一些親朋好友也趕著來給添盆，翠枝娘家人送了一百個雞蛋、十斤紅糖、二十束掛麵，還有些小孩子的衣物；明春的未婚夫馬家也送了東西來，是兩疋紅綢、一隻老母雞；永椈、永林家也都各自備了禮送來。

這裡正好趕上農忙時節，家裡大都有事，所以好些是只見東西，並不見人，因此少東便和白氏商量，等到豆豆百日時，再給豆豆風風光光地辦一場酒席。

白氏的態度有些冷漠，沒說不好，卻也沒說好。

第二十章 端午

天氣越來越熱，轉眼已到了端午時節。

端午節又稱女兒節，出嫁的女兒按規矩要回娘家，和娘家人團聚。嚴格來說，青竹也算是嫁到項家來的，這些天總想著家裡的事。韓露也跟著她的小丈夫回韓家去了，青竹多麼想念青梅他們。結果不等白氏開口，永柱便允准青竹和少南一道回夏家去。得知這個消息時，青竹又欣喜、又激動，早早地就收拾了東西，期待和家人見面歡笑的時刻。

這次少南倒沒鬧彆扭，說是要他同路，他就滿口應承了，和正月裡的態度截然不同。青竹見他這段時間好像沒和自己尋彆扭，心想如此的話也好相處。

依舊是大馬車，車上除了少南、青竹還有許多別的趕路人。兩人依舊各自坐在不同的角落裡，沒有任何交流。青竹的心情是喜悅的，自從正月一別，她已經有好幾月沒有見過家人了，不知青梅他們好嗎？去年冬天時，姑姑就說要給青梅說門親事，也不知定下來沒有？雖說青梅年紀還很小，但家裡能有個可靠的男人幫助的話，至少母親也不至於那麼勞累。

照舊趕了好半晌的路，到了南溪村口時，馬車就不再前行了。

青竹拿了包袱，和少南一道跳下馬車。

那些水田裡大都插上了秧苗，綠油油的一片，也有正在忙碌的人群，也顧不得什麼節日不節日的。青竹和少南依舊是一前一後地走著，誰也不開口說話。走不多時，到了那棵歪脖子的楊柳樹下時，青竹看見青蘭帶著夏成正在那裡盼望著，心想他們定是在等自己吧，也不知等了多久？頓時鼻子一酸，連忙飛奔過去。

青蘭拉著弟弟，連忙迎上來。青竹看看這個，又看看那個，一手拉一個，問道：「怎麼跑這麼遠來接我？」

青蘭仰著臉說：「因為娘說二姊今天要回來，我就和成哥兒早早地來接二姊，總算是將二姊盼回來了！」

成哥兒不用青蘭教，開口就喊少南「二姊夫」。

項少南沒吱聲，青竹倒也不願意理會他，一行人便往家的方向走去。

青蘭顯得很高興，嘰嘰喳喳地說個不停。

才進院子，青竹就看見晾曬的菖蒲、艾蒿之類，院中還曬著一大木桶的水。

蔡氏和青梅正忙著張羅飯菜，見女兒到家了，臉上是抑制不住的喜悅，趕著招呼道：「快快進屋休息，趕路定累了。」

少南熱情地喚了聲。「夏嬸嬸！」

青蘭幫青竹拿了包袱，又央著問：「二姊，帶什麼好吃的沒有？」

蔡氏讓青蘭去幫忙，聽聞後又訓責了一句。「就知道吃！」

母女倆少不得要說一番體己話，後來青竹說到翠枝添了個女兒的事，蔡氏便道：「這些日子來接連著忙，我竟一點也不知道。這不，還幫著做了兩雙小孩子穿的鞋子呢，妳幫忙帶過去吧，等到百日的時候，我再去瞧她。」

青竹道：「大嫂新做了母親，但我瞧著似乎不怎麼開心，就是坐月子也坐得不順暢。可能還是因為添的是個女兒的關係，婆婆不待見吧，有點產後抑鬱。」

蔡氏嘆了聲。「當初妳祖母還在的時候，我生了妳們姊妹幾個後的情形也都差不多，好在老天還給了我一個成哥兒，所以說，做女人難呀！倒是妳，以後可要爭氣一點，別給人落下閒話。」

青竹卻不以為然地撇撇嘴說：「都說種瓜得瓜，難不成種下的是顆芝麻，還硬要它長成個南瓜不成？這是毫無道理的事嘛！」

蔡氏笑道：「妳還是這樣的刁鑽！對了，妳在他們家怎樣？有沒有再為難妳？」

青竹沈默了一會兒才道：「日子還能過下去。」

「如此的話我就放心了。對了，南哥兒對妳如何？」

青竹輕笑著說道：「娘不都親眼所見了嗎？」

「妳的性子我是知道的，有時候可別太倔強了，人家怎麼說也是個讀書人，妳只要肯聽話懂事，以後說不定還有好日子。」

「罷了，我也不敢奢望，能過一天是一天吧，什麼以後我也不敢想。他若是肯敬我一尺，我就敬他一丈，現在是井水不犯河水，得過且過吧。」

蔡氏知道女兒要回來，便拿了錢買肉買菜，辦了一頓還算豐盛的午飯。

看著一家人吃得喜氣洋洋的樣子，青竹覺得心裡暖暖的。

外面是明晃晃的太陽，這樣的天氣已經很悶熱了。蔡氏說田裡的秧苗還沒插完，吃完了飯，歇一會兒後還得去忙碌，順便就交代青竹幫青蘭和夏成洗澡的事。

青竹起身道：「讓少南和你們一道下地幫忙吧？」

坐在一旁的項少南聽了這話也沒什麼反感，不過這是青竹第一次在別人跟前提及他的名字，倒讓他一怔。

蔡氏心想，哪敢讓少南下地呢？忙道：「還是算了吧，只剩下兩分地，我帶青梅去，今天下午也就忙完了。」

蔡氏和青梅略歇了一下便出門了，少南見狀也起身道：「夏嬸嬸，我和妳們一道吧！」

蔡氏笑道：「你就在家吧，要是得空，不如教我們成哥兒識字。」

「喔。」項少南還不大習慣和青竹單獨相處——此刻他明顯是將青蘭姊弟當作透明人了。

蔡氏和青梅下地插秧去了，青竹趕著燒洗澡水，準備伺候青蘭姊弟倆洗澡，用的水是院子裡從上午就晾在太陽下的那桶水，接著又將艾葉、菖蒲、金銀花藤、桃葉、野菊花等全部煮進水中，這哪像是在熬洗澡水，簡直就是在熬藥啊！等到水滾滾地沸過兩次，便停了火，招呼青蘭洗澡。

青蘭見少南在這邊，有些不好意思，因此道：「二姊先給成哥兒洗吧！」

「也成。」青竹便去找夏成，找了一圈，卻見成哥兒不知從何處翻來一本被蟲子蛀得不像樣的書，正央著少南教他識上面的字，而少南似乎有些不大情願教他。

見青竹來了，少南忙將成哥兒一推，說道：「快去吧，讓你二姊給你洗澡。」

「回來二姊夫教我好不好？」

青竹忙著替夏成找換洗的衣裳，也沒工夫去注意他們倆。

少南略彎了身子，拍了拍夏成還很稚嫩的肩頭，含笑問他。「你真那麼喜歡讀書？」

夏成一時答不上來，憋了許久才憋出一句話來。「娘說要我讀書，我聽娘的話。」

少南又道：「你自己就不喜歡嗎？」

夏成連忙點頭答道：「喜歡！娘跟我說，爹爹以前讀過好多書，阿公也讀過好多書。」

少南聽到這裡，心想青竹那一點點的學識，應該就是她爹教給她的，可他們爹走的時候，青竹不是還小嗎？看來學得還不賴，他不經意回頭去看了青竹一眼。

恰巧青竹收拾好衣裳，突然見少南回頭看她，不禁一愣，忙問：「怎麼了？」

少南搖搖頭，讓夏成跟著青竹去。

青竹一手牽了弟弟要去洗澡，夏成嫌屋裡冷，不大樂意，青竹拗不過他，只好搬了個大木盆，兌了她熬好的草藥水，又添了些涼水。

夏成聞著那味兒有些怪，死活不肯下水，在院子裡跑著圈圈，不聽青竹的勸解。

青竹跟著跑了一圈，汗水就跟著淌，最後插腰站在石板上，也不追夏成了，而是扯著嗓子說：「快過來讓我給你洗乾淨，光著屁股在院子裡飛奔，當真一點羞恥心也沒有嗎？」接著又大喊青蘭。

青蘭探出身子來問：「二姊，做什麼？」

「快把他給我捉過來，我就不相信降服不了他！」青竹頓時體會到母親平日不知有多辛苦。

青蘭這便幫著去逮夏成來洗澡。

夏成玩性一來，以為兩個姊姊正和他嬉戲呢，再說他實在討厭那種和藥沒兩樣的味道，因此顧不得光著屁股，大笑著說：「二姊、三姊，我在這裡，來捉我呀！」

「沒人和你玩！你再不聽話，當心一會兒打你屁股！」青竹挽起衣袖，擺好了架勢，心想她難不成還降不住一個不滿四歲的臭小子？

夏成在院子裡兜了幾圈，又見兩個姊姊都在那裡，不好再逃，於是便往屋子裡逃，一面逃，一面喊：「二姊夫，救救我！」

怎麼這個弟弟這麼讓人不省心呀？青竹有些氣急敗壞，嚷道：「叫誰也沒用，我定要打你屁股！」就算夏成躲進屋裡，她夏青竹也照樣會把他給拎出來！

青竹往堂屋跑去，她一心想要逮住夏成，沒有看清眼前，沒想到竟然和一個人撞了個滿懷。青竹心想不好，莫非是撞著了項少南不成？抬頭一瞧，果見是他！青竹趕著退了一步，頗有些尷尬，連忙向他道歉。「對不住，沒看見你。」

項少南也趕緊向後退了一步，並將貼在他身後的夏成給提了出來。「喏，拿去吧。」

青竹立即死死地拉著夏成，不讓他再逃脫。

青蘭見夏成給捉住了，忍不住大笑。「哈哈，活該！你就老實就範吧！」

儘管夏成不情願，可小孩愛玩水是天性，等到了木盆裡時，也就乖乖聽話了。

青竹替他洗著澡，在旁邊念叨著。「你也知足吧，這輩子我從來沒給別人洗過澡，以後長大了，可要記得我的好！」

夏成樂呵呵的，才不聽青竹說什麼，洗了一陣子便開始玩水，弄了青竹一裙子的水漬。見夏成玩得差不多了，青竹便拍拍他的屁股說：「趕快出來吧，水都涼了。」

夏成仰著臉說：「我洗完了，該二姊洗！」便要去拉青竹。

好在夏成力氣小，不至於將青竹給拽進盆中。青竹趕緊將夏成拖出來，拿著乾布巾給夏成擦乾身子，套了件沒有袖子的小布衫子，又給他一塊布巾，讓他自個兒擦頭髮去，自己趕著收拾有些混亂的這處。

這時青蘭走來，和青竹道：「二姊，妳幫我兌好水，我自個兒洗吧。」

青竹道：「那我就解脫了，先等等我。」

少南倚靠在門板上，靜靜地看著院子裡的姊弟們，只見青竹一番忙碌。夏成很是淘氣，給青竹添了不少麻煩，可她臉上卻始終洋溢著微微笑意，不曾埋怨過什麼。他心想，或許以後她將是個好母親……想到「母親」二字，他連忙搖搖頭，很想將這種令人不悅的思緒給斷絕掉。

夏成洗好後走過去，牽著少南說：「二姊夫，教我識字吧！」

少南有些恍惚地點點頭。

第二十一章 第一筆收入

餵養的那對兔子也長得夠大了，韓露來約她一起去賣兔子。餵了好幾個月，青竹多少有些感情，因此有些不捨，若是當作寵物，能一直餵養下去該多好。

韓露偏著頭問她。「夏姊姊不是說要換錢嗎？已經長得夠大了，還是一起去賣吧？」

青竹想到自己的攢錢大計，便點頭道：「好吧，賣了牠們。接下來再養什麼呢？」

韓露笑道：「去集市上走一遭才明白。」

兩人相約著，找了背簍，鋪了些乾稻草，裝好了兔子。沒有蓋子，只好用一件破舊不穿的衣裳，將背簍口給紮實了。

好不容易趕到集市，青竹覺得後背的衣裳全部給汗濕了。可能是因為天氣有些熱的關係，街上的人群不算多。兩世為人，買了不少東西，可賣自家養的家畜這可是頭一回。

韓露雖然比青竹略小一些，不過卻是一副大人的模樣，到了市場上，先找個陰涼的地方，放下背簍，而後解開紮著的布，露出白兔來。

青竹沒有任何經驗，只好跟著韓露一道做了，心裡卻有些忐忑不安，這該怎麼吆喝呢？她有些叫不出口。還有，怎麼和人討價還價，以及識秤桿上的點數，她都一頭霧水。好在韓露在跟前，說不定能幫上不少忙。

韓露也不吆喝，兩人就這麼守著背簍，等買家上門來問。來來往往的人群，真正走近來瞧的人卻不多，好不容易盼來個買家，看了看，又提了起來，估了下重量，這才張口詢問。

「怎麼賣？」

問的是青竹的，青竹卻不知該開個怎樣的價才合適，便睃了韓露一眼。

韓露笑說道：「二十文一斤。」

那個買家聽說這個價錢後，還了一句。「頂多給十二文。」

青竹心想，這個價格也還能接受，便要說「好」，卻被韓露按住了手。

韓露搶在青竹拿主意前說：「不還價。」

那個買家聞言便走了。

青竹回頭問韓露。「會不會價錢要高了些？」

韓露心想，青竹是個頂聰明的人，怎麼就沒個生意頭腦呢？於是便教她道：「一點也不高，聽說行情看漲呢！谷雨他二舅母養了二十隻兔子去賣，也是二十文一斤。二十隻兔子，一共一百六十斤，賣了……」韓露一時想不起他舅母說的是多少錢，只好現扳著指頭算。

還沒等韓露算完，青竹立即就答出了結果。「一共三千二百文。」

「對，就是這個數！夏姊姊，妳聽聽，一共三兩多的銀子呢！」韓露一臉豔羨的神情。

青竹想，這個錢還真不好賺，二十隻兔子也才得三兩多銀子，而且平均每隻兔子要八斤重，得餵多久、吃多少草料？那麼她差不多得餵一百二十五隻才能湊夠二十兩銀子，但說實在話，項家沒地供她養那麼多，再說她一人也照看不過來。

韓露死守著要賣二十，一直到了晌午，來詢問的人是有好幾撥，不過當聽了這個價格後卻都不再過問了。青竹心想，看來這個價格是有回落了，要是不能降一點價，今天怕是賣不掉。這個樹蔭下剛才還很陰涼，此刻大半個身子已經曬在太陽下了，再這麼站下去的話，肯定要中暑。

當太陽快要移到頭頂時，青竹再也堅持不住，好不容易等來一個四十來歲的婦人詢問，青竹開口就還了一句。「十八。」

婦人來回地掂了掂，又問了韓露的。「四隻一起賣嗎？」

韓露也有些扛不住了，便道：「一起吧。」

婦人說：「十六吧？」

青竹心想再繼續等下去，似乎也看不到什麼希望了，十六自己也還能承受，便橫下心來說：「好。」

韓露見青竹已經談好了價，就剩下自己留在這裡曬太陽不成？左思右想一回，也只好咬牙答應。她拿出早就備好的秤桿，給婦人秤好了，分開算了價錢。韓露賣了二百五十六文錢，青竹賣了二百二十四文錢。

錢雖然不多，但是沈甸甸的。當拿到錢後，青竹感慨萬千，照顧兔子的這幾個月真費了不少心思，剛剛養的時候，她沒經驗，真怕給養死了。

韓露覺得肚子有些餓，便笑問著青竹。「夏姊姊，走，我們吃午飯去！」

「咦？不馬上回家嗎？」

「還沒買東西呢！走吧，今天我請客！」雖然和她預期的價格有些偏差，但也能接受，再說這錢是自己的，用得也心安理得。上次生病，青竹借錢給她，也欠了青竹一個人情，便趕著要還。

那些裝潢華貴的酒樓飯店誰都不敢想，兩人找了家當路的小鋪子，韓露要了兩張蔥油餅，兩碗灑了蔥花、加了豬油的豇豆湯。

青竹咬了一口餅，味道還沒她自己烙的好吃，不過此刻也沒有挑選的地方。

韓露一副饞樣，沒幾下就吃完了，覺得肚子還沒填飽，但又心疼錢，只好應付了事。她又讓老闆用南瓜葉包了十來個豆沙包，這是要拿回去給家裡那幾個兄弟姊妹吃的。

一頓簡單的午飯也沒花多少錢。

飯後，韓露拉著青竹要逛街，買些自己喜歡的東西。

青竹想著要將錢存起來，因此也不大用。後來想到白氏允許自己餵兔子，如今賣了錢，若是沒有一點表示，以後要做個什麼可能就不那麼容易了，又想到永柱對自己不錯，也得表示一下，因此只得拿出一部分錢來，給家裡幾位要緊的人買了點薄禮——兩斤桂花糕、一支木簪、一頂涼帽。青竹給自己買了半疋雨過天青色的夏布，後來給豆豆買了個小撥浪鼓，還到書肆裡隨便選了兩本書，七七八八的加起來，兜裡竟然剩下不到一百文錢，立即驚呼不能再買了。

青竹買了一攤東西，花費了不少，不過韓露用得比她還多，後來兩人一合計，果然是用錢容易賺錢難。

回去的路上，青竹問韓露。「接下來什麼時候養小兔子呀？」

韓露道：「緩兩天吧，家裡還得再收拾一下。這次我們都多買一對好不好？有了經驗，不愁餵不好。」

青竹點點頭說：「四隻也還能照應過來。」

韓露突然笑問著青竹。「妳家要出個秀才了，妳還給他買書呀？」

其實這書是青竹買來自己看的，古代沒有別的娛樂方式，精神生活早就荒蕪了，但見韓露問，只得笑著回答：「是呀，他喜歡看書。」

韓露羨慕地說道：「怪不得說姊姊有福氣呢，真好！」

所得的兩百多文錢，青竹倒是買了一堆東西回去。

首先將那頂涼帽給了永柱，永柱很喜歡，口中直說：「好、好，到底是媳婦心疼人。」

將木簪給了白氏，白氏卻依舊一副冷漠的樣子，並未說什麼讚許的話。

白氏雖然臉上看不出，不過她心裡卻是歡喜的：總算是還有點良心！

撥浪鼓自然給了豆豆，買的那兩斤桂花糕算是給大家的。

不過明春姊妹卻見不得這些擱著似的，剛放在桌上不多時，就只剩下兩、三塊了，青竹連嚐也來不及嚐。

青竹打算用買來的夏布做一條裙子穿，本來想找翠枝幫忙裁剪一下的，可是翠枝還沒出月子，青竹怕累著她，只好自己拿尺子量了，畫好了線，自個兒動手。

給自己做衣裳穿，對青竹來說是頭一遭，要是做得不好看，或許只有硬著頭皮穿了，好在只是條裙子，相對來說也比較簡單。

等黃昏少南回來時，白氏給了幾塊她好不容易留下來的桂花糕。

少南一面吃著桂花糕，一面問：「大哥買的嗎？」

白氏道：「你媳婦賣了兔子買的，讓那兩姊妹吃得沒剩下多少了，想著你在學堂唸書肚子餓著，將就先填一下吧。」

到了用晚飯時，在飯桌上，白氏問青竹。「賣了多少錢？」

青竹想了想，並未如實回答，只說了句。「不過一百多文。」

白氏一聽便道：「那麼大的兩隻兔子才賣一百多文？真是個蠢貨！還說養東西掙錢，竟一點成算也沒有，被人給坑死了還不知道！以後要賣什麼，我和妳一道去！」

青竹低頭不語，一副柔順的樣子，心想少報些數，自己還能留點餘錢，要是如實說了，定會被他們想法子給要去。又不是真正的一家人，她自己也有小九九（注）。

白氏數落了一陣，永柱默默地吃了飯，並未多說什麼，等到吃完後，又說要洗澡，白氏便讓青竹去燒水。

青竹巴不得聽見這一句，連忙放下碗筷就去灶房燒水。

明春和白氏說：「娘，給我錢。」

白氏眉頭一緊，看了明春一眼，緩緩地問了句。「妳要錢做什麼？」

明春道：「還缺點線，妳拿錢給我，明天我去街上買。」

明霞聽了這話，央著明春道：「大姊，明兒我和妳一道去吧？」

「才不要妳跟著一道，和妳一道上街總沒好事，不是要吃的就是要好看的！」明春受不了這個妹妹。

明霞聽說後一臉的不高興，也不吃飯了。

白氏又問明春要多少錢，明春說了兩百的數，白氏只給了一百二十文，末了還加了句要省著點花。

晚飯後，少南覺得天氣有些悶熱，因此在院子裡納涼。

少東趁著還有月色，趕著擔了兩擔糞水將菜地澆了。

永柱沖完澡後，便準備睡了，明天還有玉米地裡要等著上肥鋤草，忙完這幾日後，還準備去窯上尋點事做。回房後，見白氏正坐在床沿數錢，便說了句。「妳數來數去，它也不會憑空多些出來，睡了吧。」

白氏喃喃道：「翠枝的月子還有十幾天才出，這些天倒是吃了不少錢。剛才少東給了我半吊錢，說是買點肉，做點湯給他媳婦補補身子。我見那孩子似乎也沒怎麼長，奶水也不大好。」

永柱靜靜地聽著，卻一言不發，脫了衣裳便準備睡覺了。

白氏數好了錢，打算明天和明春一道去街上看看，不禁又想起青竹賣的兔子，於是念叨道：「小丫頭一個，哪裡會做什麼買賣？往日我多問一句便不高興，這下好了，白白被人給

注：小九九，指人們心中的一些小秘密、小角落、小算盤。

坑了她還不知道！」

永柱依舊沒有說話。

白氏起身放好錢，接著找了艾草來熏屋子裡的蚊蟲。收拾齊整後，才上床來與永柱說：「馬家這些天怎麼一點音信也沒有？要說家裡忙的話，也忙得差不多了。是不是該把日子給定下來，該準備的我們也好先準備，總不能到時候一陣亂忙，失了顏面吧？今天我找黃老頭給算了算，說今年的大好日子不多。」

永柱被妻子絮叨得煩躁起來，不耐煩地說了句。「看日子是他們馬家的事，妳愁什麼呢？」

白氏有些不高興了。「閨女要出嫁，你怎麼一點也不放在心上？不行，我看過兩天得找馬家人好好地議一議，總不能虧待明春，還有彩禮的事也要順便提一下。」

永柱聽得心煩，翻了個身，面朝裡睡了。

白氏見永柱不管事，便有些氣悶地蹬了永柱兩下發洩，心裡又默默籌劃起明春的未來。

這裡青竹忙活了大半晚，終於有休息的時候了，準備回屋做會兒針線，才走到房門邊，便聽見少南在叫她。

「青竹，過來一下。」

青竹拖著一身疲憊，來到少南的門口，見桌上點了盞不甚明亮的油燈，少南正坐在桌前，她忍不住打了個呵欠，疲倦地問道：「你有什麼事？」

少南放下手中的筆，轉過臉來，看了眼青竹，說道：「進來吧。」

青竹只好走到他跟前。

少南板著張臉說：「為何人人都有東西，偏我沒有？」

青竹一怔，這才緩緩明白過來，分辯道：「什麼人人都有？兩隻兔子我能賣幾個錢？給大伯買了頂涼帽，大伯娘一根木簪，豆豆一支撥浪鼓，大家兩斤桂花糕，自己有半疋布。」

少南聽著青竹報完數後，緩緩地說了句。「妳在存錢吧？」

青竹一愣，看了眼少南，心想他如何知道的？不過她沒有承認也沒否認，算是默認了。

少南又道：「妳存錢做什麼呢？」

青竹立刻回答道：「這個與你項二爺無關吧？我要做什麼事也不需要通報給你。」

少南眉頭一蹙，青竹說得有道理，他確實不好再追究下去。

青竹見少南沒什麼事，便轉身要回去了。

少南卻突然叫住她。「妳等等。」

青竹回頭問道：「還有別的事嗎？」

少南含糊地問了句。「妳……有沒有想要的東西？」

青竹有些疑惑，少南突然問這個幹麼？她沒多想，只順口回道：「我不需要什麼。」

少南點點頭。

青竹便出去了。

第二十二章　家計

家裡餵養的那十幾簸箕的蠶已眠過四次，蛻了四次皮，通體有些發亮，也不怎麼吃桑葉了。

白氏說：「這些蠶已經夠老，應該要結繭了。」

青竹在白氏的吩咐下，趕著抱了些麥稈來，將那些發亮的蠶放在麥稈上。青竹心想，放在上面就行了嗎？老實說，當蟻蠶蛻成小小的白蠶時，那軟軟的、有些冰涼的、像鼻涕一般的蟲子，青竹原本有些害怕的，可要照顧牠們就必須得克服心理上的恐懼感，漸漸地，久了也就餵養出感情來了。

青竹和白氏忙活了將近一整天的時間，才將那些老蠶給放到麥稈上，接下來就等牠們慢慢吐絲結繭了。

撿了蠶後，簸箕裡就剩下些黑色的蠶糞，俗稱蠶沙，青竹本來要拿去倒掉的，卻被白氏阻攔了。

「傻子，這個也是能換錢的。」

「糞便也能賣錢？」

青竹的話很粗拙，白氏白了她一眼，沒有說什麼，找了布袋子將那些乾掉的蠶沙收集在一起，過兩天空閒了再賣到藥房裡去，多少也能換些錢。不過這是四眠後的蠶沙了，品質自然比不上前面二、三眠產生的好。

等收拾完後，青竹又將屋子裡裡外外地清掃了一遍。

待過了三、四日，麥稈上結了一個又一個雪白的繭子後，再過個兩日便能摘下來去賣了。

今年的蠶繭價格還算不錯，項家總共摘了六十四斤二兩的蠶繭，賣了三兩三錢五十七分銀子。

白氏高高興興地接過錢，來回數了好幾遍後，回頭和明春說：「走吧，去買兩斤肉，再買些酒菜回去給妳老爹改善伙食，今天我們項家也該打牙祭了！」

白氏懷裡揣著沈甸甸的三貫多錢，心裡正樂呵著，腦中飛快地算了一回，畢竟明春喜事上還得狠狠地花上一筆。雖然這幾年永柱一直在幫工，少東也在幫人幹活，爺兒倆總共有四、五兩的收入，不過少東那份自從他娶了媳婦、成了家以後，每月能給自己的數也不多了。一年到頭七七八八的加起來，能有幾十兩的收入，項家的日子在整個榔頭村來說，算是過得比較滋潤的了，除卻一家子的吃喝，也還能攢下不少。不過少東娶媳婦時用掉了一筆，後來遇上夏家的事，又花了不少，年初才將一些債務給還清。

白氏想到夏家的事就火大，夏家是絕了戶還是怎地？死了人埋不起，讓項家幫襯著，買棺木、找地、找風水先生，作法事的錢、酒席、各項工錢，一應開銷，硬給了他們夏家二十兩，這得賣多少回的蠶繭呀！二十兩可真不是筆小數目，差點就讓夏家那寡婦逼得去跳了河！

除了夏家那一筆，還有那個不成器的兄弟，白氏一味地寵著，前後借去了不少，如今家裡也沒多少錢了，永柱為了此事還和白氏鬧過好幾回。眼見著明春要出嫁了，還不知道要花多少的數，只怕還得去借外債。

白氏想著給明春打兩件像樣的首飾，因此上了首飾鋪，結果一看都是令人咋舌的數目，只得硬著頭皮說：「當年妳外婆給了我一對銀手鐲，改天拿來重新打一下，傳給妳吧？」

明春也沒說什麼。

晚飯還算豐盛，有四道葷菜，還有白氏特意給永柱買的兩斤高粱酒。白氏乘機說：「我看歇兩、三天，再去買些蟻蠶來餵吧？」

永柱聞言道：「現在都這麼熱了，妳還敢養夏蠶，就不怕養壞了嗎？」

白氏道：「不養又怎樣呢？種了那麼多的桑樹。再有，明春這裡難道不用錢不成？」說著又看了一眼青竹，這才繼續說道：「這幾年不該用錢的地方也用了，終究沒能攢下多少，明春的事一出來，只怕還得去借點外債。」

永柱沈吟了一會兒，卻說：「妳借給小舅子的那些錢，也該要回來了。」

白氏道：「就算我開口去要，他也拿不出來。算了，找老三借點吧，他姪女兒出嫁，總該幫襯些。」

少東吃完了飯，擦擦嘴，開口了。「大妹的事，我幫襯幾兩銀子吧。」

白氏嘴巴一撇。「幾兩銀子能做什麼？你當大哥的，理應照應下面的弟妹。」

少東心裡有數，這些年他好不容易攢下了些，是要留著自己盤鋪子做生意用的，且翠枝鬧著說要分家，如今又添了女兒，多一個人的吃喝，處處都是花銷，因此明春的事，他只能盡力而為了。

翠枝在屋內聽見白氏讓出錢的話，有些不大高興。她生了個女兒問也不多問幾句，自家的女兒怎就那麼寶貝？豆豆在搖籃裡醒了，張口就哇哇大哭，翠枝賭氣地用力搖了搖，低吼了句。「哭什麼哭？別以為會有人可憐妳！」

夜間永柱問白氏共賣了多少，白氏說了數，永柱又道：「今年春蠶倒還算有價，只是夏蠶又要差一等了。這一個多月來，還勞青竹照看餵養，妳給青竹一點錢吧。」

白氏不懂丈夫何意，沈著臉說：「我供她吃、供她住不夠，還要給她錢用？天下可沒這樣的好事！」

「她辛苦了一場，給點工錢總是應該的吧？」

白氏心裡氣不過，忙說：「這話好沒道理，要我給她工錢，成，讓她夏家先將前面的二十兩給還上！」

永柱覺得妻子不明道理，溝通不了，因此也不開口了，倒床就睡。

白氏想不通為何永柱那麼熱心幫襯著夏家，到頭來自己背了債。雖然夏家送了一個女兒給他們項家，可是這麼個不成器的毛丫頭也值二十兩銀子嗎？據說那些富人家買兩個窮丫頭也用不了這麼多呢！

後來永柱背著白氏，給了青竹三十文錢。

青竹原本不肯接的，永柱說：「妳辛苦了一場，很該得。快收著吧，別讓妳大伯娘知道了。」

青竹這才知道是永柱的一片好心，雖然錢不多，但這一個多月來自己的付出總算得到了承認，因此便揣好錢，忙著向永柱道謝。

翠枝在大熱天坐月子，著實吃夠了苦頭。因為不能輕易用水，漸漸地就有了難言之隱，生了產褥瘡。少東心疼老婆，找了大夫問了個藥方，說是要找蒼耳、苦楝花和臭牡丹的根煎水清洗，青竹、明霞便帶了豆豆去尋藥。

蒼耳這類野草很常見，不多時青竹已經挖了不少。

明霞卻愛摘那些蒼耳子，沾在衣服上覺得好玩。

苦楝樹上開滿了紫色的小花，別有一番風姿，但青竹個子矮，又不會爬樹，此刻明霞挺身而出，將辮子咬在嘴裡，衣服褲腳紮好，身手俐落，幾下就爬到了樹上。

苦楝樹不算長得十分粗大，只見枝椏跟著搖晃，很快地，明霞便摘了滿滿衣兜的苦楝花，又俐落地下來了。

青竹也是頭一回對明霞產生了幾分敬服。

永柱沒什麼心思管明春的親事，白氏做母親的自然是當仁不讓，一肩扛了起來，要找馬家的人商議，看能不能將此事定下來，就怕以後會有什麼變化，馬家不認帳。

六月二十七這一天，馬家那邊總算有動靜了。馬家太太親自來項家登門拜訪，坐著小竹轎，撐著油布傘，由兩個婆子抬著。

白氏正和青竹忙活著收大麥，聽見外面有人叫門，忙讓明霞去看看。

明霞跑去開門，棗樹下拴著的狗也爬起身來，向著門外吠了起來。

明霞開了院門一看，只見來了好幾個人，都穿著上好的綢緞衣裳，不大認得，於是連忙往院內喊了句。「娘，來了好多人！」

白氏一看，依稀是馬家的人，連忙丟下手中的東西，趕上前招呼。

馬家太太下了竹轎，見了白氏，含笑著頷首道：「大姊還是這麼的精神呢！」

白氏臉上的笑早就堆成了一朵花，她搓搓手，讓明霞牽著狗，自己則側著身子，讓馬家太太進院子去。

這是青竹第一次看見馬家太太，圓潤的臉龐，白白淨淨的，那氣質還真不像是個農村婦人，梳著圓圓的髮髻，收拾得整整齊齊，髮腳一絲不亂。衣服是時新的梅紅繡花紗衫，湖青色的挑線裙子。一看就知道馬家的生活在項家之上，項家是絕對高攀了！這兩家怎麼就聯了姻呢？難怪白氏一心想著讓女兒早些嫁過去。

白氏見馬家人親自登門來，便知道肯定是為了明春的事，忙將馬家太太迎到堂屋內。

青竹幾下收拾好了大麥，洗了手，正要趕著來倒茶時卻被白氏阻攔了。

白氏小聲地在青竹耳邊說道：「這裡沒妳的事，趕緊去做幾道像樣的菜來。」這可讓青竹犯了難，已經是下午過半了，她上哪裡去弄肉弄菜？就是上街去買也不一定能買到啊！

明春前兩天染了風熱，身子不大索利，正在屋裡歇息，白氏忙讓明霞去將明春給叫來。這裡白氏陪著馬家太太說著客套話，馬家太太讓兩個婆子將兩擔東西拿進來，都是用大紅綢布蓋著的，是馬家給項家的禮。

明春進屋來了，見是馬家太太，她原也見過兩面，如今見登門拜訪，心裡知道是為她的事，便含羞帶怯地上前與馬家太太行禮問安。

馬家太太笑著拉明春的手說：「好久沒見，倒又見標致了。」

明春自然是臉上染了紅暈，低了頭。

白氏很是歡喜，忙讓明春給馬家太太獻茶。

馬家太太端起茶碗，小小地抿了一口後又放下了，讓婆子將兩擔禮送至白氏跟前，揭開綢布請白氏過目。

一擔的彩緞，約莫有幾丈的樣子，一擔的綢布下蓋著的是紅繩串著的十幾串銅錢，婆子端得有些手沈。白氏看了一眼，估計約有十來兩的樣子。

明春在跟前陪了一會兒，覺得今天這氛圍她有些不大適宜在這兒站著，便和白氏道：「娘沒什麼吩咐，我就下去了。」

白氏點點頭，明春欠著身子便退下了。

白氏看了看這兩擔禮，故作糊塗道：「馬太太上門作客是我們的榮幸，怎麼還帶禮來？倒讓人承受不起呢！」

馬家太太說：「很快就要成為親家了，走動走動很是應當。今天我就是為了小兒的親事來的，想著也是時候和大姊商議商議。」

馬家太太的話正中白氏的心坎，忙陪著笑說：「是呢，只是明春年紀也還不算太大，再留些時日也還留得。別看她在客人面前害羞、不慣見人，不知底下多淘氣，我再教訓兩年也行。」

馬家太太臉上的笑容漸漸淡了下來，微微嘆了一聲。「我們家的情況大姊也是清楚的，這門親事當初是家裡的老爺給定下的，說兩人的八字很好，是天定的姻緣。我們元哥兒也十八了，要說成家也很該了，只是這孩子不成器，平日大手大腳慣了，還想著怕耽擱了明春，可這是早就定下的事，實在是沒有反悔的道理。」馬家太太說得極為謙遜。當初兩家說要聯姻時，她可是不樂意，認為項家不怎麼上得了檯面。明春長得普普通通，姿色尋常，但聽見來相面的婆子說明春面相好，帶著福分，又說她骨架長得好，宜男丁，她心裡才活絡了些。

這鬼天氣著實有些悶熱，馬家太太忍不住拿手巾搧了搧。

白氏見了，連忙遞了把蒲扇給她。

馬家太太又說：「我們老爺子自從雨水那天起，身體就一直不大好，請了好幾個大夫來瞧，藥也吃了不少，就是不見好轉，現在半邊身子動不了，要人專門伺候著。大姊妳聽聽，得了這樣的病豈不讓人憂心？」

白氏也跟著說：「是呀，一家子平平安安、沒病沒痛，才是最大的福分。」

「可不是嗎？唉，上個月家裡忙碌，一時照料疏忽，竟然又添了幾分重病，半夜咳血，急忙請了大夫來看，說怕是熬不過秋天了……」說到這裡時，馬家太太眼圈一紅，差點掉下淚來，只是在別人家不大好，連忙拿手巾擦了擦。

聽到這裡，白氏心裡驀地明白了幾分——馬家這是打算讓明春過去沖喜嗎？一時間，她心裡沒什麼成算，不知該如何應對。

堂屋裡的人絮絮叨叨地談論著，青竹則在灶間忙碌。破天荒的，明春也趕來幫忙了，趕著劈柴、淘米、洗菜，比往日勤快不少。青竹心裡清楚，今天馬家的人來了，這是做給別人看呢，往日倒沒見她勤快到如此。

菜地裡只有些茄子、豇豆之類的，青竹少不得拿了幾個雞蛋出來，打算燒個湯。這是她盡了最大能力做出的、能夠招呼人的菜式了。

兩人正在忙碌時，永柱回來了，他在院門外碰見明霞，因此也大致知道了家裡的事。

青竹見他手裡提了尾還張著嘴的鯉魚，忙笑道：「正愁沒下鍋的東西，大伯這魚送得真及時！」她連忙接了去，趕著拿了刀，熟練地處理起來。

第二十三章 沖喜

馬家太太來項家還沒坐到半個時辰，和白氏嘀咕了好些話後便要告辭了。

白氏和永柱再三挽留馬家太太用了飯再回去。

馬家太太卻說：「不了，不說時辰還早，就是家裡有個病人，也著實不放心，以後再來拜訪吧！」堅持要走。

婆子們扶了馬家太太上了竹轎，便告辭了。

青竹和明春還沒忙活過來，只見人已經走了。由於少東、少南兄弟倆都還沒回來，要吃晚飯也還早，便熄了火，打算等過些時候再做。

青竹將處理好的魚用鹽巴和黃酒醃好了，放在陰涼透氣的地方，等那兩人回來再繼續。

明春一直在這邊幫忙，不知道馬家太太過來和母親說了些什麼，也無從打聽。她知道定是和自己的親事有關，心情突然激動起來，她真的要離開這個養了她十幾年的家了嗎？

白氏不問家事，逕自進了自己房裡。

永柱也跟著進了屋，見白氏坐在床沿抹眼淚，先是沈默片刻，而後在一張木凳上坐下，和白氏道：「妳也別難過，這是那孩子的命。只要他們家能善待她，我們也就放心了。」

白氏偏著頭說：「話是這麼說沒錯，只是，讓她是因沖喜而嫁也實在太冒失了些。要是她福氣真的好，將馬老頭的病給沖好了，那當然是件好事，可要是一命嗚呼了，不是反而要說我們明春不好嗎？」

「妳太多心了。」永柱不知該如何安慰妻子，他向來話不太多，顯得有些木訥。

白氏又道：「這樣冒冒失失的，只怕好些禮數也不周到了，這不是對不住明春嗎？我還想著讓她風風光光地出嫁，還想著大操大辦呢，看來是不成了。」

永柱心裡卻想：大操大辦？那麼點家底，哪裡禁得住折騰？再說這是嫁女兒，又不是娶媳婦，哪那麼多的事？

白氏接著說：「日子也定下來了，說在八月十七。眼見不過一個多月的時間，還有好些東西都還沒準備呢！我只想著可能要種了麥子才到正期，沒想到竟這麼快，那兩天正該趕著收稻子了，只怕要請人也不好請。」

永柱聽說也自是煩悶，為了寬慰白氏，只好道：「幫忙的人我倒能找。」

白氏看了永柱一眼，總覺得丈夫眼裡只有兩個兒子，對明春的事不怎麼關心，可女兒又不是她一人養的。

「剛才馬家的人說了，彩禮錢給五十兩，讓我們隨便給添置些嫁妝。這話倒好聽，五十兩夠做什麼？辦酒席、添箱，難道都不要錢嗎？剛才又和我哭窮，說是今年收成不大好，且家裡有一個病人，花費不少，又說他們家老大做生意虧了。這些都是他們馬家的事，難道就要我們明春跟著委屈嗎？這不是還沒過門嗎？我看當初定這門親事的時候，就該再細細斟酌一下的，難道還愁嫁不成？」

永柱聽到這裡有些氣不打一處來，聽白氏這口吻，是怪他當初不該將明春許配給馬家！

前些日子不是還盼著馬家人趕快來議親，急著要將明春給嫁過去，怎麼今天卻又反悔了呢？再說，五十兩也不少了，他們馬家現在有些困難，他也能諒解，怎麼到了白氏嘴裡就諸般不如意呢？永柱心煩道：「妳若不願意，那就吹了吧！」

白氏聽說，忙抬頭驚愕地看著丈夫，啐道：「呸！什麼叫吹了？這話說得容易，你倒是不經過腦子，虧你還是做爹的！」

永柱道：「要這門親事，那就別挑剔了！我說了這是她的命，好的、不好的，都是她的命！」永柱覺得和白氏說不清楚，起身便出去了。

天將黑時少南才回來，鎮上來了人給項家捎了口信，說少東去林家了，今晚不回來。

白氏知道後，正好翠枝不在家，倒不用顧忌什麼，便念叨著。「娶了媳婦忘了娘，如今連家也不歸了！」

青竹和明春倆做好了晚飯，今天菜色倒還好，茄子燉魚、蒜燒豇豆、素炒軟漿葉、蕹菜蛋花湯。

少南早就餓了，見今天有魚吃，也顧不得別人，提了筷子就挾了大大的一塊。

白氏因為明春的事和剛才永柱的態度，心裡憋得慌，只用了半碗飯便不吃了。

永柱忙了大半天，胃口倒很好，足足吃了三碗飯。

明霞隱隱覺得今天家裡的氣氛不大對勁，不像往日那樣歡聲笑語，因此只埋頭吃飯。

明春見母親的臉色不好，匆匆用了飯便到母親房裡去，母女倆嘀嘀咕咕地說著話。

飯後，永柱叫了少南讓幫忙寫幾個字，少南倒樂意幫忙，找了紙筆，等永柱開口。

永柱想了好半天才說：「樺木架子床一架、樟木箱子兩口、柳木八仙桌一張、柳木條凳四張、樟木四件櫃一個、棗木妝檯一個。」

少南心想，這個單子是做什麼的？寫好後便遞給了永柱。

永柱在燈下看了幾眼，他也不識幾個字，見兒子的字有些長進了，便摸摸他的腦袋說道：「有勞你了，好好唸書吧。」

「喔。」少南答應了一聲。

永柱記下了要給明春置辦的家具，心想這幾件是必須要有的。早年的時候，家裡還存了些木頭，也不知夠不夠？時日不多了，明日就得去李木匠家問問，看能不能趕著打出來，商量好工錢也好快些開工。打好了家具，還得去買幾斤大紅漆給漆好了，才有點辦喜事的氣氛。還需要置辦好些東西呢，白氏管錢，總得和她商議一下。

青竹燒好了水，來叫少南去洗澡。

少南問了青竹一句。「今天家裡來了什麼人嗎？」

青竹道：「馬家的太太來了。」

「原來如此，看來大姊在家待不了多久了。妳可知道定在哪一天？」

青竹搖搖頭，她又沒在跟前，怎麼知道是哪一天呢？而且剛才吃飯的時候又沒人提及，她自然也不方便問，反正與自己沒多大關係。

另一頭的明春在白氏房裡待了足足一個時辰，白氏教了她許多話，後來明春紅著眼圈出來了。

明霞連忙纏著明春問：「大姊，娘和妳說什麼呢？」

明春並不理會她，自個兒回屋睡覺去了。

第二日，永柱找白氏拿了錢，就徑直前去李木匠家打聽，看能不能現打出來。

明春自己繡好了兩幅枕巾，一幅鴛鴦戲水，一幅歡天喜地；兩幅床裙，繡的是喜上眉梢和瓜瓞綿綿。鞋子本來說要做兩雙的，可第二雙的鞋面還沒做好。原本計劃要給馬家的長輩每人做一雙鞋子，如今看來是趕不及了。還有百子被，年初的時候白氏說要明春親手繡出來，自己也幫忙做，可過了年以後，一直不得空閒，再加上翠枝生女，大事小事不斷，到現在都還沒動工，看來也只好算了。除了這些，還有她自己做的各色扇套、手巾等，又給自己做了幾件細棉布的肚兜。

對於明春的手藝，青竹是佩服的，見明春張羅出這些精緻的活計來，不禁就想到自家大姊青梅，說不定她也開始在偷偷地繡著自己的嫁妝了吧？

針線上的事還差著好些，白氏讓明春別的事一概不管，只埋頭做那些還未做完的繡活。這裡還想著去街上的首飾鋪，看能不能給女兒添置幾件像樣的首飾，母親傳給她的那對鐲子成色已經不算好了，拿去重新打了一下，拿回來時又覺得輕了好些。

翠枝本來說在娘家住幾個月的，可項家這邊忙不過來，白氏又差人去叫她，住了幾日只好回來了。

後來青竹從翠枝那裡才打聽到關於馬家的來歷，以及馬、項兩家的淵源。

原來馬家的祖上也是做過官的，曾經真正地富裕過，一家子很是興盛，後來趕上改朝換代，他們這一支就漸漸沒落了，官位不保，再加上戰亂和災荒，馬家太太的公公便帶著一家子大小到了榔頭村居住，這裡還有些祖上的田產，總還不至於餓肚皮，且祖上還積攢了些財產，所以日子一直過得還算豐潤，算是這一帶數一數二的人家。那馬家太太據說是讀書人家出來的小姐，所以一些作派自然和一般的村婦有些不同。

至於馬家為何會和項家聯姻，據說是因馬家剛搬到這一帶時，少東的祖父也還在，項老爺子古道熱腸，為人又慷慨，無意中幫了馬家一個大忙，所以交情一直不錯。兩家的老爺子相繼走了後，馬、項兩家的來往也少了許多，直到有一天永柱上街偶遇馬家的當家人，在茶樓裡喝了半晌的茶，說起當年的事來，又是一番感慨，正好馬家的次子馬元和明春年紀相仿，兩個做父親的就說起了兒女親事來，後來一拍即合，兩家就此聯了姻，再也割捨不斷。

青竹這才明白為何出身還算不錯的馬家會娶明春，原來這裡面還有這麼多的原因呢！

翠枝和青竹笑說道：「這是前兩年的事，那時候我也才到這邊來。妹妹不知道，剛剛說成這門親事時，老太太整天樂得合不攏嘴，一個勁兒地誇明春的福氣好，那神情活像是家裡出了個娘娘似的！」

青竹也跟著一笑。都說人往高處走，白氏攤上了馬家這樣好的女婿，對於他們和夏家的過往自然是瞧不上眼。她也是從旁打聽才得知，據說當初爹爹為人誠懇，又識字讀書，雖然沒有中過秀才，不過村頭誰家要寫信什麼的都會找爹爹幫忙。項、夏兩家雖然在不同村，但永柱當初去南溪那邊幫工時，恰巧爹爹也在那家幫工，兩人也就結識了，後來一直以兄弟相稱。永柱雖然訥於言，不像爹爹那樣見多識廣，不過他一直很敬重爹爹的才氣，後來爹爹出了事，永柱便一直傾囊相助幫襯著夏家。

青竹後來甚至想，要是當初祖上沒有遷到村裡來，或許她現在的身分還是大戶人家的一個千金小姐，金奴銀婢的使喚著，好不愜意呢！這麼說來，馬家和夏家以前的出身差不了多少，怎麼到了這一代時，家庭狀況卻截然不同呢？要是當初爹爹沒有遭遇橫禍，說不定她還能陪在姊妹跟前，帶著弟弟，無聊的時候也能想像一下未來夫君是個怎樣的人物。只是人生沒有「如果」二字，唯有勤懇踏實才是正經的路子。

七月初九這日，馬家就將彩禮送來了。青竹也是頭一回看見即將成為明春夫婿的人，據說名叫馬元，只見他生得高大魁梧，蓄著短鬚，膚色顯得有些黧黑，國字臉，眉毛粗黑，雙眼細長，說不上多英俊瀟灑，不過配明春來說已經足夠了，只是看上去似乎比實際年齡要長五、六歲左右。

馬元很大方，到項家時給了明霞一個荷包，還給了豆豆一根玉簪，就是青竹也顧及到了，給了一串錢。

白氏怎麼看怎麼喜歡這個女婿，留著馬家人用了飯，又商議了一回成親事宜，直到告辭時，白氏和永柱又親自去送。

明春中午的時候喝了些酒，到現在還有些發燙，腦袋也暈沈沈的，躺在床上不想動。

明霞在床邊和明春說話，又問明春想要什麼東西，她會想法子去弄來。

明春聽了便笑了。「妳有什麼本事去弄來呢？小丫頭一個！」

明霞笑道：「我不小了！大姊要嫁人了，我連送點什麼禮都不知道。說老實話，我還真捨不得大姊嫁人，妳若離了這個家，我不就連個說話的人也沒有了？而且一個人睡覺又有些害怕……」說著眼眶裡就蒙了一層水霧。

明春伸手來捏了捏明霞的臉蛋，笑說了句。「傻丫頭，我才好些，妳又說這些來惹我難過。別怕，娘那麼疼妳，再說妳不是喜歡豆豆嗎？家裡還有大哥和二哥呢，妳也慢慢大了，以後總比我強。」頓了頓又和明霞說：「我走了以後，妳要聽娘的話，別淘氣了，多幫娘做點事，也算是替我在跟前盡點心……」

明霞點點頭，狠命地吸了吸鼻子，才將眼淚給逼回去。她是真心希望大姊在馬家能過好日子，畢竟娘那麼多的期望都寄託在大姊身上。

第二十四章 手串

青竹見韓露每天放牛的時候除了割草，還會拿著發泡好的麥稈編草帽辮，聽說能賣兩文錢一個，因此也跟著學。據說往年夏天時，白氏和明春也會編，但今年卻一直有事，忙不到那裡去。青竹覺得編這個倒也簡單，每天做飯的時候乘機將麥稈上最上面的一截，去掉上頭那層薄薄的外衣，然後在水中泡一段時間，等到有些發軟就撈出來，直到不滴水的時候，就可以編掐了。用七根麥草，分成兩半，多的那一邊向少的這一邊編壓。掌握好技巧以後，就看自己的速度了。

白天能坐下來編的時間不多，往往是青竹犧牲午睡時間和晚飯後乘機編一會兒。初學時，每天不過編個三、四尺的樣子。

等到長度差不多的時候，剪去草帽辮上結頭處伸出來的一些毛刺，弄得光滑平整，最後用一塊大約一尺八左右的竹繃，將辮子緊緊地、一圈接著一圈纏在上面，一般繞個二十圈左右，再用玉米皮紮好曬乾，不至於發黴，這就完成了一個。

白氏見青竹編這些也沒說什麼，只覺得青竹這個孩子年紀不大，倒想了好些賺錢的法子，小小的人就這麼愛錢，又不見她拿多少出來，以後可如何是好？

這日下午，韓露來找青竹說話，又問青竹，明春出嫁的時候打算送份什麼禮？

青竹愣怔了片刻才道：「妳不說，我還真沒想過呢！我又沒什麼錢，她要嫁到那麼富裕的人家去，難道還瞧得上我送的東西嗎？我也丟不起這個臉，還是別送了，大家都好過。」

韓露不大明白，心想夏姊姊頂聰明的一個人，為何不想著和夫家的人好好相處，改善一下關係呢？這樣彆扭怎麼過一輩子？到底是不會做人，因此她少不得要教教青竹。「夏姊姊應該也有存錢，我若是妳的話，就會將自己大部分的錢拿出來，買兩根木簪子什麼的，或是買一匣胭脂水粉，再不濟頭油也行，巴巴地送了去，難道她還會嫌棄妳不成？家裡人見妳做事周全，說不定也會誇讚妳幾句，妳婆婆臉上也有光，以後或許就不會給妳臉色看了。」韓露說到這個分上，心想青竹應該會明白了。

韓露的好意青竹是明白的，只是她有自己的盤算，這個家裡誰對她好，誰對她不好，青竹也有個秤桿，她犯不著為了討好誰，自己委曲求全。明春的作派她不喜歡，也犯不著去討好。

臨睡前，青竹將自己攢下的體己拿出來數了好幾遍，一共三百一十三文錢，還有正月裡永柱給的那一塊碎銀角，這就是她所有的家當了。當她下定決心要攢錢後，大半年時間就掙了這麼點，要存夠二十兩不知要到何年何月。青竹躺在床上想著，看來還得發掘一下什麼來錢的事，要是眼下能發一筆大財就好了……

正當青竹暢想時，突然聽見有人敲門，青竹心想這麼晚了，還有什麼好折騰的？散亂著頭髮，只披了件外衣，穿上鞋，撩了簾子便走出來開門。

見是少南站在門口，青竹沒好氣地問了句。「有何貴幹？」

少南吞吞吐吐半天，後來才說：「明日我不去學堂，要去街上，妳要不要我幫忙帶什麼東西？」

青竹有些摸不著頭腦，敢情他大半夜的來敲自己的門，就是為了問一句無關緊要的話？她才沒那個心思去理會項少南明天去不去學堂、上不上街呢！青竹想念自己的床，打了個大大的呵欠，搖手說：「不，沒什麼要買的。」

「喔，那我去睡了。」少南垂下頭去，悻悻地離去。

青竹心想，這人今天是怎麼了，突然問起這個來？回到房裡，她趕著將錢拿手帕細細地包好，藏在安全的地方。白天泡發的麥稈還有一把，放怕到明天就變得濕滑，會不好上手，因此連忙拾來，一下接著一下，緩緩地編起來。編了一會兒，又覺得手指頭有些疼，心想可能是這幾天編得太多的關係，眼睛也很乏……算了，明日再說吧。

第二天，白氏帶了兩個女兒上街採買東西。

永柱要翻幾間房屋的瓦，怕遇上下雨的時候漏雨，青竹便幫著扶一下梯子，幫忙遞遞瓦什麼的。

到了傍晚時，少南才回家，白氏拉住他就問：「大半天上哪裡野去呢？」

少南的臉曬得有些紅黑了，滿不在乎地說道：「和左森在一起。」

白氏聽說是和左家的孩子在一起，便沒多問，只是關心兒子有沒有挨餓？

少南道：「我吃了東西的。」

白氏也不多問了，只覺得這個兒子像永柱，平日話不多，也不知道他成天想什麼，加上只有這麼一個兒子在唸書，將來若中個舉，做個小官，還得靠他供養，因此對他難免有些寵溺嬌慣。

少南自個兒回了屋子，在外面閒逛一天，難免有些疲憊，他仰躺在床上，想好好地休息一陣子，不經意間便想起左森和他說的事來。左森長他五、六歲，預備下月入場應試，希望能考個生員。少南有些羨慕。他也想去考的，只是先生連《尚書》都還沒講完，八股也還只說到「起講」。少南厭倦了家裡，只想著以後考上出去就好了。

少南恍恍惚惚地進入了夢鄉，突然見外面走來一個身穿黃袍卻看不清長相的人在向他招手，口中喚著「隨我來，隨我來」，少南迷惘地問了句。「你是誰？要去哪兒？」那人只是笑，並不說話，後來便消失了。少南趕著去追，卻被門檻給絆了一跤，又聽見後面有人叫他，回頭去看時，卻見是青竹，正向他喊著「往哪裡去？叫你吃飯呢」。

少南感覺到身旁站了個人，漸漸地清醒過來，睜眼一看，果然是青竹，便懶洋洋地欠著身子問道：「什麼事？」

青竹冷淡地說了句。「叫你起來吃飯，吃了再睡吧。」

少南「喔」了一聲，回想起夢境來，不免有些埋怨青竹，好端端的幹麼將自己叫醒？說不定跟著那個穿黃袍的人能遇見什麼富貴的好事呢！

用過晚飯後，一家人在外面納涼。青竹搬了張凳子坐在菜地旁，等著屋裡熏的艾草的味道散去；白氏和永柱在商議著關於八月十六、十七酒席的事；翠枝坐在堂屋的門檻上小聲地哄豆豆入睡；少東拉了少南在堂屋裡幫著算一筆帳；明春姊妹倆則坐在東面的屋簷下，不知嘀嘀咕咕的說些什麼。

稻田裡傳來陣陣蛙鳴，青竹坐沒多久便覺得蚊蟲在圍著她咬，感覺也不那麼熱了，便準備回屋睡覺去。

少東和少南算了半天總算將帳目弄明白了，少東感激道：「有勞二弟，明日也好和老闆交差，改天我請你。」

少南疲憊地笑了笑。「大哥何必這麼客氣呢？這就去睡了，大哥也早些睡吧。」

白氏依舊和永柱在商議事情，明春有些熬不住，已經去睡了。

少南回到自己房裡，脫了外衣鞋襪，才躺上床，感覺枕下有什麼東西，這才記起是他上街買的東西，拿出來一看，是一串杏核雕刻福壽字樣的手串，以紅絡繩串之，很是可愛雅致，這是少南準備送給青竹的禮物，明天是她的生辰，當初兩家合議的時候，少南便記住了。家裡看來是不可能給她過生辰了吧？

她到這個家裡快一年了，剛來這邊時，和明霞沒什麼兩樣，少南心裡只有厭惡，一心想著遠著她些才好，因此一家子在一起過了這麼久，雖然朝夕相對，少南卻發現自己根本不瞭解青竹。不過這兩次跟著青竹回夏家去，卻儼然覺得那樣的青竹才是她本來的面目。在項家從未見她那樣笑過和開心過，這邊的人待她不怎麼好，卻從未聽她向誰抱怨過，身上有一股像男人般的堅毅，有時倒讓他也不得不另眼相看幾分。

少南想，此時若去敲青竹的門，將這個送去的話，只怕不妥。不說大半夜的，爹娘也都還在院子裡納涼議事，看見了總是不好。於是少南沒再多想，沈沈地就睡了。

第二日天剛亮少南就起床了，一會兒還要去學裡唸書。洗臉、梳頭完畢，等著吃飯的工夫，少南握著那串手串，準備找時機當面給她，可是直到他上桌吃飯時，也沒看見青竹在何處。扒完了飯，少南便匆匆拿起書袋往學裡趕去，才走出院門，卻見青竹提著一桶剛洗好的衣裳從外面回來，難怪四處不見她。少南匆匆忙忙扔下了一句話——

「下午回來我有東西要交給妳，等著我！」說完便迅速地跑開了。

青竹有些摸不著頭腦，手上的濕衣服可真沈，他也不幫自己提一下。

回到家晾好衣裳後，永柱又上房翻瓦去了，明霞在下面做幫手。

晾了衣裳，吃過飯，青竹便準備去後山摘桑葉。

此刻白氏從少南的屋裡走出來，讓青竹過去。「這孩子馬馬虎虎的，落下了東西，妳幫忙送去吧。」白氏將少南放在桌上的一部《尚書》及一本寫有「窗課」的竹本子遞給青竹。

青竹接過來，二話不說就往外面走。少南學堂的路她認得，只是又記起剛才少南和她說的話，瞧那神情，像是有什麼重要的事。他會給自己送東西？她沒有聽錯吧？還是那臭小子轉了性，終於發覺自己的好了嗎？

少南正在四處翻尋自己的書本，該死的，莫非給遺忘在家裡不成？才要向先生告假回家去拿，這時和他同桌的人卻推了推他，讓他往外看，少南抬頭一望，便見青竹站在窗外，正和他招手。

同窗們見了這一幕，頓時起鬨嘲笑。先生也忍不住笑說：「去吧，你媳婦來了。」

少南紫脹著臉，額上青筋暴跳，急忙辯解道：「她只是家裡請的一個幫工！」而後急急忙忙地離了座位，出了門，好些同學仍張望著。

少南覺得渾身不自在，此刻他恨透了當年父母作的這個決定，還未等青竹開口，便一把將青竹手裡的書本奪過來，喝斥道：「還不走！」

青竹不知這個小爺哪根神經發了，她急急忙忙趕來給他送東西，竟一點也不領情，真是讓人討厭，於是撇撇嘴說：「我這就走，項二爺不用大發雷霆。你放心，以後我再不會給你送東西了，打死我也不來！」

少南順口說：「阿彌陀佛，求之不得！」

當黃昏回家時，少南壓根兒將青竹生辰的事忘在腦後，手串最終還是沒有送出去。到項家以來的第一個生辰，就在青竹的渾然不覺和少南的滿心厭煩中度過了。

明春的婚期還有十幾天，先迎來了豆豆的百日。原本說要好好給她過百日，大大地擺幾桌酒席慶賀一下的，但這裡有些人家要忙著收割水稻，根本就趕不及來參加。

雖是又將趕上農忙，不過豆豆的外祖母和舅舅、姨母等來了不少人，送來了新做的小衣小鞋及掛麵、雞蛋之類。

由於生的是孫女而不是孫子，白氏自然也不怎麼重視。地裡事不少，也沒什麼好招待的，只讓青竹給煮了雞蛋掛麵來。

除了翠枝的娘家人，夏家竟然也來人了，來的是青梅、青蘭姊妹倆。

青竹見了自家姊妹當然歡喜，趕著招呼。

青竹和青梅在屋裡說著姊妹之間的私房話，青蘭則出去找明霞玩。

後來明霞不知怎的，與青蘭發生口角，兩個小姑娘竟然打起來了！

少南出來時看見了這一幕，有些哭笑不得。他打算去找青竹，讓她出來主持公道，走到青竹門前時卻聽見裡面在說——

「大姊，不用了。我想存夠了二十兩，還了他們家的債，我就輕鬆了。」

「二十兩?!」就是這個數目，當年差點將娘逼得跳河，也因為這個數目，讓意外死去的爹入不了土，好在後來項家幫了一把。聽青竹這樣說，看來是想還清他們家的債務，計劃著退親了。青梅不得不敬佩青竹的勇氣，只是那麼大一筆錢，要上何處去弄？

青竹淡然道：「總會有法子的，這筆債也遲早會還完，到時候兩家就再也沒關係了。」

少南聽見了這幾句話，這才明白青竹偷偷攢錢為的是哪般。他心想，她年紀不大，倒還有些志氣。要退親也好，他也不想以後有人嘲笑他有個童養媳出身的娘子。

第二十五章　待嫁

到白露前後，田裡的稻穀大半成熟了，一大片連著的稻田，抽出的穗將稻稈壓得有些彎，風起時，便跟著翻滾起金色的稻浪，置身其中，心底會湧出一種無限的踏實和滿足感。

這個時代沒有雜交稻技術，所以畝產自然多不了，再加上沒有農藥化肥，一切都得看老天爺的安排，畝產能達到四百斤就算是很不錯了。

家裡的所有勞力都得出來幹活，割稻子、脫粒、晾曬。沒有脫粒機，不過有相當簡易的農具，一個四四方方、用木板釘起來像是大抽屜的東西，但十分笨重，要粗大的漢子才能將它扛得走，這裡人俗稱「半桶」。將它放在田地裡，一面圍上竹篾編成的大蓆子，將收割下來的稻子放在半桶裡摔打，稻穀自然就落在裡面。這就是最原始的方法，費工費力。

要是家裡勞力多，一天能收五分地左右，擔回來的稻穀就晾曬在自家的場院裡。青竹做不了笨重的力氣活，只好幫著收割，跟著打了一會兒稻穀，便覺得胳膊痠脹，根本無法靈活使用，於是幫著打一會兒，又回頭去割一回稻子。

家裡就剩下翠枝和明春看家，翠枝要哺乳，明春則照料一些家務。再有，白氏怕把明春給曬著，馬上要出嫁了，得好好保養起來，總不能曬成個黑臉當新娘吧？不過自從青竹來了項家以後，明春就不大做這些事了，什麼都是青竹一肩扛起，青竹也早就將明春嬌小姐的模樣看夠了。

項家的稻田一共四畝七分兩厘地，一家大小出動，永橍家照例過來幫忙，還帶來兩個有力氣的好手，總算趕在節前將地裡的稻穀都收了回來。

青竹雙手長滿了水泡，胳膊更是用不上力，感覺整個人快要散架一般。鐵蛋兒這回也來了，不過卻跟在少南屁股後面轉，也不和自己說笑。青竹覺得有些奇怪，莫非自己什麼地方得罪了他不成？

青竹想起以前寫作文的時候，總會寫上一句「豐收的喜悅」，可如今親自下了地幹活，體驗過一回後，覺得除了勞累，實在沒什麼喜悅可言。

在收割後的稻茬地裡，四處可見跳來跳去的青蛙和癩蝦蟆。鐵蛋兒和明霞撒著腳丫子在稻田裡跑來跑去。後來鐵蛋兒帶著明霞四處去捉停歇在稻草稈上的螞蚱，捉來後用長長的狗尾巴草串成一串。

和明霞捉了不少的螞蚱後，鐵蛋兒對明霞說：「我們去將二哥叫出來，然後去後山上烤好不好？」

明霞卻說：「二哥不願意玩這些，還是我們自己去吧。」

鐵蛋兒笑道：「我去叫他，他準來！妳就在這裡等我。」

鐵蛋兒提著幾串螞蚱，推開院門，就見那條黃狗吐著舌頭，正睡在棗樹下納涼。

青竹正在菜地裡摘豇豆，抬頭見鐵蛋兒在少南屋下探頭探腦的，便笑問了句。「找你二哥嗎？他好像出去了。」

鐵蛋兒進院子的時候並沒看見青竹，聽見她的聲音才回頭來看，就見青竹手裡提著個籃子，穿著藍花花的粗布裙子，梳了一條小辮拖於腦後，正衝著他笑。

鐵蛋兒當下紅著臉，吞吞吐吐地說：「是、是嗎？」便要往回走，根本不打算和青竹好好地說幾句話。

此次來了幾天，他沒和自己說過三句話，青竹見他要走，連忙叫住他。「你等等！」

鐵蛋兒回頭，紅著臉問道：「二嫂有什麼事嗎？」

這「二嫂」的稱呼讓青竹覺得彆扭，青竹讓他等著，自己趕緊進屋放下籃子，拿出一根煮好的玉米，遞到他手上，含笑道：「中午見你愛吃，這是特意留給你的，拿去吃吧！」

鐵蛋兒卻不肯接，依舊紅著臉說：「不用了，我不餓，二嫂。」

青竹心想，這臭屁小子還和自己彆扭不成？還是過了幾個月長大了些，面子薄了的關係？上次那麼熱心，肯幫自己的忙，後來卻不理會她了，也不知那項少南到底在背後說了她什麼壞話！青竹見他不肯接，只好硬塞給他，又見鐵蛋兒拿了許多螞蚱，便問：「捉了這個來做什麼？」

鐵蛋兒道：「烤來吃呀！」

「吃昆蟲?!」青竹有些驚訝，這個也能吃？

青竹的詫異讓鐵蛋兒有些不解，同樣是鄉野裡長大的人，難道就沒去捉過這些來吃？雖然大人們總會阻攔著不讓，說這些是神仙，驚動了牠們的話，只怕來年要鬧災。不過小孩子們哪會聽這些呢，又正是貪玩的年紀，便都跑去捉了，悄悄地烤來吃。

鐵蛋兒滔滔不絕地介紹起來。「這個可好吃了，放在火堆裡烤熟，就會發出香味，脆脆的。像這種身子圓圓的、個頭比較短的最好！」

青竹從來沒有吃過昆蟲，她心裡存著恐懼，也不敢挑戰。

兩人正說著，少南和明霞一道回來了。

少南原本和明霞還有說有笑的，結果進門後看見青竹正和鐵蛋兒在一處交談，也不知說些什麼，立即便上前硬生生地將鐵蛋兒拉開，冷冰冰地說道：「你不是找我嗎？走吧！」

「好，二哥！」鐵蛋兒不敢去看青竹，趕緊跟著少南去了。

明霞衝青竹擠眉弄眼一陣，青竹也沒理會。

好不容易留下的玉米，鐵蛋兒最終還是沒拿走。

眼見太陽落山了，曬蓆裡還晾曬著那麼多稻穀，若是現在不趕著收的話，只怕要摸黑。青竹從屋裡搬出籮筐、掃帚和畚箕來，將曬蓆裡的稻穀掃在一起，然後倒往籮筐中。好不容易收完一床，要命的是她根本沒那麼大的力氣將兩籮筐的稻穀擔進家裡，挪也挪不動。

翠枝出來看見了這一幕，趕緊來搭手相助。「裝這麼滿，妳那丁點兒力氣怎麼搬得動？」

兩人合力才將兩筐稻穀搬進屋裡，接著還有兩塊蓆子沒收，青竹只好加把勁了。

地裡的事忙得差不多了，這裡可以稍微放鬆一下；夏蠶也早就出了繭，換了錢；冬小麥還得等上一、兩個月才行。眼下要張羅的，該是明春的親事了。

趕上農忙的時間最是不好請人的時候，好在永柱早就和村裡幾個來往密切的鄰里們打好了招呼，中秋這一天，鄰里間就來幫忙了。

永柱讓李木匠打的幾套家具不好搬進家裡，此刻就放在院子裡，已經上了大紅漆，看上去倒有些氣派。兩口箱子已經裝滿了東西，明春自己做的繡活、幾套新做的衣裳，自然也少不了壓箱底的東西。這幾套家具是娘家人給打的陪嫁，夫家人沒有任何權利來處置，換句話說，這些都是屬於明春的財產。

前來恭賀幫忙的人無不圍在那些家具面前指指點點，其中有不少誇讚的聲音——

「當真是你們項家嫁姑娘，這些東西做得真好看，換作別的人家，怕不能這麼大方周全了！」

白氏故意讓人將這些擺在外面，如今聽見這些讚美豔羨，都在意料中，心裡很受用。白顯雖然平日揮霍慣了，也沒攢下什麼錢，但外甥女出嫁，少不得要拿些禮錢來給明春添箱，因此送了一對靠背椅、一床百子被來，又攜了一家四口親自過來幫忙。

白英很捨不得明春出嫁，一直守在明春旁邊和她嘮嘮叨叨地說著話。

因為請了好幾個前來幫忙做廚的人，此刻倒用不上青竹了，如今只剩幫忙跑腿的事。明天才是正日子，今天已經來了不少客人，看來今晚說不定還得到別家去借宿。

住在項家後面的章家距離最近，一大早的，章家娘子就帶著谷雨過來說要幫忙。不管是院子裡還是灶房裡，全是來湊熱鬧給項家捧場的人。

白氏此刻正坐在明春屋裡，跟前就白英她娘、白英、永椈的老婆陳氏、明芳、明霞幾個娘兒們在一起說話。明春穿著套銀紅的對襟單衫，湖水綠的綜裙，梳著少女式的丫髻，端端正正地坐在床沿，微垂著頭，一臉的嬌羞。

「老三家怎麼沒見人影呢？」陳氏四處看了看，不見永林媳婦。

白氏努努嘴說：「明芳不是在這裡嗎？」

陳氏笑道：「可是呢！」

明芳忙道：「鋪子上的事多，爹爹說怕要下午晚些才能過來。」

白氏反正也不指望老三一家能幫上什麼忙，這裡明春的事錢不大夠，說要找他們家借，結果永林卻道「還等著給夥計們發工錢，嫂子先去問別人借借吧，回頭再給你們補上」，白氏當時臉上就不好看了。這些平時來往的親戚們，不說錢還好，一說到錢，個個都沒什麼好臉色。

陳氏小聲地問白氏。「聽說馬家給五十兩，我見你們又是置辦家具、又是裁衣裳、又是打首飾，怕是花了不少吧？」

白氏道：「那五十兩用在酒席是夠了，好在家裡還有點積蓄，又四處借了一點，不然怕是圓不下去。」

陳氏嘖嘖道：「馬家可是大戶人家，聽說以前還富貴過，就算如今沒有當年風光了，可底子畢竟還在，我原想著禮錢怎麼著也要拿個上百兩，才是他們大戶人家的作派，沒想到竟這麼小氣！」

陳氏的話觸痛了白氏的心事，她尷尬地笑了笑。「他們家老頭子不是說活不長了嗎？所以才趕著讓明春嫁過去沖喜，禮數上的事自然也就疏忽了。人都有危急的時候，倒也沒什麼。」白氏這番明事理的話在外人看來的確有胸襟氣度，其實白氏說來也是安慰女兒、安慰自己。

陳氏見明芳在跟前，說話也不避諱。「妳們幾個姊妹中，就明芳模樣最出挑，爹娘也能幹，將來還不知道得個怎樣如意的女婿呢！」

明芳紅著臉笑說道：「明明是大姊的好日子，怎麼二伯娘又說到我身上來了！」

明春推了推明芳，取笑道：「二嬸娘說得很有道理，將來妳出嫁了，我一定送份厚厚的禮！」

屋子裡一陣取笑，明芳連忙起身說：「妳們做長輩的怎麼都跟著起鬨呢……」說著紅著臉便出去了，後面又是一陣哄笑。

明芳出來時正好見青竹站在院子裡和翠枝說話，便上前和她們打招呼，又逗弄一回豆豆。

這時韓露走來，暗暗地拉了拉青竹的衣裳。

兩人站在棗樹下，韓露低聲問了句。「夏姊姊送了什麼禮呀？」

青竹哪裡備了禮？便如實地告訴了韓露。

韓露聽了，心道這個夏姊姊果然是由著自己的性子來，喜歡誰不喜歡誰，很明白。兩人說了一會子話，就聽見白氏在找青竹。

「剛才有人來報，說妳三嬸娘有事來不了，我們商量了一下，明日送親，妳也一道跟著去吧。」白氏淡淡地說。

「送親？」當初沒有計劃讓青竹去，所以青竹什麼也沒準備。

白氏嘆了聲。「是呀，臨時決定讓妳去。要穿的衣裳還有，妳自己也好好打扮一番，跟著家裡人，別亂跑，別亂說話，別給我惹什麼事。」

明顯看得出白氏不大情願讓青竹同去，但事到如今，因為缺人數，只好硬著頭皮讓青竹頂上去了。

漸漸地，事情多了起來，青竹也一刻不得閒，四處幫著奔波。

永柱和少東要忙著照顧男客，白氏則招呼女客。

到了夜裡，果然家裡住不下，青竹只好到章家去借宿，夜裡和韓露說了半宿的話。

韓露悄悄地與青竹道：「昨日他娘說，讓我過了十三歲就圓房。」

青竹一愣，十三歲這麼小，身子都還沒長開，怎麼就……可她又不好直說。

韓露又繼續說：「還說到時叫我娘、家裡的姊妹都過來，大家聚一聚，擺兩桌酒席。」

青竹道：「成，到時候我也出個分子錢。」

韓露有些嬌羞地說：「夏姊姊比我還大半歲的樣子，說不定會在我之前就圓了哩！」

「我才不要呢，死也不答應。我的情況和妳不大一樣，那位項二爺現在最討厭我，巴不得我早點離開他們家呢！」青竹壓根兒沒想過要和項少南圓房。

不行，看來她得加快腳步攢錢了，趕在那之前先得了自由再說！

第二十六章 送嫁

這一天，是項明春生命中最重要的日子。

天還沒亮，嬸子、姊妹們就過來催妝，面前擺了一堆東西，面脂、口脂、水粉、梳篦、銀簪、耳墜、手鐲之類的，陳氏幫明春開臉，明芳和白英在跟前湊趣。

簇新的大紅喜服，上等的軟緞，刺繡著團花蝴蝶、流雲百蝠，一針一線都是明春和母親兩人縫出來的，寓意著吉祥喜慶。

不多時，馬家來迎親的人就進門了。一路的喜樂吹打聲，很是熱鬧喜慶。馬元急著想看看要迎娶進門的新娘子如何漂亮，卻被一堆人給堵在了外面。

「去去去，還不到時候，揭了蓋頭有你看的分兒！」

馬元被一陣推搡，只好在窗下觀望了一回，最終也沒觀望出個什麼來。

青竹換好了衣裳，還來不及吃什麼東西，肚子一直餓著，正想找點什麼可以填肚子的，翠枝卻一頭走來，找著她說——

「送親的車子只怕還不夠，妳再去街上跑一趟，看還能不能再雇幾輛來。」

青竹只好答應了，慌慌忙忙地便要往外走，由於人多，也看不清誰是誰，差點撞著一人，抬頭一看卻見是項少南，青竹也不打算和他賠禮道歉來著，埋頭就要走。

少南開口說：「還是我去吧，我走得要快一些。」

青竹心想，有人幫著跑腿當然不錯，遂點頭答應道：「也好，快去快回，要等著用。」項少南二話不說，便扭身向外去了。

青竹想，還是得去找點填肚皮的東西，不能這樣餓著，午飯還不知何時能吃呢！

場面有些混亂，來了好些人青竹也不認識，人一多起來，七嘴八舌的，吵著有些頭暈。她找了一圈，好不容易找了兩個乾餑餑，立即胡亂地吃了一個，第二個才咬了兩口，就見明霞走來。

「妳倒先吃起來了！娘有話問妳，叫妳快去。」

「喔，馬上就來。」青竹也顧不上找水喝，抹了抹嘴，匆匆就去找白氏。

原來是明春的一只戒指不知放到什麼地方去了，屋裡人翻箱倒櫃地找了一通，也不知在何處。青竹倒還算鎮定，問了旁邊人，幫忙分析了下，確定在屋裡以後，兩三下就幫忙找了出來，趕著給明春戴上了。

前面在催著行禮，白氏的衣裳也沒來得及換，只好匆匆地去換衣裳。

等到永柱夫婦坐了堂，這裡明春也妝飾好了，由陳氏和翠枝攙著，與馬元一道拜祭了項家的祖宗們，接著向永柱夫婦行了大禮。

隨著司儀的唱和聲，鞭炮聲、喜樂聲四起，禮成之後便開酒席。院子裡、堂屋裡，連白氏的房裡和少南的房裡都設了席，一共十幾桌。

青竹雖然也有位子，可根本顧不上坐，這裡還在焦急地等待少南雇的車子。一會兒酒席過後便要送親，沒有車子怎麼成呢！

明春出嫁，夏家沒有來人，只讓帶了兩疋布來，因為入秋後蔡氏風濕病發，走不了遠路，而青梅要照顧一家子大小，也抽不出身來。

青竹也惦記家中的事，要是沒有明春這檔子事的話，過中秋節時她一定要嚷著回去團聚的。

酒席快要結束時，少南總算幫著雇了一輛騾車、一輛牛車來，算是應了急。

不久酒席便結束，轉眼已到吉時，該是新娘子出門的時候了。

明春回頭看了父母一眼，眼中寫滿了不捨。

恰恰此時，明霞趕來拉著明春的手不放，眼巴巴地喊了一句。「大姊！」

明春硬逼著自己別掉下淚來，摸了摸妹妹的臉，哽咽地說道：「妳乖乖的。」

接著喜婆子又來催促上轎，大紅蓋頭一搭，項少南便揹了他姊姊上了花轎。

馬元意氣風發地騎上棗紅大馬，卻差點鬧出笑話，他素日沒怎麼騎過馬，因為心急，竟差點從馬背上摔下來，幸得前後都是人，幫他拉好韁繩，才沒鬧出更大的動靜。

迎親的隊伍走在最前面，接著就是新娘的喜轎，後面跟著的是漢子們幫忙抬的各式嫁妝、添箱禮，一共二十四抬禮，最後才是送親的隊伍。一路蜿蜒，竟有半里地。

一路吹吹打打的好不熱鬧，村裡好些人都跑出來看熱鬧，不少人指指點點地說：「這排場不錯，看來項家真是找了門好女婿呢！」

有人眼紅，也有人閒話的，這些不提。

且說明春坐在轎中，覺得悶熱不已，再加上轎子顛來顛去，她有些頭暈，不得不揭開蓋頭來，透過轎窗，想要緩口氣。

雖然已過了中秋，但明春裡裡外外的裹了三層，又坐在這麼逼仄的地方，難免有些悶熱，額頭上已布滿汗水。明春原想找帕子擦擦臉，可想到臉上堆了不少脂粉，身上又沒裝什麼小鏡子，要是擦花了臉不是讓人笑話嗎？身上的衣服的確有些粗笨，還裡外的穿了好幾層，哎，還真有些受罪。剛才也沒怎麼吃東西，明春覺得有些餓了，還不知要熬到何時。

馬家的未來對於明春來說是一片迷茫，這一路即將走向怎樣的人生呢？對於這門親事，她原本也沒什麼挑剔的地方，馬家有錢，馬元人似乎也還不錯，娘當初很喜歡，可這會兒不知怎的就做了沖喜的新娘，明春很有些不自在，母親也因此而有些不喜歡。這兩日來看馬家辦事的行為態度，的確有些怠慢了，明春心裡也隱隱有些委屈，可這委屈偏偏還不能和別人說。

少南趕著扒完了一大碗飯，端起湯來大大地喝了一口。可那湯的確很燙，實在沒法再下第二口了，還沒吃盡興時，白氏走來催促。

「我的老天爺，你怎麼還沒出門？趕緊收拾東西去了，這樣拖拖拉拉的，只怕馬家要不高興！」

「餓得厲害，總得讓我吃點東西吧？」少南依舊不慌不忙的樣子。

白氏急得跺腳，回頭時卻見青竹從她小屋裡出來，頓時紅了眼，可家裡還有客人，也不好訓斥青竹，只好說：「我的菩薩，怎麼妳也還沒去呢？」

青竹道：「前面忙，又讓幫著找東西，才忙過就見他們走了，我以為我不去也行。」

「那怎麼成！少南，你趕快收拾好，和夏家丫頭去了吧，再耽擱不起了！」

少南起身一抹嘴說：「我去換身衣服就走。」他回房去換了身簇新的石青直裰，出來時卻不見青竹。

白氏又連聲催促著，少南見門口停著一輛騾車，索性也不再等青竹了，踩著凳子上了車，結果赫然見青竹端坐在內，梳著丫髻，一身桃紅的衣裙。這樣盛裝的青竹，他還是頭回見到，不由得多看了兩眼，還以為自己認錯人。項少南遲疑了下，並沒在青竹身旁落坐，而是坐在前面趕車。

少南沒有坐進來，青竹也吁了口氣。

少南雖然在前面駕車，但他本身其實沒有什麼駕車的經驗，不過是手中揚著鞭子，催促前面的騾子快跑。送親的隊伍已經走得有些遠了，也不知還趕不趕得上，少南只好快騾加鞭。

青竹坐在後面卻覺得顛簸得厲害，不免有些擔心，少南又沒駕駛經驗，萬一出了什麼事怎麼好？

白氏見少南和青竹總算出了門，終於能放心了。

永柱坐在堂屋裡，蹺著二郎腿，一語不發。家裡客人沒剩多少，剛才的熱鬧像是一場夢，轉眼間就散了，心裡竟然有些空落落的。

白氏獨自回了屋，女兒終於嫁出去了，心裡很有些不捨。都說兒女是債，這筆債應該是還清了吧？希望馬家能待明春如親生一般，不受什麼委屈就好。白氏抬頭見收的禮金本子放在斗櫥上，連忙打開翻了幾頁，斗大的字可惜一個也不認得，心想只好等少南回來，晚上再算了。

隱隱約約的聽見前面有吹打的樂聲，就是看不見影子，少南心想再快一些，應該就能追上隊伍了。馬家他只去過兩次，要是找不著路怎麼辦？

坐在車內的青竹被晃得有些發暈，連忙撩起布簾子和少南說：「我說你能不能稍微慢一點？這樣急匆匆的也不是辦法。」

「沒事，妳安靜坐著就好。」少南內心有些急切。

青竹撇撇嘴，心想還真是個執拗的強孩子。她一手揭著簾子，張望著外面的景色，這樣子透透風，似乎要好一些。

山色依舊青翠，田裡的稻子已經收割得差不多，一堆堆的草垛子，引來不少鳥雀在田間覓食。

少南回頭看了一眼，見青竹探出半個身子來，冷冰冰地說道：「妳坐好吧，前面路不好走，當心摔出去。」

「喔。」青竹悻悻地放下簾子。

少南依舊甩著鞭子，後來那匹騾子也不知怎的，竟然不走了，埋頭吃著地上的青草。這可急壞了少南，立即重重地抽了兩鞭子，結果那騾子大叫一聲，使起性子，胡亂地跑了一陣，最後竟然將少南給摔下車子！少南這一跌可跌得不輕，臉上、胳膊都擦出傷來，但他趕緊爬起來，忙著去追那車子。

青竹揭了簾子向後面大喊道：「項少南，你沒事吧？」

臉上被擦破了皮，冒出血珠子，但此刻少南也顧不上這些了，他得將那匹騾子穩住，還得追上送親的隊伍。少南見青竹衝他喊話，連忙招手說：「妳快牽住轡繩，別讓牠亂跑，當心！」

「這該怎麼做？」青竹慌亂地吆喝了兩聲，又要去牽那繩子，可是手有些搆不著，加上車前這匹騾子受了驚嚇，已經不受控制了，最後一個顛簸，硬將青竹給摔了下去。

少南沒命地奔跑著，見青竹也被摔下來了，驚慌地大喊一聲。「青竹！」正好是山坳口上，青竹被摔下車，一路竟朝那山崖下面翻滾而去！少南從未經歷過這樣的險境，也來不及顧慮別的，立即跟著向那山崖衝下去。青竹若是真的掉下去會沒命的！他此刻很害怕，害怕青竹就這麼死在他面前，害怕一條鮮活的生命就這麼沒了。

青竹被枝椏勾住了衣服，總算是沒再往下掉了。少南用盡全力，終於抓住了青竹的一隻手，費力地要將她往上拖。

青竹這一摔可不輕，身上傳來刺骨的疼痛感，見少南救她，青竹急切地喊了句。「衣服給勾住了，你得將它取下來。」

少南怕青竹亂動，安慰著她。「妳別怕，也別亂動，我會將妳拉上來的。」

青竹原本已經絕望了，看樣子老天憐憫，她不該命喪此處，眼下她只有相信眼前這個年紀不大、她所謂的丈夫了。

少南一手緊緊地抓住青竹，一手試著將青竹被勾住的衣服給取下來，費了半天的勁，總算都弄下來了。原本他想費力，一口氣將青竹給拖上來的，但這一路沒命地跑，他得歇歇，力氣才能恢復過來。

少南就地舒展地一躺，手腳都伸展開來，大口大口地喘氣，一手依舊緊緊地抓住青竹，不曾放鬆一絲，生怕他這一放手，青竹就會跟著滾落下去，他不想她就這麼沒了。少南雖年紀不大，身子也不是特別結實，但是自小做慣了農活，到底還是有些力氣的。

「走吧，還得去找車子、找騾子，再不走只怕真的趕不上隊伍了。」青竹忍著身上的疼痛。

少南喘息道：「我沒力氣了，得先歇歇。妳看看我們兩人現在這樣子，還跟著去送什麼親呀？不如過會兒就回去吧。」

青竹的衣服被刮爛了，剛才還碰到不少硬石頭，身上肯定給硌出瘀青傷口來了。她看了少南一眼，卻見他一手搭在額頭上，胸前起伏著，正大口大口地喘氣，心想他肯定是累壞了。要不是他及時趕到，要不是被枝椏勾住衣服，她一定會落下山崖，說不定就一命嗚呼，再也看不見明天的太陽了。又見少南的臉上不知被什麼刮出血口子來，有些觸目驚心，青竹無力地說了句。「像我們這樣狼狽的送親人，怕是頭一個吧？」

少南苦笑一聲，稍微歇息了下，便試著坐起身來，和青竹道：「走吧，我拉妳上來。」

青竹也試著起身，右腿可能剛才被摔重了，疼得厲害，幾乎直不了身。

少南將她拉上後一把扶住她，兩人費力地向上面爬去。上去了還得去找車子呢，希望不要被什麼人給牽走了才好。

好不容易爬上去，兩人累得直喘氣。

青竹回頭看了眼少南，問道：「為何你會用盡全力來救我？」

少南苦澀地笑了笑。「救一個人好像不需要什麼理由。」

青竹衝少南真摯地一笑，道：「謝謝你。」

一場突如其來的災禍，讓少南和青竹不得不放棄去送親。

好在那匹強騾子此刻被困在樹林裡，因為後面還套著車廂，所以進退不得，兩人趕著上前將騾子給牽出來。如此狼狽的樣子倒讓青竹覺得好笑，回頭問少南是不是就回去了。

少南道：「不回去還能怎樣？我先送妳回家，然後再去退車。先坐上去吧。」

經歷了剛才那一場事故後，青竹有些膽怯，不敢坐上車。

少南想到剛才青竹從車上摔下去，一定摔得不輕，以為她上不去，因此伸手就要扶她。

青竹道：「我不坐，怪害怕的。」

「原來妳也會害怕？有我呢！剛才見妳腿摔得不輕，離家還好幾里地，難道妳想一路走回去不成？」語畢，少南幾乎是硬將青竹給推上車去。

一場驚嚇後，少南心裡沒有把握，他不敢再駕車，只好牽著韁繩，慢吞吞地往家的方向行去。

當兩人狼狽不堪地趕回家時，將白氏和永柱嚇了一跳。青竹早已經做好受責罵的準備，哪知白氏卻一把將少南摟在懷裡，喊了一句——

「我的兒呀！難怪自從你們走後，我眼皮就跳個不停，沒想到還真出事了！」

永柱則關心起青竹來。「摔著哪裡呢？」

青竹不想他們擔心，便搖頭說：「沒什麼大礙，只是衣裳給劃出了口子。」

永柱這才放下心來。「沒事就好，你們去歇著吧。」

少南說：「我去退車吧。」

「著什麼急呢？一起雇的車又不是只有這麼一輛，明天再說吧！」永柱勸撫了一句，又讓青竹趕快去歇著。

青竹意興闌珊地回到自己的小屋，手腳到現在還有些虛軟。這是上天的眷顧嗎？讓她命不該絕於此處。這到底是幸，還是不幸？

青竹將身上被刮破的衣裳換下來，卻見右腿一處血肉模糊，血漬染在褲子上，難怪剛才走路時一點勁也用不上。能有什麼藥來包紮一下呢？青竹記得她買了本民間藥方的書，找來翻翻或許能有什麼法子。

青竹用一塊手絹和碎布條，將傷處簡易地包紮了一下，想著快點止住血。才換上件家常穿的舊衣裳，剛找到書來翻時，卻聽見敲門聲，青竹連忙放下書去開門。

見是少南站在門外，青竹問道：「有事嗎？」

少南點點頭，和青竹說：「進去說吧。」說著逕自進了小屋，自己撩了簾子，走進裡間一瞧，卻見床上散亂著幾件衣衫，赫然見一團血漬，那麼的觸目驚心。少南低聲問道：「傷到哪裡呢？給我看看。」

青竹心想，大腿上的傷也方便看嗎？總不能在他面前脫下褲子給他看吧？雖然是個臭屁孩，可畢竟也算是個男人啊！於是青竹搖頭說：「不打緊。」

少南拿出一只小瓷瓶交給青竹。「這個拿去搽搽。」

青竹接了過去。

少南又見床上放著一本書，匆匆瞥了一眼，便問：「平時妳都看這樣的書嗎？」

「這不是拿出來應急嘛。」

「倒讓人意外。有不認識的字，妳來找我吧。」少南說得很大方。

青竹想，少南是來送藥的，那麼送到就該走了才是，卻見他站著沒動，這裡又有些逼仄，青竹不禁覺得有些窘迫，微微地低了頭。

「說來這場禍事是因我而起，要是摔壞了哪裡，我向妳道歉。」

這是青竹認識項少南大半年來，第一次見他在自己面前那麼正經嚴肅，微微低著頭，一副做錯事的樣子，臉上流露出些許悔恨。見了他這副可憐巴巴又委屈的模樣，青竹微怔了下。

少南見青竹沒有開口，又接著說：「剛才那一幕若是換了別的女子，只怕早就大哭大鬧了，妳倒有些讓人意外，竟然沒嚷過一句疼，還真是個堅毅的人。」

青竹哂笑道：「眼淚不是那麼廉價的東西，何必哭呢？哭破了嗓子也不見得有用。」

少南頷首道：「也有些道理。妳安心養著吧，娘那裡我會替妳說去。」

青竹高興地答應下來，第一次覺得跟前這個人不是那麼讓人討厭。

第二十七章 生病

「這是牛奶薊、這是蒲公英、這是一枝黃花、這是繁縷、這是牛筋草、這是刺兒菜，還有像這樣帶有漿液的灰灰菜，都是兔子們愛吃的野草。」韓露一一報出那些不起眼的野草的名號，著實讓青竹有些吃驚，沒想到韓露竟然知道這麼多名字。

「我聽人說兔子挺挑嘴的，而且又嬌氣。以前常聽人說兔子吃蘿蔔，當初我還真的信了這句話，給兔子餵了兩塊蘿蔔，沒想到牠們竟然不吃，還是更偏愛這些野草。」

韓露笑道：「我知道的人從來沒有拿蘿蔔餵的！好好照料著，再過一個來月，這幾隻又可以賣了。對了，這些天我總是見姊姊編草帽辮，積了多少個呢？」

青竹回答說：「上一輪賣了以後，這裡有十來個了。妳知道的，我們家裡事多，白天實在難得抽出時間來弄這些，好在這會兒不養蠶了，我也少了好些事。」

韓露悄悄問了一句。「姊姊攢下多少錢呢？」

青竹倒也不避諱。「不過幾百文，能做什麼事呢？」

韓露一臉羨慕的神情。「有錢真好！我就存不住，他們知道我賣了東西，錢還沒裝暖和呢，就問我要走了。」

「這是妳自己掙的，憑什麼給他們？」

「姊姊不給嗎？」

「不給！我掙的都是些小錢，他們拿去也做不了什麼。」青竹看了看有些灰濛濛的天空，發出一句感嘆。「哎，要是有個能掙大錢的路子就好了，真希望立刻出個高人來給我指點一下。」

韓露見青竹一臉財迷的樣子，不免要取笑一回。「我看姊姊是掉進錢眼子裡去了！」

「我不怕別人說我一身銅臭味，有錢不好嗎？我作夢也想發大財呢！只是現實是殘酷的，像我們這樣一點點地積攢，要到何年何月才有錢呀……」青竹怕她在這裡苦苦煎熬著，卻永遠看不見頭。

兩人又閒聊了一會子，見牛都吃得差不多了，背簍裡也有不少青草，露水也要上來了，於是牽了牛便打算回家去。

天色陰沈得厲害，青竹才到家就陣陣狂風大作。

白氏趕著將晾曬的豇豆乾往屋子裡收，怕下雨給淋濕了。

青竹拴好了牛，準備去餵兔子時，白氏叫住了她。

「眼見要下雨了，老二還沒回來，妳去送傘吧。」

青竹想到給少南送了兩次東西，哪次有給她好臉色呢？因此堅持不去。

白氏惱怒道：「就這麼點遠的路妳也不想去，把他給淋壞了妳能得到什麼好處？還是想詛咒他不得好？別以為那樣妳就能自在地嫁別人去！」

白氏的話很刺耳，青竹想裝作沒聽見，可今天她卻不想再一味忍讓了，因此有些冷漠地說道：「妳是他親生母親，何苦去咒他？我不願意看到他那副臭德行，好心沒好報，要送妳讓別人送去，恕我不能。」

白氏見指使不動，青竹這番話更是火上澆油，不由得罵罵咧咧地指責青竹。「餓不死的野雜種！要不是當初可憐妳，怕早就給餓死了，竟還敢在我面前耍橫？有人生沒人教的野丫頭，我呸！別作妳娘的春秋大夢，想著以後享清福，天底下沒那麼現成的好事！」

白氏嘀咕一陣，青竹就當沒聽見，也不和白氏較真，索性忙自己的去了。

白氏收拾了東西，正準備出門，卻突然見少南不知幾時站在棗樹下。

白氏忙道：「你這傻小子，回來了怎麼也不吱個聲？」臉上沒有絲毫不自在。

少南臉色如常，平靜又冷淡。平時母親就是那麼唾罵青竹嗎？青竹在這個家裡到底是怎樣的存在呢？少南揹著書袋子進了自己的房間，隨手一扔，便仰躺在床上，瞪眼望著房梁，心想青竹或許就如一隻路旁無人照料的、可憐巴巴的野貓，雖然將她拎回家，不過卻從來沒有好好地對待過她。

他發現青竹到家中這麼久以來，他卻一點也不瞭解她。很少看見她在家人面前笑，唯獨和大嫂還能多說幾句話，可也不知她成天想什麼。他知道她攢錢，知道那是為了找回屬於她的自由……想到這裡時，少南突然笑出聲來，自言自語道：「真是個傻子，我可沒想過要拴妳一輩子。」

過了兩日，明春和馬元一道回了門。

白氏看見了裝束一新的女兒，比在家的時候出落得更好了，又見他們夫婦和睦，明春一臉幸福的笑容，對於馬家禮數上的疏忽這才漸漸淡忘。

馬元這個女婿怎麼看怎麼滿意，但有一點項家人是不喜歡的，就是馬元這人好酒，且幾杯下肚便胡言亂語，甚至和永柱兄弟相稱，讓白氏等人瞪直了眼。

以前明春放在家裡的衣服自然也不要了，白氏便說要清理出來，好一點的給明霞穿，次一點的給青竹，實在穿不了的還能給豆豆做尿布，一點也不浪費。

不過等分到青竹手上時，全是明霞挑剩下不要的，竟沒一件好衣裳。她平靜地將這些隨便一收，並不打算穿它們。

下午的時候少南就回來了，到家時也不和人招呼，逕自回了房，再沒見他出來過。白氏坐在屋簷下正納著鞋底，心想兒子今天怎麼回來得這麼早？

到了吃晚飯時，依舊不見少南出門，白氏便叫青竹去看看。

青竹連忙放下手中的碗，出了堂屋走到少南的房間，站在門外聽了聽，裡面沒有什麼聲響，心想莫非睡著了不成？又敲敲門，高聲說了句。「大伯娘叫你吃晚飯了！」依舊沒有任何動靜，青竹心想怎麼睡得這麼死？看來這樣叫是叫不醒他的，於是用力地推了下門，開了一條縫，屋裡漆黑一片。

青竹喚了聲。「項少南！」依舊沒有人回答。青竹想，難道他不在屋裡不成？外面微弱的光亮還是看不清屋裡的光景，她一不小心就碰到了桌子，有些疼，連忙揉揉小腿，估算著大致的方向。他要是在屋裡的話，就一定在床上，於是試著一步步地走去。感覺床上應該有人，黑夜裡的感官變得異常靈敏，青竹已經聽到呼吸聲了。

青竹摸索著走到床前，結果不小心踩到少南的鞋子，身子一栽，胸口就硌在床沿。青竹伸手搖搖床上的人，音量提高了好幾度，大聲喊了句。「喂，叫你起來吃飯，聽見沒有？」

床上的人翻了個身，含糊不清地說道：「我不餓……」

青竹心裡嘀咕著：不吃飯也不早說，就知道蒙頭睡大覺！

「真不吃嗎？」青竹還沒死心，打算將少南給叫醒，她可不願被白氏指責說自己懶。她想要去晃少南的胳膊，卻無意中碰著了他的手掌，竟然滾燙得厲害！青竹想，他不會是生病了吧？難怪下午都沒見他出過門。她試著問道：「哪裡不舒服嗎？」

少南煩躁道：「頭疼得厲害，讓我睡一覺，別管我。」

看來真是病了。青竹不再驚擾他，轉身悄聲離去，可是黑暗中看不清房裡的陳設，不知碰到了什麼東西，不禁喊了句。「哎喲！」

少南躺在床上聽見了，心裡嘀咕著：真是個笨女人！

白氏聽說少南病了，此事非同小可，因此飯也顧不上吃，讓青竹點了燈便要去看個究竟。

少南只說沒力氣，沒胃口，頭疼，身子滾燙。

白氏焦急道：「你這傻小子，怎麼也不吭聲，回來就知道睡！這麼晚了，我上哪裡給你找大夫看病啊？」摸了摸兒子的額頭，的確滾燙，又摸了摸身上，雖然很燙，但一點汗也沒有，不禁心下著慌。

這時永柱也來了，聽說了兒子的情況，便冷靜地說道：「給他刮刮痧吧。」

白氏便讓青竹去準備些豆油，洗淨兩枚銅錢，而後讓少南趴好，將衣服撩起來，露出了背脊，青竹一手掌燈，一手端著小盞子，白氏先抹了些油在少南的背上，用指腹按了幾下，再將銅錢在燈火上烤了一下，便開始給少南刮痧。

才刮了兩下，少南便驚呼道：「娘，我是妳親兒子，就不能輕一點兒嗎？」

「廢話多，給我好好地趴著別動！」來回地刮了上百遍，直到少南的背脊上出現一團團的紅色出血點，白氏這才甘休。「感覺有沒有好些？」白氏歇著氣，心想還有什麼法子可以試一試的？

「疼！」

白氏一震。「哪裡疼？我給你揉揉！」

少南有氣無力地說：「背上火燎一般的疼……讓我安靜地歇著吧。」

白氏心疼兒子，聽說了也不好為難他，遂起身道：「今晚讓青竹留在這裡照顧你，要什麼東西，讓她拿給你。」

青竹一怔，她要在這裡徹夜看護？沒有聽錯吧？

少南覺得頭還是疼，也沒力氣回答母親的話。

白氏便當兒子默許了，回頭對收拾東西的青竹說：「妳就在這裡照顧他吧！」

青竹看了項少南一眼，說：「他好像很想睡覺，我在這裡不是打擾他了嗎？」

白氏覺得青竹腦子笨，一點也領會不了，沒好氣地說：「我哪裡讓妳打擾了？今晚也別想睡了，好好地給我守著，若出了什麼事，要妳好看！」

所以就成了看護嗎？青竹咬咬牙，想找理由推託，想了一圈，又看了看躺在床上的那個少年，卻見他面色通紅，嘴唇乾裂得厲害，不會真有什麼事吧？

少南瞧了青竹一眼，心想自己是個病人，哪有讓青竹陪在這裡不睡覺的道理？要是再多出一個病人來怎麼好？因此便開口說：「我不要人陪，你們都出去吧。」

「你還是這樣的強脾氣，她是你媳婦，難道照看你不是天經地義的事？」白氏不加理睬。

青竹也沒處辯駁，到此時白氏倒將自己的身分給搬出來了。

永柱也在旁邊和青竹小聲地說了句。「妳照看他一下，要是有什麼事就來叫我們。」

連永柱也開了口，看來是躲不掉了，青竹只得硬著頭皮點點頭。

夜色深沈，青竹一手托腮，看了看躺在床上的那個病弱少年，心想他應該睡沈了吧？真是的，為何要她也不得睡覺？明天還有一堆的活兒等著她幹呢！這副原本就瘦弱的身子哪裡敢熬夜啊！

青竹大大地打了個呵欠，準備趴在桌上睡一會兒是一會兒，怎知才閉了眼，就聽見白氏在外面叫她，青竹極不情願地起身開門。

白氏說：「他一點東西也沒吃，妳去給他熬點小米粥。」

青竹真想跺腳說不幹，可是想到她現在的處境，原本就是一個寄人籬下、沒得自由的苦命小村姑，想想還是忍了忍，呵欠連天地前去熬粥。

洗了鍋，摻了水，放了米，生了火後，青竹悶悶地坐在那裡，想著早日脫身才好。

這時翠枝突然走來，問青竹有沒有熱水？

青竹指了指那口黑煤銚子。

翠枝和青竹笑說了句。「傻妹子，讓妳伺候妳就伺候唄，難道還不情願？他可是妳丈夫，妳躲也躲不掉。」

青竹原想說「我才不要那麼小的臭屁孩」，可畢竟沒有說出口，只打著呵欠說：「大嫂又來取笑我吧！」

翠枝笑道：「我哪敢？妹子勤謹些，說不定老太太看見了，也會對妳改觀，也就不會再針對妳、排擠妳了。」

青竹道：「得了吧，人在屋簷下，不得不低頭，這個道理我明白。不早了，嫂子快去睡吧，我還有得折騰。慢慢熬吧，總有出頭的一天。」

翠枝倒好水準備出去了，衝青竹點頭一笑。「妳到底也是個明白人，就乘機和小叔子多多地溝通一下吧，增加些感情也不錯。」

青竹想，這說的什麼跟什麼呀？她還沒有無聊到對一個小屁孩動感情的地步。

第二十八章　看護

熬了半宿，總算熬好了小米粥，青竹將米粥盛入一只大瓦缽裡，晚上吃剩下的菜只有芹菜炒豆乾了。

當她準備好吃的回到這邊屋裡時，見少南依舊躺在床上，也不知他是清醒還是已經睡沈了。青竹將飯缽放在桌上，眼皮直打架，真想好好地睡一覺。

她上前喚了一聲。「熬了粥，要不要吃？」

少南身上依舊滾燙，並不想吃東西，唯覺渴得厲害，聽說是米粥，也想嚐一嚐。嘴唇略動了動，有氣無力地發出幾個字。「吃一點吧。」

青竹想，她費力地熬了那麼久，總算沒有辜負自己的心意，因此拿了碗給少南盛了半碗，挾了些豆乾芹菜，端到少南跟前。

項少南坐起身來，依舊是一點力氣也沒有，剛才被刮過的地方有些火辣辣的刺疼。他想要伸出手將青竹遞來的碗接住，但伸出的那隻手卻有些顫抖，彷彿有些握不住，只見碗裡的米湯也跟著晃。

青竹看不下去，又端了過去，讓少南自個兒舀著吃。「你不會連拿調羹的力氣也沒有，要讓我餵你吧？」

「哪裡敢。」少南自己拿著調羹，顫抖著舀了半勺，嚐了兩口，又咳嗽了兩聲。

青竹怕他噴飯，趕緊遞了一塊手絹給他。「喏，別像個孩子似的。」

少南接過捂了嘴，狠命地咳嗽了一陣。

青竹忙問：「要不要我幫你拍拍背？」趕緊放好碗，替少南拍了兩下。

場面有些忙亂時，白氏一頭走了進來，見青竹正給少南拍背也沒說什麼，只是一心牽掛小兒子，焦急地問道：「怎樣呢？要不要緊？」

少南擺擺手，示意母親不要擔心，待緩和下來又說要喝水。

青竹趕著給他倒了半杯。

白氏見青竹做事還算勤謹，也挑不出什麼毛病來，又摸摸兒子的額頭，心疼道：「你安心休息吧，我讓你爹明天幫你請一天假，要吃什麼讓青竹給你弄。」

少南答應著，又讓白氏快去休息。

少南喝了大半碗的粥，復又躺下了。

青竹坐在桌前，將少南平日看的一本書拿來隨手翻了幾頁。雖然天氣漸漸涼快下來了，但蚊蟲確實不少，特別是愛有光有熱的地方，才坐下沒多久，便覺得好些討厭的蚊子圍著自己飛來飛去的，只好將夏天時用剩下的艾草找些來，放在角落裡熏著。

這股氣味青竹還是有些聞不慣，突然想到少南是個病人，怕他聞著不舒服，便回頭問他。「有沒有覺得難過？」

或許是艾草本身就能拿來做藥的關係，被這氣味一熏，身子反而覺得輕鬆了不少。少南也不睡覺了，半坐起身，想要和青竹聊聊。

「沒想到我一生病倒是給妳增添了不少麻煩。」

青竹道：「知道麻煩的話就趕快好起來吧，我沒那麼多閒工夫照顧病人。」

聽著青竹的埋怨，少南心中多少有些自悔。下午上課的時候就覺得身上不舒服，後來確實撐不住了，先生才讓他回家休息。到底是怎麼病的，他自己也不清楚。

「我沒什麼事，妳去睡吧，這樣苦熬也不是辦法。」少南怕青竹為了照顧他，將自己給弄病了。

「兩位家長都發了話，我還能安心地去睡嗎？我可不想落個照顧不周的罪名。」青竹已將自己的被褥抱來，打算窩在躺椅裡過一夜，她可沒想過要枯坐一宿。

躺了一會兒，又覺得桌上的油燈發出的光芒有些刺眼，忙探身吹滅了，屋子裡頓時漆黑一片，四周也都安靜下來。青竹裹好了被子，也不再和少南說話。

這還是生平頭一回兩人同處一室，共度一夜。也不知怎的，少南腦中越來越清醒，不由得想起往日的許多事來。

記得去年這個時候，青竹還沒進他們家，只是從老爹口中得知了夏家的事。一年前的這段期間，青竹的服才滿，老爹就說要將她領進門，當時老娘不答應，老倆口為此還賭氣來著，後來老娘還是拗不過老爹。老爹又找算命先生來過，說青竹將來是旺夫之相。當時少南對這些原本還不大明白，糊裡糊塗之下自己就多了一位小媳婦，後來又說等幾年要和這個小媳婦圓房，真正地成為一家人，少南可不幹了，憑什麼他這麼小就要被綁住？青竹剛到他們家的時候，家裡彷彿沒誰瞧得上她，瘦瘦小小的，一副沒吃飽飯的樣子，人很木訥，膽子又小，明霞還經常欺負她，成天就知道哭。少南心裡很煩她，從沒想過要和她過一輩子，沒想到那次挨打跑回家去，等到她再回來時，就完全變了個人似的。

少南回頭想想，這個不起眼的小丫頭大多時候都是在默默地做事，很少聽到她抱怨，難為小小的她竟能如此沈穩。說來她也不是沒有優點，她一直很堅韌，就如路邊的野草一般。

兩人各不相干地過了一夜，天才矇矇亮，可能是因為身上不舒服，再加上內急，少南便起身了。他隨手披了件衣裳，穿了鞋，下地來一瞧，藉著淡淡微弱的晨光，瞥見青竹蜷縮成一團窩在躺椅裡的情景。

他趕著去方便了一回，折回來時見青竹還在睡夢中，她身上裹著的被子有一截已經掉在地上，他連忙拾起來，替青竹掖了掖，動作輕緩，生怕驚醒了她。

少南繼續躺回床上，想再休息一下。摸了摸額頭，似乎沒有昨晚那麼滾燙了，可是頭依舊又暈又疼，嗓子也很難受，而且可能剛才出去時被冷風一吹，又引來一陣咳嗽。

青竹睡眼惺忪地睜開眼，見外面已經有些矇矇亮了，想著還要去餵牛，一會兒還得準備早飯呢！今日少南雖然不去學裡，但是永柱和少東卻要去幫工。她掀開被子，這樣蜷縮了一夜，背有些發麻，加上昨晚怕少南半夜叫她，因此連外面的衣裳也沒有脫，這會兒突然起來了，冷風順著縫隙裡灌進來，當真冷了不少。

青竹哆嗦了一下，因擔心少南的病情，便到床前問道：「覺得怎樣？」

少南道：「幫我倒杯水吧。」

青竹取了個木頭杯子，正要給少南倒水，可茶壺裡的水早已經涼了，這兒又沒保溫瓶可以用，哪裡去找開水？於是便和少南說：「我現在去燒，你等等吧。」

「涼的也沒關係。」

「喔，你說行就行吧。」青竹倒了大半杯遞給少南。

少南先小小地抿了一口，接著大大幾口就吞了下去，然後將杯子遞回給青竹。因為隔得近，雖是藉著不怎麼明亮的光線，少南也能清楚地看見青竹眼睛下有一圈陰影，眼睛裡帶著血絲，臉上寫滿了倦容，看來她昨晚還真沒怎麼睡好。他心裡突然有些不忍，便和青竹說：「我沒什麼事了，妳照顧了我一夜，也沒得安生，正好現在還可以去睡一覺。」

青竹道：「還睡什麼？餵牛、做早飯、打掃院子這些事難道還有人幫我做不成？早上想吃什麼？」

「我隨便什麼都行，當然有粥更好。其實……」少南話鋒一轉，問道：「昨晚為什麼要那麼盡心照顧我？」

青竹淡然一笑。「這麼明顯的理由還要我說？你爹娘心疼你，生怕你有什麼事，這個罪過我可擔不起。」

「可妳昨晚也完全可以回自己床上去睡，用不著在這裡熬一夜。」

青竹咂咂嘴。「哎，你這個人怎麼這樣？難道有人伺候還不高興，偏要問個究竟不成？」青竹收拾了自己的被褥，準備抱回去了，走到門口時，突然扭頭來和少南說了句。

「上次你那麼拚命地來救我，就當是還你個人情吧，別不領情呀！」

「原來如此……」少南苦笑了一句。

和往常沒什麼兩樣，青竹梳了頭、洗了臉後，從棚子裡抱出些稻草來給圈裡的牛添了草料，家裡養的那條狗也牽到棗樹下拴好，然後洗了手，準備熬點紅薯粥。灶膛裡的火生得很旺，暫且不需要人看顧，於是她拿了支長掃帚，趕著將院子裡都清掃一遍。

永柱夫婦已經起來了，白氏擔心兒子，連忙過來查看。

「身上還有哪裡不舒服？確實不行的話，我讓你爹帶你到街上的醫館瞧瞧。」

「沒什麼，讓我在家歇一天吧。」

「沒事自然最好。昨夜青竹在哪裡睡的？」

少南指了指還來不及收好的躺椅，白氏也沒說什麼。

「娘，我知道妳心疼我，謝謝妳的關心。只是我想和妳說，別太苛責青竹了，畢竟她也不容易。她也有母親，也會心疼她。」

白氏一怔，心想這個丫頭的心計未免太深了吧？連忙追問道：「難道她昨晚乘機勾引你不成？還是你們倆已經……」

少南紅著臉，急忙分辯道：「妳胡說什麼呢？昨晚她在這上面熬了一夜，只怕一身不自在，今天就讓她好生休息一下吧，倘若再添個病人出來，娘不是更著急嗎？」

白氏一想，是呀，兩個都還是孩子，自己是多想了，只是聽見兒子開口維護那丫頭，難免有些膈應。為了讓兒子安心，便寬慰道：「你別多想，我知道的。」

少南道：「雖然我知道她有時候也讓人不快，還會頂娘的嘴，不過一家子既然要生活下去，不妨都擔待一些——」

白氏白了兒子一眼，冷不防地插嘴道：「你倒是會說，難道目無尊長、沒個規矩教養，我連說也說不得了？怪不得說是個野丫頭呢！」

少南便不再開口了，心想不好在此時惹惱了母親。

項少南的病不是什麼大病，後來在家休息一日便好了。

眼見著就要種冬小麥了。

永柱趕著牛犁了地，又上了鐵耙，將那些大塊的土方耙得很細。

播種麥子比起收穫的時候，總的來說要容易許多。永柱趕著牛，犁出一道道的淺溝來，後面跟著澆兌了水的淡肥，澆了肥後就跟著撒麥種。雖然撒種是件很容易的事，不過剛開始做時，青竹總是掌握不好稀疏多少。最後再下鐵耙，幾圈下來就蓋好了土，很是方便。

由於播種比較省事，所以沒幾天幾畝地就都播完了。

青竹一直惦念著夏家的事，很想回去看看，反正農活也沒多少，心想回去看望母親，陪伴一下姊妹們也是極好的。白氏的態度很冷淡，只讓青竹回去看看就趕回來，青竹可不聽，再怎麼著也得乘機休息一陣子。青竹又想，總不能空手回去吧？得帶點什麼。原本打算用自己攢下的錢買點什麼的，豈料永柱偷偷給了青竹兩吊錢。

永柱對她道：「既然要回去，就買些東西回去。多住兩天也沒關係，妳大伯娘那裡我會替妳說。」

「多謝大伯體諒！」

「去吧，妳家姊妹多，只怕是想妳想得緊了。」

「嗯！」青竹滿懷感激地應著。

第二十九章　溺水

青竹用永柱給的兩吊錢買了兩斤桂花糕，給蔡氏買了足三梭布，一隻宰殺好的、足足有四斤來重的雁鵝。還有些剩餘，青竹又買了一斤棉線、半疋燈芯布，想著家裡還有些線頭，冬季的夜又長，給永柱做雙鞋子也好，也算是還他這些日子來對自己的關照。

買好了東西，青竹就回夏家去了。由於蔡氏等人都不知道青竹要回去，所以當她好不容易趕回家時卻大門緊閉，進不了門。

青竹沒有法子，只好坐在門檻上等他們回來，想像著見到青梅他們時，該是怎樣高興的場面。成哥兒應該又長高了些吧？突然想到該給他買些紙筆的，也好學寫字了。說來像他這麼大年紀該上幼兒園了，就是在這個時代也到了啟蒙的年紀，要是爹爹還在的話，說不定已經教了他不少字，能背不少詩句，將來也能像少南那般，是個勤奮向上的人呢。

等了好一會兒也沒見家人回來，青竹有些百無聊賴地坐在門檻上，雙手托腮，呆望著院中那棵又長高了些的芙蓉樹。碧綠的葉子，猶如自己的巴掌般大小，枝椏上還掛著幾朵白的、粉的，帶著黃色的花朵來，也只有芙蓉花能在同一棵樹上開出顏色各異的花來。

發了會兒怔，青竹有些坐不下去了，心想要不出去找找看，因此將隨身帶的一個有些重量的包袱藏在草棚裡，整理了下衣裳，還沒出門呢，就見籬笆外來了一人。

來人見著青竹就急忙大聲喊道：「二丫頭！幸好妳在家，不得了，出了天大的事了，趕快去吧，妳弟弟掉水裡去了！」

「妳說什麼?!」青竹見來人好像是以前常和母親一道割草的崔家媳婦，但猶不大相信。

崔家媳婦又焦急地說：「趕快去，去晚了，只怕……」

青竹趕緊問了地點後，撒腿就跑，情急慌亂之下，心中默默地念叨著：不會的，不會那麼糟的！好好的怎麼就掉水裡去了？成哥兒可是母親的命呀！家裡就這麼一個男孩子，要是突然沒了，可讓母親怎麼活啊？

青竹胡思亂想一通，好不容易到了崔家媳婦說的河塘邊，見岸邊已經聚集不少來圍觀的人，連忙大喊一聲。「成哥兒！」她撥開看熱鬧的人群，湊上前一瞧，卻見青蘭蹲在一旁，夏成則渾身衣服都濕透了，頭髮裡、臉上黏了不少泥污，肚子有些鼓鼓的，正躺在青石板上，好在已經救上來了。青竹傻了眼，心想這難道是沒救了嗎？

「青蘭！」

青蘭聽見有人叫她，回頭瞧見是二姊，立即哭倒在青竹懷裡。「二姊——」

「妳先別慌。」青竹勸慰了句，又蹲下來查看夏成的情況，顫抖著試了試他的鼻息，似乎還有，只是十分微弱。此刻她不能亂，她在心裡一遍又一遍地默唸著：要鎮靜……對了！以前上大學時，老師教過他們一些急救知識，只好試一試了，說不定能救夏成一命。

青竹單腿跪地，一腿屈膝，將夏成放在屈膝上，頭朝下，拍著他的背部。

岸邊看熱鬧的人指指點點的，對青竹此刻採取的動作有些看不大明白，但仍小聲議論著，好在夏家的二丫頭趕來了，沒想到年紀不大，遇事卻不驚慌，似乎有兩下子呢！

蔡氏和青梅本在山上拾柴禾，聽說兒子溺水的事，蔡氏差點暈厥過去，好在青梅支撐著，兩人一道急急忙忙地趕來，卻見青蘭臉色發白，蹲在柳樹旁瑟瑟發抖。

青梅拉了青蘭一下，青蘭抬頭見是大姊，更慌了神。「大、大姊，弟弟他不好了……」

蔡氏顧不得去訓斥小女兒，見青竹趕來，正對夏成進行急救，原本還有些不相信。二女兒什麼時候回來的？怎麼她一點也不知道呢？

「青竹，妳弟弟怎麼樣了？」

青竹顧不得和母親交談，待將夏成腹中的水擠壓些出來後，又試著探了下他的鼻息，幾乎有些探不到，又摸了一下脈搏，也很輕了……青竹一屁股跌坐在石板上，將夏成摟在懷裡哭道：「難道真沒法子了，當姊姊的也救不了你嗎？」

蔡氏聽說了，臉色駭然大變，頓時也哭嚷著。「老天呀，祢怎麼這麼狠心？要奪他走，何不將我奪去？他爹呀，你地下有靈，救救你兒子吧……」

看熱鬧的人見這一家大小哭哭啼啼的有些可憐，也紛紛來勸。

青竹哭了一會子，想著難道就沒別的法子了嗎……對了，還能進行ＣＰＲ！雖然她從沒做過，但以前也是知道一點的。不能再耽擱下去了！她忙將夏成放好，打開他的嘴，嘴對嘴進行人工呼吸。

岸邊的人頓時看傻了眼，這當姊姊的怎麼……

如此幾次後，青竹又進行體外心臟按摩。

蔡氏見青竹不慌不亂的樣子，也很詫異，這孩子是要做什麼？

幾番下來後，夏成終於咳嗽了一聲，嗆出了些泡沫污漬來。

青竹霎時累倒在地，又摸了下他的脈搏，似乎漸漸回來了，便將夏成身上的濕衣服脫掉，正要解自己的衣裳給他包住時，蔡氏已將身上的衣服脫下來，將兒子緊緊地包裹住，一口一個「兒呀」地喊著。

青竹寬慰道：「娘別慌，先將他抱回去吧。」

蔡氏依言，緊緊地抱著兒子便往家裡奔去，眼淚止不住地往下掉，心想著該去他爹墳前好好地燒幾炷香，求他救救她可憐的兒子！

蔡氏將兒子抱回家中，放上床，也不知還有沒有救，當即便急著說要去找大夫。

青竹拉住她說：「再看看吧，弟弟他應該沒什麼大礙了。」

「當真?!」蔡氏不大相信地看了二女兒一眼。

不多時，就聽見夏成在床上哭喊著——「救命！救命……」

蔡氏立即喜極而泣。「成哥兒！你醒來了？」

夏成努力地睜開眼一瞧，卻見躺在自家床上，床前圍了許多人，連二姊也回來了……對了，二姊，剛才他在恍惚中似乎聽見二姊的聲音了。

蔡氏拉著兒子的手，依舊有些冰涼，很想幫他暖和過來。「你這不是要我的命嗎？跟娘說，身上有哪裡不舒服，我去請大夫來瞧瞧。」

夏成畢竟還小，也答不上來哪裡不適。

青梅拿了套夏成穿的乾淨衣裳說要給他換上。

青竹說道：「他身上還有好些泥，先洗一洗吧。」

蔡氏聽說連忙去燒熱水。

此時人來人去的，青蘭躲在角落裡，誰也沒去顧及她。都是她的錯，不該帶弟弟去河邊撈小蝦的，否則弟弟也不會掉進水裡。娘一定會打她的，姊姊們也會打她、罵她……青蘭越想越怕，一轉身便跑了出去。

雖然夏成好不容易活過來了，總算是有驚無險，現在也已經洗乾淨，正安靜地躺在床上，但畢竟在水裡泡過，哪裡就沒事了，因此便說要去找個大夫來瞧瞧。

青梅說：「娘快去吧，我和青竹在這裡守著成哥兒。」

蔡氏出門前，趕著在夏臨的靈前上了一炷香，嘀咕道：「他爹，你保佑這個多災多難的家吧，保佑你的兒女們沒病沒痛。」

青梅坐在床沿，見弟弟似乎已經睡了。剛才那一幕幕還在腦中盤旋著，只差那麼一點，她就永遠看不見弟弟了！幸好，幸好上天保佑，幸好青竹回來了。青梅便去看青竹，問道：「二妹怎麼知道他落了水？」

青竹道：「是崔家媳婦來告訴我的。」

「弟弟他還真是命大呀，幸好二妹將他救回來。」說著便要去找青蘭，她得問問成哥兒怎麼就掉進了水裡？然而在屋裡看了一圈，卻不見青蘭的身影，於是又問青竹。「青蘭上哪兒去了呢？」

「剛才她不是還在這裡嗎？」青竹看了看，哪裡還有青蘭的影子？青竹暗叫不好，這個傻妹妹不會是要做什麼傻事吧？當即便和青梅道：「大姊看著成哥兒，我出去找找！」

青竹找了一圈，都不見青蘭的身影，後來才發現她躲在屋簷後的稻草堆裡偷偷地哭。

青竹上前拉了她一下。「怎麼了，不敢回去嗎？」

「二姊，我怕！」青蘭雙眼紅腫，眼中帶著驚恐。

青竹寬慰著她。「怕什麼？有我在。我給妳買了好東西，快回去看看吧！」

青蘭知道自己闖下大禍，肯定少不了一頓打罵，對於別的東西，此刻還真的激不起她半點興致，兀自抽抽噎噎一陣子，死活不肯跟青竹回去。

青竹見青蘭這副模樣，真是好氣又可憐。畢竟也還是個孩子，能指望她做什麼呢？小孩子貪玩，一失足掉進河裡的事以前也是有過的。只是青蘭一味地躲避和哭哭啼啼的樣子，讓青竹有些煩躁，因此最後一把將青蘭給拖出來，喝斥道：「難道妳就打算這麼逃一輩子不成？妳這樣遠遠地躲著，難道娘就會不過問妳的事，就會不理妳嗎？說來妳也不算小了，別出了什麼事就只知道躲！」

青蘭抽噎著，衣袖上全是淚痕，雖然不情不願，但實在沒有退縮的法子，只好跟隨二姊回去了。她私心想著，若是娘要打自己，二姊會不會幫她說點什麼？

青竹幾乎是連拖帶拽地將青蘭給拉回去。

蔡氏找來了大夫，給診了半天後，說是怕有什麼大病症，畢竟在水中泡過，肺裡灌了水，越說蔡氏就越害怕，緊接著又開了一大堆藥。蔡氏雖然心疼藥錢，可為了兒子的健康，不得不花這筆錢，而後又拿著藥方去街上的藥鋪裡買藥。

忙活了大半天，總算都安頓下來了。蔡氏也心力交瘁，見兒子總算沒有什麼大動靜，才些許地放了心。

青蘭戰戰兢兢地跟在青竹後面，後來總算被蔡氏叫去問話。

「妳是怎麼帶弟弟的，好好的怎會掉到水裡去？」

青蘭很害怕。

青竹暗暗地握了握青蘭的手，低聲在她耳邊說了句。「好妹妹，妳乖乖去認個錯，娘不會為難妳的。」

青蘭於是緩緩地走到蔡氏跟前。

蔡氏喝道：「妳還不給我跪下！」

青蘭回頭看了青竹一眼，見青竹對她點頭，她只好跪下。

「要不是妳二姊趕回來，妳弟弟多半也沒了，我看妳怎麼辦！」

青蘭帶著哭腔說：「弟弟沒了，我會一死去陪他的！我當姊姊的，永遠也不會落下弟弟一人不管，娘不用擔心！」

青蘭這幾句話生生地刺激了蔡氏，忙讓青蘭起來，將褲腿捲到膝蓋上。

青蘭知道不好，立刻就要跑，卻被青竹給攔住了。

見蔡氏四處找棍子要打，青竹趕緊攔著說：「娘，三妹她知道錯了，再說她也還小，正是貪玩的時候，娘教訓幾句就好，何必動手？倘若打壞了哪裡，娘不是更心疼嗎？」

蔡氏哭道：「我不訓她一頓，她就不會長記性，永遠也學不好！好在妳弟弟命大，這若有個好歹，你們姑姑找我要人，我拿什麼交代？就是到了地下，我也沒臉見你們爹！」

青蘭躲在青竹身後，又急又怕，見娘哭了，處處都是說成哥兒的話，不免有些負氣。「我知道妳們都偏心成哥兒！他哪裡好啊？」

蔡氏見青蘭的話還是這麼小孩子氣，便追著青蘭打了兩棍子，可見女兒嬌弱，打了後自己也後悔了，不禁癱坐在地上抹眼淚。

青梅、青竹姊妹趕著上前來勸。「娘消消氣吧，青蘭固然不好，可是她也還小，不懂事，想來也後悔了，出了這樣的意外她也嚇著了。好不容易消停些，不要再出什麼事了。」

蔡氏這才丟掉手中的棍子，青蘭哭聲依舊沒有停止，蔡氏看了看三個女兒，眼淚未乾，又添了新淚痕，娘兒幾個忍不住都落下淚來，此番情形好不憂傷，蔡氏喊一句「兒」，喊一句「他爹」。

青蘭知道自己做錯了事，再不敢說什麼，怯弱地躲在青竹身後。

青竹忙安慰蔡氏幾句。「也請娘多保重，不要氣壞了身子。青蘭她已經知道錯了，想來也長了教訓，以後不會再犯了。」

蔡氏抽抽搭搭一陣子，聽了這些話又道：「這日子該怎麼過呀……」

青梅畢竟是長姊，見事情慢慢地平和下來了，強撐著說：「難得二妹回來，我去做飯。」說著便繫了圍裙下廚房去了。

青竹也擦擦眼角，將藏匿於草棚裡的大包袱取出來。殺好的肥鵝、嶄新的布料、包裹好的糕點，一一都拿了出來。

蔡氏見桌上擺了不少東西，便和青竹說：「妳能回來住幾天我就很高興了，何必又費錢買這些來？」

青竹道：「買這些的錢是大伯給的，說我空著手回來也不大好。」

蔡氏嘆了聲說：「他們項家當真還是厚道。」

青竹向青蘭招手，將她叫到跟前，塞給她一塊桂花糕。

青蘭訕訕地看了母親一眼，有些怯怯的，不敢去接。

蔡氏說：「妳二姊買給妳的，快接住吧。」

青蘭方接過，道了謝。可能是因為哭久了的關係，還有些抽噎。

青竹又溫柔地拍了拍青蘭的背，溫柔地說道：「三妹別怕，娘也是心疼妳的。」

青蘭眼巴巴地望著蔡氏好一陣子。

蔡氏道：「我去看看成哥兒。」

青竹讓青蘭坐在身旁，含笑和她說話。「二姊回來妳高興嗎？」

青蘭點點頭，咬了兩口糕點，低頭緩緩說道：「幸好二姊及時趕到了，要不是二姊，還不知要發生怎樣的大事。」

青竹笑說：「這是我們弟弟的福氣呀，一定是爹爹在天上保佑咱家。以後可別淘氣了，要乖乖聽娘和大姊的話。」

青蘭忙不迭地點頭。

青竹見她的小臉上沾了些泥污，被淚水澆濕過像隻大花貓，連忙掏了手絹給青蘭擦臉，又軟言細語地哄了好一陣，青蘭的小臉上才終於有了淺淺的笑容。

小爐子上的黑煤銚子上正給夏成熬藥，青竹守在旁邊照顧了許久，直到藥好了，倒入藥碗，又去看夏成，卻見他睡得不安穩，老是在囈語，怕是今天的事給了他不小衝擊，希望夏成以後見了河水能繞道走，也不枉受了這場災。

「成哥兒，快起來喝藥了。」青竹推了推他。

成哥兒熱得一頭大汗，不安分地動來動去，後來竟喊出聲來。「救我！救我！」

青竹回應著他。「別怕，二姊在這裡呢！」

夏成睜眼一看，見果然是二姊。

青竹微笑著說：「乖，我們先喝藥好不好？」

夏成最怕喝藥，但是想到今天經歷的一切，又怕娘責備他，只好忍著苦味，埋頭喝了大半碗。

青竹在旁邊鼓勵他。「真是個乖孩子，喝完了，二姊給你糖吃。」

這句話更是鼓動了夏成，硬是將一碗藥喝得乾乾淨淨。

青竹又立刻倒了半碗白水給夏成，等他喝完了，便遞給他一塊糕點。

夏成的精神依舊有些恍惚，緊緊地握著青竹的手說：「二姊，我好害怕！」

青竹將他摟在懷裡，盡可能地安慰他。「別怕，一切都過去了。以後可不許貪玩了，知道嗎？」

夏成帶著哭腔說：「二姊，我看見爹爹了，爹爹跟我說了好些話，可是我現在一句都記不得了……」

蔡氏和青梅進屋時，正好看見這一幕，蔡氏的眼眶依舊有些濕潤。

青梅在跟前道：「幸好我們有二妹。」

「是呀，幸好有她。」

青梅看見青竹安慰弟弟的模樣，嘴角揚起一絲笑意來，和母親道：「以後二妹或許能當個好娘。」

就是大人在水裡泡過，身上也會出毛病的，何況夏成畢竟是小孩子，身子弱，受不住，漸漸地就開始高燒不退，接著又吐又瀉的，才好一些又添了咳嗽。這個家本來就窮，如今新添了病人，請大夫、買藥就花了不少錢，漸漸就露出些短來。

蔡氏道：「好在還收了些棉花，趕著晾曬出來，拿去賣了好應急。」

夏家出了什麼事，沒幾日就傳到了廖家灣。夏氏聽說此事後，驚得半天說不出話來，連忙放下手中的事，說要來這邊看看。

青竹正和青梅在院子裡踢毽子玩，突然見姑姑來了，青梅連忙迎上去。「姑姑，您老人家早。」又忙將夏氏往堂屋裡帶。

「成哥兒在哪兒呢？」

青梅含笑道：「還躺在床上。」

夏氏瞥了青竹一眼，青竹喚了聲「姑姑」，夏氏也沒說什麼，逕自往夏成睡覺的屋子走去，口中還唸唸有詞。「這個家也不知造了什麼冤孽……」

夏成病了好幾日，自然沒有什麼好氣色，反而更增添幾分面黃肌瘦來。夏氏憋著一肚子的火，但看看這一家大小，個個都像是沒吃飽飯的樣子，也硬不下心腸來訓人。

夏氏知道這一家子大小缺錢使，蔡氏還沒開口，夏氏便從自己揹的褡褳裡拿出幾串錢來，丟給了蔡氏，也沒什麼好話，直言道：「這是給成哥兒看病用的，別胡亂花錢！」

蔡氏見夏氏主動拿錢出來，心裡正感激，連忙接了過來，說道：「我曉得的。這裡賣了棉花後，我就將錢給大姊送去。」

夏氏並沒說還錢的事，只是冷冷地看了蔡氏一眼，由於心中盡是對蔡氏的不滿，因此言語裡便充滿了刻薄與挖苦。「妳已經剋死了丈夫，還請妳放過自己的兒子吧！」

青竹眉頭一挑，面露慍色。

青梅暗暗地拉了拉青竹的衣裳，示意她別多嘴。

夏氏的話讓蔡氏無力反駁什麼，默默低了頭，心裡滿是苦澀。她知道自己的命不好，將厄運帶給難產的娘，帶給了遭受意外的丈夫，如今難道又要報應到兒子身上了嗎？

第三十章　說親

夏家的地都是祖上留下來的，不過到了他們這一代已經剩餘不多了。年初時種了一畝多地的棉花，今年棉花產量還行，一共摘了一百來斤。

到了第二日，蔡氏和青梅揹了棉花去賣。原本一共收了一百零五斤，不過蔡氏說要彈兩套新棉被，還得給成哥兒做兩身棉襖，所以只賣了九十三斤，每斤三文，也就兩千七百多文。兩千多文錢能做什麼呢？買一疋好的潞綢都要兩千六百文呢！家裡等著錢用，還要還債，這麼點錢根本算不著什麼。

日子還是過得緊巴巴的，蔡氏甚至想，要不要賣掉一部分的田產？可當她說出這個念頭時，青梅和青竹卻都反對。

「好好的怎麼想著賣地呀？只怕賣了容易，以後再想買的話，又得花高出好幾倍的錢。」

蔡氏煩惱道：「不賣又能怎麼辦呢？家裡等著用錢，這個難關得過去呀！」

青竹看了蔡氏一眼，問：「娘，大概需要多少？」

蔡氏見女兒問，便說：「不僅是要過這個冬，我想著成哥兒年紀也不小了，老是在家淘氣也不好，他又是家裡唯一的男孩子，所以想讓他進學堂裡唸幾天書，長點本事。」

青竹點頭道：「很應如此。」

「書本筆墨、四季衣裳，還有先生的束脩，也是一筆不小的開支。我問過崔家媳婦，她家老三不也是在那學堂嗎？算下來，一年也要七、八兩銀子，這還不算伙食嚼頭呢！」

七、八兩就是夏家的極限了嗎？青梅漸漸大了，也要置辦嫁妝、說婆家，這也是筆開支。再加上每到冬天蔡氏的關節就不好，熬得不行了，還要請醫延藥，且一家子吃喝拉撒也都要錢。就是她把自己好不容易積攢下的二兩多銀子拿出來，也用不了多久的。

「地暫且不要賣，沒有地吃什麼呢？不到萬不得已，不要輕易去動它，總會有更合適的路子。」青竹堅信天無絕人之路。

蔡氏拆了幾件夏臨以前的舊衣裳，量好尺寸，打算給夏成做兩件棉袍子。也該給青梅裁兩件衣裳了，她總是穿自己的舊衣裳，年輕女孩子，花朵一般的年紀，總不好讓大女兒過得太苦。

翌日，村裡的馮媒婆找上門來了。蔡氏一怔，什麼風將她吹來？

青蘭拉著青梅的手，說笑道：「大姊，媒婆都上門了，看來是給妳作媒來的，也不知說的哪戶人家？」

青梅紅著臉說：「妳懂得什麼？」

青竹在一旁捂嘴笑道：「我也想看看未來姊夫是個怎樣的人呢！走吧，大姊，我們上前面瞧瞧去，聽她們說些什麼，是不是我們認識的人家？」

青梅哪裡好意思呢？被兩個妹妹這麼一捉弄，早就紅透了臉。

青竹瞧出幾分意思來，便拉了青蘭，和青梅道：「大姊害羞不願去，我們當妹妹的幫妳去探下虛實，也好讓大姊有個底。」

青梅紅著臉，也沒說什麼。

青竹姊妹倆躡手躡腳地來到堂屋前，裡面的說話聲聽得清清楚楚的。

家裡沒有備什麼招待客人的好茶葉，蔡氏只好給馮媒婆倒了杯泡的野菊花茶。

馮媒婆打量了下夏家的屋子，心想這家人果然男人死了後就變得一窮二白了，好在閨女養得多，若是幾個兒子的話，只怕連媳婦也娶不起。

蔡氏知道馮媒婆的來意，迎著笑臉說：「不知馮大姊來家，有何事吩咐呢？」

馮媒婆低頭撥弄著左手食指上那枚亮鋥鋥的銀戒指，笑說道：「當然是有好事要說給夏家娘子。我馮媒婆的名號幾個村子都是知道的，也不知湊成了多少對夫妻，今天來正是為了作媒這件事。」

蔡氏臉上的神情倒有幾分鎮靜，又含笑說道：「只是我兩個女兒都還小呢！」

馮媒婆也不繞圈子，直截了當地說道：「都說夏家的娘子可憐，青春喪偶，還要拉拔幾個孩子，這日子過得緊巴巴的，也實在不容易。好在你們家幾個女孩子都還不錯，二女兒雖然去了榔頭村給做童養媳，可那項家的日子也還過得。你們家大閨女今年也不小了吧？我見她手腳勤快，還真是一把好手，真難為了她。」

蔡氏見說到了點上，自是謙虛道：「沒爹的孩子，不都這樣嗎？好在他們還算聽話，也不用太操心。」

馮媒婆笑吟吟地看著蔡氏。「可不是嗎？我就覺得你們家大閨女好，這不，有人瞧上了你們家大閨女，託了我馮媒婆來說媒呢，只看夏家娘子願不願意？」

且說裡面說得熱鬧，在外面偷聽的青竹、青蘭兩人也都豎起耳朵，作為妹妹，她們都想知道說的是哪戶人家給大姊？

青竹正貼在牆根聽，青蘭心裡急切，無意中撞了青竹一下，便將青竹撞進了門檻，自己也跌了進去。

屋裡正在交談的蔡氏和馮媒婆一驚，蔡氏看了看兩個冒失的女兒，皺了皺眉，忙向青竹使眼色。「妳們這是幹麼？快出去！沒看見這裡有事嗎？小孩子家家的別來搗亂！」

青竹笑了笑，拉了青蘭就要走。

青蘭還想說什麼，卻被青竹捂住嘴，將她拖出去了。

出來後青蘭抱怨道：「二姊這是做什麼？難道妳不想知道？」

青竹做了個噤聲的手勢，小聲道：「我們在跟前，她們是不會講的。」

馮媒婆臉上的肉笑得都在跟著顫抖，樂滋滋地向蔡氏道來。「哎，說來都是一個村的，就是住在那山坳大十字路的胡老爹家！」

「胡老爹？」蔡氏當然認識，同一個村裡，不過卻從沒和那家人打過交道，要說家業，好像有幾間大瓦房，不過他們家就養了一個兒子及一個女兒，難道他們肯……

馮媒婆繼續說道：「夏家娘子知道吧，他們家的兒子今年十八了，這不還沒說媳婦嗎？前些天，胡老爹的娘子找到我家，說是看中你們家大閨女，特意託了我來幫忙說媒。」

蔡氏點頭道：「原來是他們家。他們家那個兒子叫什麼來著？」

馮媒婆笑道：「叫胡阿大，夏家娘子應該知道，他們家阿大生得魁梧壯實，莊稼上也是一把好手呢！而且人老實，又勤快。那山上不是種著一畝多的果樹嗎？都是他們家的產業。要說過日子也過得，吃穿自然是不愁的。」

蔡氏埋頭想了一會子，才又含笑對馮媒婆說：「我們家的情況馮大姊也看見了，現在青梅在家能幫我不少忙，她下面一個妹妹、一個弟弟都還小，要是少了她，我還真照應不過來，所以說……」

「哎，這同一個村，又沒嫁多遠，兩家難道還照應不過來嗎？」馮媒婆拿著手絹擦擦臉。

蔡氏道：「不，我是想……」蔡氏覺得有些尷尬，卻也只好硬著頭皮道：「我原想著招個上門女婿，也好幫我一把。」

馮媒婆聞言，臉色漸漸凝重起來了。胡家就這麼一個兒子，定是不肯要他去做上門女婿的，如此看來，這樁親事是成不了的……她低頭想了一會子後，試圖開解蔡氏。「夏家娘子怎麼想著要招個上門女婿呢？你們家也有個兒子，雖然還小，可再過兩年也能壯立門戶啊！何況嫁出去一個女兒，負擔也少幾分，日子也會好過一點不是？」

「不，馮大姊沒聽見我剛才說的嗎？家裡還離不得青梅，所以說……」蔡氏覺得後面的話有些難開口。

馮媒婆心裡明瞭了，便起身道：「如此的話，我是知道了。妳的意思我會轉告給胡家那邊的，雖然我願意牽這條紅線，但也得看他們有沒有這個緣分？好了，我也就告辭了，有事的話再來拜訪。」

蔡氏也不好多留，便起身要送。

青竹和青蘭身子一閃，連忙去將這裡的情況告訴青梅。

青梅十分害臊，當聽妹妹們說是胡阿大時，著實愣了一下，心想怎麼會是他呢？腦中不禁清晰地浮現出半年前的事來。那次她上山打柴，後來因為打得太多，無法弄下山，還是他幫了自己一把。同村的人，隔得又不是太遠，年紀相差也不算太大，所以算是相互看著長大的，沒想到就已經到了要談婚論嫁的時候了。

「大姊，聽娘的意思好像不大願意呢！」青竹瞥見青梅有些恍惚的神情，晃了晃她的胳膊。

青梅這才回過神來，訝異地看了青竹一眼，忙問：「二妹剛才說什麼？」

「哎呀，大姊在想什麼嗎？我們正為大姊的未來犯愁呢！對了，妳覺得胡家的那個人怎樣？」青竹對這個少年是沒什麼印象的，也沒聽什麼人提起過。

「我、我不知道……」青梅一臉紅潮，頭埋得低低的，只覺得胸口怦怦亂跳，腦子裡一團亂麻，竟無法理出個思緒，雙手緊緊地拽著衣角，扯出許多皺痕來。

青竹若有所思地看了青梅一眼。

這事蔡氏已經有了主意，她是有些看不上胡家那個小子，心想這門親事不要也罷，所以當她將此事告訴青梅時，也頗平淡。「胡家那孩子我也沒見他什麼地方好，是個人一經媒婆的嘴就要被誇成一朵花。我讓妳姑姑幫忙留心了，看有沒有家境不好、兄弟多的人家，關鍵還是要人老實可靠。」

青梅默不作聲地坐在那裡，靜靜地聽母親說完後，低頭說：「由娘作主吧。」

蔡氏見她一臉柔順的樣子，倒讓人生出幾分疼惜來，幫青梅將一縷滑落下的頭髮給理好，微笑道：「這些年苦了妳了，只是妳弟弟、妹妹都還年幼，我這也是沒法子。」

青梅淡然道：「娘這些年何嘗就容易了？」

蔡氏心裡雖然苦澀，但看著幾個孩子慢慢長大，內心也充滿喜悅。她轉移話題，又說到青竹的事來。「再過幾年她也熬出頭了，我覺得項家那位老二還不錯，再說當年妳爹和項家老漢不是稱兄道弟嗎？再怎麼著也不會虧待青竹的。」

聽見蔡氏如此說，青梅卻暗自忖度：要是真如娘說的這般親睦，那麼青竹也就不會動要離開項家的念頭，那麼辛苦地攢錢，只為有一天能得自由了。娘終究是不清楚青竹想要什麼，因此這些話青梅也始終未告訴蔡氏。

「對了，妳二妹走的時候，讓她將那件藍布碎花衣裳帶走，怎麼就忘了帶呢？」

青梅道：「可能是忘了吧。」

蔡氏念叨了一陣子，青梅便說犯睏，要去睡覺。

夜晚是這樣的安靜，夏日那些蟲鳴蛙叫也都藏起來不作聲了。雖感覺犯睏，可總是睡不著，這種惱人的情緒讓青梅有些心煩氣躁，彷彿一閉上眼，腦中就會浮現出那個人的身影。

她還清楚地記得以前兩人一起去爬山，一起去空置的玉米地找柴禾的事，還有兩年前的那次，她在山上找野果，差點從懸崖邊摔下去，好在他剛巧在後面，及時拉了自己一把。

一幕幕的往事全都湧了上來，竟讓青梅有些喘不過氣，心中很是壓抑，還帶著些許傷感。

太陽已經自東邊露出雲頭，雖然陽光照耀，但還是抵不住深深的涼意。青梅心裡有事，扛著鋤頭直往地裡走，草葉上滴下來的露水打濕了青梅的布鞋，這些她也顧不上了，只一步步地走著。

到了目的地，青梅彎了身子，先將地裡的草給拔去，可能是因為有心事的關係，或者是太專注了，只顧著拔草，後面有人叫了她好幾聲也沒聽見。到最後那人走過來，拍拍青梅的肩膀，青梅回頭去瞧，見是不知從何處而來的胡阿大突然出現在面前，一時間還以為是在夢裡，止不住的一臉驚惶，不安分的心跳更加亂了。

「你……你……來……麼……做……」緊張之下，青梅變得有些語無倫次。

胡阿大見了青梅，一臉紅暈，還帶著窘態，突然也有些緊張不安。他不敢去看青梅的臉，只是側著身子，埋著頭說：「聽說馮媒婆去妳家了？」

青梅點點頭，她現在可沒半點勇氣來面對跟前這個與自己一同長大的少年，只好繼續彎腰拔草，藉此來消除緊張和尷尬，以及掩飾自己的情緒。

胡阿大見地裡有一把鋤頭，便拿了鋤頭，上前就要幫青梅翻土。

青梅見狀，連忙來阻止。「不用幫忙，我自己能行！」

「這有什麼？說不定再過些時日就是一家人了。」胡阿大雖然靦覥，不過臉上卻掛著笑容，看上去帶著幾分憨厚和質樸。

青梅想，看來馮媒婆還沒有將母親的意思轉告給胡家，這才讓阿大誤以為兩家能成其好事。昨晚母親對她說的那些，要讓一個女孩子怎麼開口呢？她低著頭，彆扭地說道：「不，只怕我們夏家沒有這個福氣，攀不上……」

「我們家也不是什麼有錢人家，哪裡就說得上什麼攀附來？我的意思……」胡阿大突然有些語塞，這要他怎麼開口呢？原本是從小一處長大的人，雖然兩家大人沒什麼來往，不過跟前這個女孩子他卻是滿心喜歡的，淳樸可愛，難為她還要帶著弟妹們，顧著一家大小。

胡阿大紫脹著臉，變得吞吞吐吐，只是一個勁兒地揮著鋤頭，一下下地挖下去，似乎想透過這種方式讓青梅明白自己的心意，明白自己想和她共度一生的心意。

不過兩分大的地，兩個年輕人卻在對立的位置上，各自忙碌手中的事。

青梅此刻真想躲他躲得越遠越好，這個人出現後，便打亂了她世界裡所有的安寧。

胡阿大力氣大，人也勤快，不多時就已經挖了不少地了，中途歇息的時候，他見青梅躲得遠遠的，不肯到跟前來，心想這些話要如何告訴她呢？他要告訴她，兩人未來還有好長的路要一起走，也不知她願不願意？胡阿大緊張不安地走到青梅跟前。

青梅想著要走開，卻被胡阿大捉住衣袖。

胡阿大正色道：「我有幾句話要和妳說，妳也別躲，聽我說完再答覆我，好不好？」

青梅轉過臉去，咬牙說道：「只怕我給不了你答案。」

「不，這本身就不是個讓妳為難的選擇，我家裡人都願意，所以才讓馮媒婆去妳家說媒。現在就我們兩人，我這裡有一句話要問妳，妳可願意和我——」

青梅不想讓他將後面的話說出口，慌忙搖頭道：「對不起，我不能答應你！」

「……是嗎？」胡阿大眼睛都直了，一時間只覺得天地都在旋轉，也分不清東西南北。青梅的話活生生地打斷了他對兩人未來的幻想，一切彷彿在頃刻間就全部崩塌了。他呆怔了片刻才訕訕地鬆開青梅的衣袖，有些懊惱、有些惋惜、有些不捨，各種情緒全部都湧上了心頭，揪得心裡很難受，連忙退了好幾步，生怕唐突了青梅。他拱手作揖，微微欠著身子說：「原來是一頭熱，沒想到給妳造成了困擾，對不起。」

青梅沒有回頭看他一眼，冷冰冰的，狠下心來說道：「所以說，請你走吧。讓人看見像什麼話呢？」

胡阿大暗暗地捏緊拳頭，一拳頭打進旁邊的一棵刺槐，想藉此來發洩心中五味陳雜的怨怒。樹上的刺扎進手指上，立刻冒出鮮紅的血珠來，阿大卻一點也不覺得疼，咬咬牙，轉身便走開了。他再也不會去招惹青梅了，以後最好是連見也不要見！

青梅呆呆地站了好一會兒，才敢回頭去看，可哪裡還見阿大的身影？除了林間偶爾傳來的幾聲鳥啼，一切都變得那麼安靜。鋤頭靠立在樹邊，只剩下她孤零零的一個……

「這花真香，我要摘一些回去。」

「這有什麼好的？哪裡都能見。」

「我聽人說這個很好，又香又甜，可以做茶泡水喝，還能煮在粥裡，滿是香氣，我那淘氣的妹妹最喜歡了。可是這枝椏密密麻麻的，還有好些刺，又高，我搆不著。」

「我幫妳便是，妳只需將籃子舉著就好。」

這是幾個月前，槐花開滿山野時候的事。那時她哪裡有注意到那個少年眼中的情意，哪裡會想到有今日之事。想起剛才自己說的話，就猶如這枝椏上的尖刺一般，戳痛了他的心窩，傷了他的自尊吧？青梅喃喃道：「對不起，我原本想說的不是這個，我……」

青梅緩緩地蹲下來，抱著碗口粗的樹幹，覺得鼻子發酸，眼圈滾熱，濕乎乎的東西像是不受自己控制一般，簌簌地掉落著。

馮媒婆將蔡氏的意思婉轉地告訴了胡家娘子，胡家娘子聽了，當場就拉下臉，惱怒道：「他們夏家是欺負我們胡家沒人了是不？我兒子才不會給人家做倒插門，這事不提也罷！我兒子手腳齊全，人也勤快，難道還愁找不到媳婦不成？難道天底下就夏家的女兒好？我偏不信了！」

馮媒婆見兩家做母親的如此，心想這個結她是解不了的，就算自己再能說會道，看來都是不可能的了。

後來胡阿大也知道了這件事，他原以為是青梅不願意，未承想還有這麼一層原因在裡面。然而見母親態度如此，又想到青梅親口拒絕他的話，都使得他再不敢在母親面前提半個字。

胡家娘子氣憤不平地和兒子說道：「我也不知你看上夏家女孩哪一點，原先你和我說的時候，我見那個閨女人勤快，手腳也索利，想來這樣的人放在屋裡自然省心，能旺家，可未承想她那娘也忒把人給看扁了！打死我也不會讓你做倒插門，我們胡家丟不起這個人！你也乘機收收心，斷了這個念頭吧，我倒要看看那夏家能招個怎樣的女婿來！」

胡阿大聽了，一字也不曾言語，只埋著頭。

他娘又安慰了他兩句。「你的終身大事包在我身上，當娘的自然不會讓你有半點委屈，保管給你找個比夏家丫頭還漂亮能幹的進來！」

胡阿大等母親走後，倒床心想，就是娶來個天仙又怎樣呢？那畢竟不是夏青梅……

一連幾天，青梅都懶怠吃飯。蔡氏不知女兒得了什麼病，看在眼裡急在心上，只好又細問了她一回。「到底哪裡不好，妳又不說。妳弟弟都還沒好索利，妳再一躺下，叫我靠誰去？」說著，眼圈一紅。

青梅拉著母親的手說：「娘，是我不好，讓妳操心了。我沒事，過兩日就好了。」

蔡氏見女兒這般，心想哪裡就沒事了？甚至想著，是不是這些天青梅幹了重活，還是自己在什麼地方說錯了話，讓這個孩子存在心裡，所以才得了病？青梅向來是個懂事又柔順的孩子，從來沒有違逆過自己的意思，自己是不是什麼地方逼迫了她。

於是蔡氏便離開，使了青蘭過來安慰青梅，並問她話。

青梅卻搖搖頭說：「大姊沒什麼，只是沒胃口，不願意吃飯罷了。這樣不是更好嗎，能省幾頓飯菜。」

青蘭卻紅著眼說：「大姊一定是遇見什麼事了，和我說說好不好？」

青梅看了一眼青蘭，心想她才幾歲，如何懂得自己的心事？就是青竹在跟前，也不能替自己解憂吧？合該自己與胡阿大是有緣無分了。

「我真沒什麼事，過兩天就好了。妳好好地照顧成哥兒，千萬別再讓他有什麼危險。」

經歷過溺水事件後，青蘭也算是長了教訓，並在她小小的心裡留下了深刻的烙印，她哪裡再敢呢？

幾日後，青梅稍微覺得心情舒暢一些了，便依舊如常地幫蔡氏料理裡外的家事，照顧妹妹和弟弟。

這一日，勞作過後，她提了衣服要到河邊去洗，快到河邊時，卻遠遠地就見田埂上走來一人，那身形青梅再熟悉不過。那人似乎也看見了她，青梅正想著該如何躲避，她不想這樣見面，因為不知會有多麼尷尬，可下一刻等她再抬頭去看時，卻見那人已經另擇他路遠去了。他的身影越來越遠，再過一會兒已經過了屋角，再也看不見了。

獨留下青梅站在小橋上，迎風孤立，披了一身絢麗的夕陽餘暉……

第三十一章　相處

馬家突然來人，說是馬老爺子沒了。

永柱等人嚇了一跳，不過那馬老爺子重病多日，也都有些心理準備了。

白氏聽說後，忙招呼青竹看家，叫上永柱，帶了明霞便要去奔喪。馬家老爺子歸西，作為親家的項家禮數自然也不能少。

當初馬家遷到榔頭村來時，也只是其中一支，二、三十來年雖然繁衍不息，但人口還是比較單薄的。馬家老爺子就兩個兒子、四個女兒，除了馬家太太以外，還在這邊新納了一個小妾，上上下下總共也不過十幾口人。馬家老爺子去世，事情繁雜，短缺人手，有些忙不過來了。

出了這樣的大事，永柱少不得要去馬家幫忙，因此在瓦窯上告了幾天假；白氏帶著明霞，也住在馬家幫著料理些內務；翠枝見兩老俱不在家，也落得清靜，才過了一日，便惦記著娘家，因此就帶了豆豆回娘家去了。

突然間，熱鬧的一家子只剩下白天在學堂裡唸書的少南，和照顧家務的青竹。

這樣的清靜對青竹來說有些不適應，沒有人念叨，沒有人來指責，不用準備好幾人的飯，閒下來的時間就變得更多了。要不是可憐少南沒人給他做飯，自己又前幾天才回過夏家，不然青竹也想回去住幾日。

照顧好家裡的牲口後，青竹便捧了本書坐在堂屋裡光明正大地看起來。少南中午在學堂裡搭伙，不回來吃飯，屋裡屋外就只剩下青竹一人，頓時覺得無聊透頂，看了幾頁書也看不下去，只好又扛起鋤頭，將閒置的菜地平整了下。她想著，這秋冬季節蔬菜甚少，何不自己栽種些？只是家裡沒剩下菜種，青竹少不得要去住在後面的章家問問。

韓露跑出來接待青竹，笑嘻嘻地說：「我幫姊姊找找去！」說著就進屋去問章家娘子。過了片刻，韓露拿出一個紙包來，裡面分別包了菠菜種子和芥菜種子，一併給了青竹。「我們家已經種了，這些都給姊姊吧！」

青竹道了謝，正要往回走時，卻見章谷雨一頭走來，青竹微微欠了身子，打了句招呼，抬頭卻見谷雨的臉上不知被誰打了幾拳，左眼圈下面有一片四枚銅錢大的瘀青，還有些乾掉的血漬。

韓露見此驚呼道：「你從哪裡掛的彩？」

章谷雨見有外人在此，本來掛了彩便是件丟臉的事，總不可能還當著外人的面說起自己和一夥人為了爭田埂的事而幹了一架吧？遂掩飾道：「沒什麼。」然後一頭走進門裡。

韓露連忙跟著去了。

青竹也沒多留便回去了，趕著要將菜種都播下去。

舀了半桶的糞水，兌了些河溝裡的水，將地澆濕了，而後將菠菜和芥菜分開來撒下去，隨即又蓋上一層薄薄的草木灰。

菜地裡的事忙活完後，接著將雞放出來，又忙著收拾雞窩。活兒還沒做完，少南便回來了。

少南逕自回了自己的屋，沒和青竹說上什麼話。

快到掌燈時分，青竹才過來問少南晚上想吃什麼。

少南道：「有什麼就吃什麼吧。家裡其他人怎麼不見？」

青竹道：「大嫂回娘家去了，大哥到現在都還沒回來，可能是不回家了吧。」

少南說：「倒不知馬家那邊的事要耽擱幾天？家裡沒什麼人，要不妳回去住幾日吧？」

「才回去沒多久呢，再說了，你回來誰給你做飯？誰來看家呢？還真走不了。」

少南聽了又道：「那麼乘機歇息幾天吧，別太辛苦。」

青竹只當這句話是少南真心關心自己的話，便道：「我去做飯，你略等等。要是餓了，好像還有幾個柿餅，放在堂屋裡的。」

少南繼續埋頭習字，雖然他年紀不是很大，可如今已寫得一手好字了，就是先生也著實誇讚過一回。少南最喜寫蠅頭小楷，只可惜家裡沒什麼可供他臨摹的帖子，在學堂一帶的書客也很少有在賣碑帖。

兩個人的飯還真不好做，青竹只做了兩碗煎蛋麵條，撒了碧綠的蔥花。

少南也不挑食，大口大口地吃著。

晚飯畢，少南爭著洗了碗。

青竹惦記著還有些針線未做完，便將床下的笸籮拖出來，正理著一團麻線時，卻聽見門吱呀的一聲響，少南揭了簾子走進來。狹小的屋裡站了兩個人，青竹頓時覺得有些逼仄，忙問：「有什麼事嗎？」

少南給了青竹一串錢，約有幾十個銅板，和青竹說：「有一事得煩勞妳，明日得閒的話，上街一趟去書肆裡看看有沒有《皇甫誕碑》和《樂毅論》，幫我買回來。」說著怕青竹記不住，便又遞給青竹一張字條。

青竹看了一眼上面的字，心想他沒學幾年，倒寫得一手好字了，手法老練，又帶些自己的風格，便不假思索地評說道：「這字寫得不錯，再學一下這兩位大家的字，我看不出兩、三年也就自成一體了。」

少南微微有些驚訝，心想這個丫頭也懂得這些，因此少不得要問問她。「我倒看不出妳還有一番見識，那妳認為我是學黃魯直的字好，還是學歐陽的好？」

青竹淡淡一笑。「我也不大懂得，以前爺爺逼我練字，學的全是顏、柳二體，也沒學出個什麼來。」

少南有些詫異，這事他怎麼從未聽人說起過？

青竹這才意識到自己說錯話，爺爺教她練字那是于秋的事了，因此連忙掩飾道：「好，明天我去幫你買。」

少南看了一眼青竹擺在木板上兩本破舊的書，隨手拿了一本翻了兩頁後，回頭和青竹道：「我那裡有些書，妳要是喜歡看的話就拿去看。」

「喔。」青竹頭也沒抬，仔仔細細地縫著衣裳。

不過他沒去深究這件事，而是和青竹說起別的話來。「左森考中了，聽說考官給評了個第五名，現在他算是個相公了。」

青竹覺得「相公」這個稱呼怪怪的，不過中過秀才的算是有一定身分和地位的人，換句話說，也算是個小知識分子，所以稱之為「相公」，而中過舉的那更是不得了，直呼「舉人老爺」。

不過聽少南那語氣很有些羨慕的味道，青竹少不得安慰他。「他不是比你長好幾歲嗎？你才進學沒兩年，急什麼？」

「我倒不是急……對了，後日左家設了酒，說是要給他慶賀，作為同窗我也該去道賀一番，只是空著手去不太好，妳說我該送點什麼禮好呢？」

青竹道：「這個我不大清楚裡面的規矩，想來也有一番講究。不如等大伯他們回來了，你再和他們商量吧！」

少南站了一會兒，不知要再和青竹說些什麼。這個家今天格外冷清，他一人待在自己屋裡也是無限寂寞，因此想找個人說說話，不過看見青竹有些冷漠的樣子，只好作罷，心想不要再打擾她了，扔下一句「早點睡吧」就出去了。

等少南走後，青竹這才鬆了一口氣，她真害怕自己再說出什麼出格的話來。

她到這邊一年的時間，和項家人相處總的來說還是有些彆扭。就算是在翠枝跟前，也始終無法交心；白氏的冷言冷語似乎漸漸少了些；明霞隨著年紀增長，也不大像以前那樣來胡攪蠻纏了；永柱對自己向來比較關照，也是青竹在這個家唯一敬佩的人；在外幫工的少東，青竹沒怎麼交談過，自然也摸不清其脾性怎樣；出嫁的明春是青竹不喜的人。剩下的，就是那個比較尷尬的項少南了。

青竹回憶起剛見少南時的情景，明明是個小孩子，卻整天露出一副令人討厭的表情，像是高高在上的樣子，自己只配做他的丫鬟、奴僕似的，而且她也親耳聽過他說討厭自己。不過她也從未妄想過少南能對自己產生什麼情感，這會讓青竹覺得很不適應。目前兩人還算是和平階段，不冷不熱、不遠不近，青竹覺得剛剛好。

青竹想，到底是哪件事讓項少南這個臭屁的小男人轉性的？是那次的翻車事件，還是上次的生病事件？青竹也不好當面去問。不過她覺得是件好事，總不能一直相互厭惡下去吧？

做了一陣子的針線後，青竹覺得眼澀，忙收拾了一下。臨睡前將自己攢下的錢拿出來數了一遍，還是只有兩千多文，就是這大半年來的收入了。什麼時候才能翻身呢？青竹躺在床上，瞪大眼睛，心想這兩千多文要怎樣才能生出更多的錢來？要說當作本錢，做點什麼小本買賣的話，這本錢也很不夠啊！不行，她還得努力找個生錢的法子。要是再過一年半載，青梅的事定下來的話，她也得送筆豐厚的禮，這些都是花銷。夏成要上學，這件事不知蔡氏從何處去籌錢？原本想著不多的話，自己能幫襯些，不過看來她是愛莫能助了。

方才少南跟她說要給左家送禮，莫非是要自己出錢給他置辦禮物？她可沒那個心思，且這筆錢該公中出，為什麼要她拿錢？這事她可不會幫襯。

少南身上沒有什麼錢去買賀禮，只好到少東工作的鋪子找他借了點錢周轉。

少東倒大方，二話不說就借給了他。

左家那邊前來慶賀的人不少，熱鬧非凡自不用說。

等到少南要回去時，左家媳婦還塞給他幾包打包好的剩菜，少南原本推辭不要的，但拗不過左家人一個勁兒地催他收下。這裡作別了左家人後，少南一路往家而去。

青竹正忙著收晾曬著的葫蘆乾時，就見少南滿臉歡喜地回來了。

少南一進院門就將那幾包菜交給青竹。

青竹回到灶間拆開一看，見是些火腿、雞鴨翅膀之類的，還有一包玉米窩窩，這才知道是席上帶回來的東西，趕著找了碗盤將這些倒出來，連忙收拾了。

少南回屋換了身衣裳後，便幫青竹將未收完的葫蘆乾收完了。

青竹心想，少南今天吃了酒肉，想來也不怎麼餓，便淘了些高粱米，準備熬些粥，少南帶回來的那些東西，則蒸了在鍋裡。

少南走來，說要幫忙燒火，青竹當然也沒有阻攔。

「下午的時候大伯回來一趟，說馬家老爺的棺木要運回祖塋入土，恐怕要後日才能回來。」

少南「喔」了一聲，灶膛裡熊熊燃燒的火苗將他的臉映得通紅。

青竹趕著洗地裡摘回來的青菜葉，打算炒一道素菜。

少南一面燒火，一面想著自己的事，後來他突然問了青竹一句。「妳討厭我吧？」

青竹一愣，心想好端端的問這個做什麼？她不知如何回答，便含糊道：「你從哪裡著了魔來，問這個幹麼？」

「若是討厭也沒關係，我知道妳一直將自己當成外人。妳也不用太辛苦了，到時候我會和爹爹他們說，讓退了這門親，妳也就解脫了。」

聽見少南這樣說，青竹一點準備也沒有，拿著個筲箕呆怔了半天，不知要做什麼。按理說，少南的這份體貼，青竹應該感到高興才是。這一年來，她都在為如何退親而煩惱，如今見少南主動提出來，她應該感激才對，不過又左思右想一回，聯想到少南今日去左家作客，一定是想到自己的前程了——以後掙個功名，娶個門當戶對的老婆，那時候便什麼都有了。青竹回頭苦澀地笑了笑，道：「項二爺怕我死皮賴臉不肯走，拖累你嗎？儘管放心，我不是那樣的人。」

少南沒料到青竹是這般反應，也不再說什麼了，只緊抿著嘴唇，趕著往灶膛裡添加柴禾，心裡想的卻是：傻子，我們家不是一座囚籠，妳若是心不甘情不願，何苦在裡面煎熬？

兩人各自都有心事，後來竟然將一鍋高粱米粥硬生生地給燒糊了！

青竹有些哭笑不得，也不好責備他，只好重新摻了些涼掉的開水，煮成了稀粥，再清炒一道素菜，晚飯便算是準備好了。

第三十二章 一地雞毛

馬家太太帶著兒女、媳婦、女婿、孫子等，扶著馬老爺子的棺木回宛縣祖塋入土。

這裡永柱等也歸了家。白氏帶著明霞在馬家住了幾天，其實沒幫上什麼忙，為的不過是要給女兒撐起臉面，她不能讓馬家分家產的時候冷落了明春，叫女兒受委屈。

明霞在馬家幾天，也算是見了不少世面，吃了些從來沒見過、從來沒聽過的好東西，這些就成了她向青竹炫耀的物件。

然而青竹壓根兒不想理會她，因此只要明霞一說這些，就扭頭走開了。

翠枝在娘家住著還沒回來，白氏不免添了些氣，天天數落少東。「你那個媳婦只知道往娘家跑，難道我們家有老虎要吃她不成？什麼都不管不顧的！」

少東說：「理她做甚？她帶著豆豆，由她去吧，過幾天就回來了。再說，在家的時候也不入您老的眼，何必再給您添恨？」

白氏冷笑一聲。「我白養了一個好兒子，以後還叫我靠你點什麼？她當妻子的，不管你吃喝穿衣，就知道往娘家躲，你不說她幾句，反而還來尋我的不是了？」

少東忙道：「兒子不敢！」

白氏繼續說道：「是，我知道你們小倆口感情好，我再說些什麼就成了惡人了。帶著個毛丫頭，還理直氣壯了？你們不在一處住著，如何生出兒子來？」

老是聽見白氏說生兒子，少東也有些心煩厭惡，因此臉一沈，便道：「這事再計較。」便說要去找永柱議事。

永柱正坐在院子裡打一雙草鞋，少東搬了張凳子往他跟前一坐，見父親手腳俐落的樣子，少不得要稱讚一回。「到底是爹爹，什麼都來得。」

永柱知道少東不輕易過來和他說話，又見他這番舉動，便料著有事，因此和他說：「有什麼事你就直接開口吧。」

少東靦覥地笑了笑，也不好再兜兜轉轉，和父親商議著。「老爹，我打算明年過完了正月，就去盤間鋪子，做點小買賣。」

「看好做哪一門了嗎？」

少東道：「我也認識幾個朋友，再說區掌櫃也開了口，說願意幫我一把，所以打算先販些布疋來賣。」

永柱愣了一下，又接著打草鞋，沈默了半晌。

少東又道：「爹爹放心，我聯絡好了，我一個姓常的朋友，專門是販這些的，已經和我說好了，會給我優惠，又說我這裡剛起步，他還願意多幫襯著些。」

永柱才道：「你做小夥計也好幾年了，這些年學到些什麼呢？」

少東道：「什麼都學，爹爹要是不放心，改日我請了我們區掌櫃和常姓朋友到酒館裡一聚，老爹也親自去看看，幫忙把把關，可好？」

永柱順口道：「我沒那能耐，也不會說話，只怕得罪了他們，還不如找你小叔叔幫忙看看。你也是做父親的人了，我也不好阻擋你，看好了什麼，要做就去做吧。」

少東笑道：「老爹既然答應兒子離開雜貨鋪，自己做生意，那麼我就放手去做了。如今就差門面還沒看下來，只怕還得請個幫工，老爹看有沒有可靠的人？」

永柱想了一會子才道：「可靠的人，以前和你常在一處玩的二栓子，我見他倒還好。要不還有你二叔家的鐵蛋兒，也是個勤快的人。」

「鐵蛋兒不是和少南差不多年紀嗎？還小，還要我帶他，怕也幫不上什麼忙。二栓子一年到頭也見不著幾次面，不知他忙些什麼，改天我問問他去。」

永柱繼續編著草鞋，見少東還沒走，端端正正地坐在那裡，便又問：「你還有什麼話？」

少東搓搓手訕笑道：「老爹也看出來了，都說知子莫若父，我這點心事到底瞞不過您。實話和老爹說吧，這些年兒子在外面幫工，雖然也攢了些錢，只是又遇上了幾件大事，已經沒剩下多少，這些天都在盤算著，只怕還差些數，所以想問問老爹，能不能幫兒子一把？等賺了錢，兒子連利息給您還上！」

一切都在永柱的意料之中，便問：「要多少？」

少東小心翼翼地說了句。「一百兩。」

永柱嚇了一跳，他哪裡拿得出這麼多錢？只是大兒子從未向自己開過口，這是頭一回，又是因為自己立業的事，要是推辭了只怕不妥。他在心裡默默地算了一回後，有些為難地道：「家裡有多少家當，想來你也是清楚的。你大妹的事也還有些外債未還，我還想著花上半年時間將債給還了後，再修間房子的。怎麼要那麼多的錢？」

少東如實道：「老爹，兒子也大了，如今又有了女兒，哪有一輩子靠家裡的事？賃一間門面是一筆花銷，另外我還看中了一套兩進三間的屋子，想著買過來後，將翠枝母女接過去住，自己開伙。」

永柱這才豁然開朗，原來少東不僅想自己出去做買賣，還想著要分家！難怪兒媳婦不肯回來，想來便是有這層因素在裡面。他默不作聲，只埋頭做事。

少東見父親沈默下來，心想此事看來沒什麼希望，只好再尋別的法子了，實在不行再去找小叔叔，於是便起身來，搬了凳子要走。

永柱突然道：「你再忍耐個兩年，等我把債都還清了，你再出去吧。」

「老爹！」少東喚了一聲。他早就沒那個耐心再繼續等下去了，他已經做了七、八年的小夥計，不想再做下去！

永柱道：「大家在一起也能相互照應一下，何必那麼急著要搬出去？何況你二弟和小妹都還小。」

少東這才知道，原來父親是不願意分家。想到翠枝的話，他斟酌了一番後，便道：「那麼宅子的事先放放，等賺了錢再買一處好的，到時候將爹和娘接過去享福。」

永柱沒有開口。他何嘗不樂見兒子自立門戶？只是他能力有限，也不知能幫兒子多大的忙，所以想趁現在還能勞動，還有渾身的力氣，手腳勤快些，趕緊攢些家當。以後少南唸書、考試，明霞要出嫁，處處都是花錢的地方。

臨睡前，永柱將少東的事和白氏說了。

白氏聽後念叨著。「怪不得要躲著我，原來是想分家！自從她嫁到我們家以來，難道我剋扣過她什麼嗎？還真是翅膀長硬了，我倒要看看他們能折騰出個什麼來！」

永柱卻道：「分家的事我還沒答應，老大也沒說什麼，只是他想過完了正月要開張，家裡還有四、五十兩銀子，妳拿出來給了他吧。」

白氏聽說後連忙坐起來，和永柱計較道：「你難道不當家，不知道日子是怎麼過的嗎？他是我親兒子，不是我不疼他，不給他錢花，只是你也知道的，家裡的這些錢，好不容易攢下一些，還欠著外債，哪有都給了的道理？給了他，我們幾個難道喝西北風去？」

永柱見白氏動了氣，沈默了一陣子才又道：「他要做買賣，現在有困難，難道我們當父母的也不肯幫一把？沒這個道理。」

白氏道：「家裡的那些錢你也是知道的，斷沒都給了他的道理。我給他二十兩吧，由著他用去。」

永柱聽說後，心想二十兩能做什麼呢？又和白氏計較了一回，白氏才添夠了三十兩要給少東做本錢。

夫妻因為大兒子的事鬧了小半夜，白氏不免又添了些氣，於是第二日連早飯也不想吃；而永柱交代一番便依舊去窯上了。

過了一日，翠枝才帶著豆豆從林家回來。

剛到家，青竹就悄悄地找到翠枝，和她通了氣。「大伯娘正在氣頭上，大嫂小心著應付。」

翠枝眼珠子滴溜溜地轉了一圈，和青竹道：「我自個兒有主意。」

兩人話還沒說完，卻見白氏一臉怒色地走來，劈頭就罵：「臭狐媚子，妳倒是能幹，現在還攛掇著少東要鬧分家？告訴妳，沒那麼容易就稱了妳的願！」

翠枝自小也是爹娘嬌慣疼愛的，哪裡受過這樣的委屈？當下就憋紅了臉，全然不顧什麼禮數，悉數都還擊了回去。「我怎麼狐媚子了？倒是來評評啊，我勾引誰了？」

婆媳倆愈爭愈烈，青竹在旁邊看著也不知要幫哪一邊。

兩個人吵得有些厲害，豆豆本來在睡覺的，聽見這些吵鬧聲，頓時在床上大哭起來，可翠枝現正滿心委屈，哪裡還顧得上女兒。

青竹見勸不了，只好將豆豆抱出來，小聲地哄著她。

屋裡婆媳的吵鬧絲毫沒有停息，後來白氏推了翠枝一把，又罵翠枝生不出兒子，翠枝氣不過，對白氏的身子就捶了幾下還手。

豆豆還是哭個不停，直到明霞走來將豆豆抱了去，和青竹道：「妳去勸勸吧，再鬧大一些，只怕連鄰居也要驚動來看熱鬧了。」

青竹這才進屋來，卻見翠枝披散著頭髮，一臉淚痕，像是發了瘋一般，而白氏衣服上的紐子也被翠枝給扯落了，青竹只好將翠枝拉開，要往別處去。

白氏卻堵著她們，連同青竹一道唾罵著。「小野種，這裡沒有妳的事，妳要來添亂，別怪我不客氣！」

青竹立即紅了眼，反擊道：「罵誰呢？誰是小野種？我當牛做馬的，好心好意地服侍著您老，別說那些東西都餵到了狗肚子裡去！」

翠枝原本是滿腹委屈，哭哭啼啼了一陣子，這時卻見白氏和青竹槓上了，又見青竹嘴裡跑出這番話來，暗想還真是看不出來，青竹小小年紀倒是個狠角色，一點委屈也受不得。

白氏見兩個兒媳婦一同來欺負自己，於是一屁股坐在地上撒潑。

好在這時家裡的三個爺們都回來了，見狀全驚了一跳，各自將人給拉開。

永柱惱怒地罵了一句。「鬧什麼鬧？是不是想將房子上的瓦都給掀翻了才安心？這個家還沒到要散的時候！」

家裡三個女人吵了架，一連好幾天都陰鬱著，誰也不先開這個口來緩和氣氛。男人們瞅見有些不對勁，也不好輕易說什麼，怕火上澆油，更是不可收拾。

白氏見兩個兒媳一同來指責自己的不是，她哪裡嚥得下這口氣？索性收拾衣裳，帶了明霞要回娘家去住。

翠枝和青竹倒一點也不在意，沒有白氏在跟前，她們反而樂得自在。

女人們吵了架，男人們也不好過。

少東乘機也數落了翠枝一頓。「再怎麼著也不能和娘打起來吧？讓人看見了像什麼話？

娘她有時候雖然話難聽了些，可總歸也是為我們好，並沒有什麼歹意。」

翠枝氣呼呼地說道：「我知道你是個孝順兒子，但此刻用不著來教訓我！她是怎麼辱罵的，我也學不來，既然現在她老人家離家出走了，你怎麼不去將她接回來呀？」翠枝滿心的委屈。這個家她已經受夠了，什麼時候才能遠遠地離了這裡？她是豁出去了，能分家自然是最好不過。

翠枝本還指望少東能安慰她一番，沒想到竟反過來指責自己的不是。要不是白氏那人太侮辱人，什麼難聽的話都罵得出來，她又實在忍不下這口氣，會鬧得那麼大嗎？

相比於翠枝的憤懣，青竹顯得要平淡許多。沒人來挑剔她，當然也不會有人說她做得對，因此每日只是安分地做事而已。

這日，韓露找上門來問青竹話。

「夏姊姊，我們家孵出好些小雞崽來，只怕養不了那麼多，想送些給你們家養，可不可以？」

此刻家裡沒什麼可以商量的人，也等不到白氏回來，於是青竹自己就拿了主意。「行呀，我去拿背篼。」

不多時便從章家帶回了二十隻小雞苗，毛茸茸的一小團，嘰嘰喳喳地叫著，很是可愛。雖然是送給項家養，但青竹想，孵這些小雞也要種蛋，就是拿到集市上去賣也要幾個錢，因此她自己拿了三十文錢，給了章家媳婦。

見青竹養雞，永柱也沒說什麼，還特意用細竹篾編了個柵欄，將小雞崽們都圍起來。

青竹在翠枝的指點下開始飼養，粗糠、剩飯、爛菜葉切碎，這幾種拌勻了就能餵小雞。青竹想，餵牠們只有這些傳統的食糧，沒有飼料，更沒激素，原生態的無公害雞，恐怕要一年半載才能養大吧？哎，是筆不小的投資，而且也不知道白氏回來會說什麼。

米缸裡已經沒剩下什麼米了，青竹自個兒開了倉，打算晾曬一些，舂出來，不然找不到下鍋的東西。舂米絕對是件體力活兒，也是青竹最討厭做的一件事，哪回舂下來不是腰瘆手疼？再幹別的活兒時，那是一點力氣也沒有。原本這該男人來做，不過項家的男人個個都不得閒，能指望誰呢？

白氏回娘家住了幾天，但因為又和白顯家的拌了幾句口角，實在住不下去了，這才帶了明霞回家。

見青竹養了二十隻雞，白氏有些不喜歡。「家裡哪有那麼空的地方來養？且都是些消耗糧食的東西，我看還是趁早處理的好。」

青竹頗冷淡地說：「這個不勞大伯娘操心，我自有主意。」

白氏最厭煩聽見青竹這話，少不得要數落她一回。「是，妳有主意，但這個家可還沒輪到妳來指手畫腳！」

青竹只當沒聽見，依舊按照自己的想法辦事。

那二十隻小雞崽在青竹的精心照料之下，一天天成長，雖然很盡心飼養，可不免也糟蹋了些，後來就只養成了十四隻。

永柱說家裡雞太多了，便說將以前的幾隻大雞，讓白氏捉了三、四隻不怎麼下蛋的拿去賣。

這裡青竹想著要不要將後面的山地圍出來，等這些小雞們長大了，可以自由地在樹林裡奔跑，尋找些蟲子、野草之類的吃。她心想著，這樣餵養出來的雞說不定還健康些。正好後面山上也是自家的土地，也沒種什麼東西，不過是些桑榆之類的。雖然存了這個想法，但青竹還沒敢說出來，一直都在醞釀中。

白氏回到房裡，尋了些碎布頭和一些棉線，打算交給明霞，讓她開始學著做些針線。紮花也要開始學起了，一個女孩子家，針線上的事總不能落下，以後到了婆家，若是這些都不會的話，會被人看不起的。

然而明霞天性愛動，哪裡坐得住呢？白氏在跟前苦口婆心地說了半天，明霞卻拈針亂戳一陣，繡了半日連一個花瓣也沒繡出個樣兒來，完全沒有針法可言，針腳也是一團亂。

「我生了妳們姊妹兩個，怎麼相差這般大？妳姊姊手腳靈活，這些針線上的事一看就會了，可我教了妳這麼久，怎麼還是一點門路也沒有？」白氏頗有些恨鐵不成鋼的意思，又戳了戳明霞的額頭。

明霞嘴巴一癟，將手中的針線往白氏懷裡一扔，噘著嘴說：「我才不要做這勞什子針線呢！」

白氏指著明霞的鼻子說：「以後妳的嫁妝可沒人幫妳做！」

「我還小呢，管那事做什麼？再說我們家又不是沒有錢，以後拿錢去買現成的就好了，何必這樣費力？」

「妳說得倒好聽！別說我們家沒什麼家底，就是有家底的殷實人家，人家的小姐、姑娘的也是照樣學針線，大門不出、二門不邁的。看來當初錯生了妳，本來是個兒子的，沒想到頭來竟是個假小子！今天安安分分地坐在這裡，好好地將這枝梅花給我做出來，哪裡也不許去！家裡可沒那個閒錢供妳揮霍！」

明霞指著白氏手指上那枚金燦燦的戒指，說：「沒錢，那妳手上戴的是什麼東西？別哄我了！」

白氏拉下了臉說：「年紀不大，就學得刁鑽，也不知是跟誰學的！」

明霞仰著臉道：「我說要件新衣裳，娘總是不肯。我知道妳偏心，眼裡就大姊好，從來就不待見我！」

白氏覺得這個女兒實在頭疼可厭，伸手就給了明霞一個耳光。

明霞受不得半點委屈，頓時就落下淚來，捂了臉跑出去。

白氏氣得腦仁疼，咬牙喝道：「小娼婦，妳給我站住，又往哪裡充軍去？有本事就別回來，當心我打斷妳的腿！」

青竹正在澆菜地，突然見明霞哭著從屋裡跑出來，一陣風似的就跑出院門了，而白氏則氣呼呼地站在屋簷下，口不擇言地罵了好一陣。

短短幾天內，白氏算是將能得罪的人都給得罪光了。自討了無趣後，便回屋躺著。

翠枝聽見響動，抱著豆豆走出來，一眼看見了青竹，便小聲問道：「這又是鬧哪一齣？」

青竹道：「我哪知道呢？」

「從自己腸子裡爬出來的，也罵得那麼難聽。現在聽說又將舅媽給得罪了，看來家裡再無寧日，妳我也都沒什麼好日子過了。」

青竹想，白氏四十幾歲，正是更年期吧，所以性子古怪也是會的。

翠枝站在青竹旁邊嚼舌根。「這下倒好，所有人都得罪個遍，還是不要去招惹。昨晚我罵了妳大哥那沒用的，趕著分了家就不用受這閒氣，可他偏不依，倒是個孝順的人。」

青竹道：「我聽說大哥看好了一處宅子，但因為缺錢，所以搬不了。再說大伯也擋著不讓。」

「住什麼地方倒不要緊，哪怕是草棚子呢，只要離了眼皮，我也樂得清靜幾天。說起錢來，到底傷人，我讓他去小叔叔家借一下，他竟然空著手回來了。怪不得說越有錢越吝嗇，他們家那麼大個鐵匠鋪子，還養著好些工匠呢，難道連一百兩銀子也拿不出來？說來是一家子，又不是外人，都還是這樣小氣！」翠枝的嘴噘得老高，一臉的鄙夷。

青竹蹲在地上，將萵筍地裡的青草給拔出來，這裡的草比較嫩，還可以拿去剁碎了餵小雞。聽翠枝嘮叨完後，她只淡淡地說了句。「掙幾個錢都不容易，別看人家富裕，也都是一分一文攢下來的。」

翠枝本以為青竹會幫襯幾句話，沒想到她竟然和小叔叔一家一個鼻孔出氣，心裡頓時很不爽快，冷著臉，抱著豆豆就走開了。

青竹也沒多問，畢竟永林願不願意借錢出來，也不是她一句話就說了算的。再說，她在項家又有什麼地位呢？不過是說了句在理的話而已。

太陽落坡，夜幕快要降臨時，明霞才偷偷回來了。打量著白氏還在氣頭上，心想不好去招惹，原本想要躲在房裡不出來的，可抵不過肚子餓。

白氏發現早起才換了乾淨的衣裳，到了此時，明霞身上竟然不知從哪裡沾了那麼多的泥回來，臉也成了花貓，半點不像個女孩子，頓時氣得飯也不吃了，當場將明霞提了出去，讓她將褲腿挽到膝蓋上。

明霞知道不好，便要逃，白氏卻眼疾手快，抓住她的頭髮，且死命地拽住，明霞疼得直告饒。「娘，我錯了，再也不敢了！」

「我就不信今天還無法狠狠地給妳點顏色瞧瞧！」說著便找了荊條，往明霞的腿上打去，直到出來一道道的血印。

明霞疼得放聲大哭。

——未完，待續，請看文創風436《爺兒休不掉》2

爺兒休不掉 1

國家圖書館出版品預行編目資料

爺兒休不掉 / 容箏著. --
初版. -- 臺北市 : 狗屋, 2016.08
冊 ; 公分. --（文創風）
ISBN 978-986-328-620-2（第1冊：平裝）. --

857.7 105010482

著作者	容箏
編輯	黃淑珍
校對	黃薇霓　周貝桂
發行所	狗屋出版社有限公司
地址	台北市104中山區龍江路71巷15號1樓
電話	02-2776-5889～0
發行字號	局版台業字845號
法律顧問	蕭雄淋律師
總經銷	知遠文化事業有限公司
電話	02-2664-8800
初版	2016年8月
國際書碼	ISBN-13　978-986-328-620-2
原著書名	《良田秀舍》

定價250元

狗屋劃撥帳號：19001626

網址：love.doghouse.com.tw　E-mail：love@doghouse.com.tw